MANUELA

Ana B. Nieto y Estefanía Salyers

MANUELA

La novela de la serie

ACACIAS 38

PLAZA JANÉS

Primera edición: junio, 2016

© 2016, Ana B. Nieto y Estefanía Salyers
© 2016, Corporación RTVE y BOOMERANG TV, S. A.
© 2016, Penguin Random House Grupo Editorial, S. A. U.
Travessera de Gràcia, 47-49. 08021 Barcelona

Printed in Spain – Impreso en España

ISBN: 978-84-01-01746-9
Depósito legal: B-7.386-2016

Compuesto en Revertext, S. L.

Impreso en Liberdúplex
Sant Llorenç d'Hortons (Barcelona)

L 017469

Penguin
Random House
Grupo Editorial

Para mis tíos: Isa y Manolo,
M.ª Elena y Claudio, Conchita y Ezequiel

Agradezco a mi marido, Eladio, su apoyo constante y a mis
hijos, Marcos, Esther y David, tanta comprensión y cariño,
incluso a tan tiernas edades. Gracias también a mi padre
y a mi hermano (los Pacos), a mi madre, que me dio tantas
cosas buenas y me enseñó lo que es una mujer valiente,
y a mis hermanos del alma, Vanesa y José Luis.
A Bea Setuain, por haberse acordado de mí,
a Boomerang por la confianza y a Alberto Marcos
por su atenta compañía durante este viaje.
Y, por último, gracias a todo el pueblo de Brihuega
por su hospitalidad.

ANA B. NIETO

———————

Me gustaría agradecer la oportunidad que me habéis dado
de contribuir a la historia de unos personajes
con tanta fortaleza y valentía.

A Jorge Díaz y Aurora Guerra, por la confianza.
A ti, por las sobremesas y las conversaciones a deshoras.
A los sueños en Lisboa.

ESTEFANÍA SALYERS

PRÓLOGO

He conocido a hombres buenos. Buenos de los de verdad. Y también a hombres con el corazón lleno de hollín y de grisura.

Oigo los pasos de Justo en la escalera, como un repique siniestro de campanas. Heraldo que anuncia, no ya una santa hora, sino una de desdicha. La hora del diablo.

Oigo su fusta, con su cruel golpeteo sobre la barandilla. A falta de mi carne, buenas le parecen las varas de roble que adornan la escalera.

Oigo, aunque más bien me barrunto, el resuello salvaje que brota de sus fosas nasales mientras me busca, ansioso, para descargar sus golpes. Porque así ha sido siempre Justo desde que casamos: como un toro que no descansa hasta enterrar el asta, como una barca sin timón que acaba varando siempre contra mi cuerpo. Demontres, ¡maldita mi fortuna! Rezar en su cuarto es lo único que mi madre puede hacer ya por mí. ¿Cuándo acudieron ella o los criados en mi ayuda? Pero su atropellado rezo no puede detener los pasos de Justo Núñez y el borbotón de palabras no puede poner trampas a sus botas. Ni un escudo entre sus golpes y mi hijo, que ya está próximo a nacer.

El terror me invade al imaginar la puerta abriéndose de un golpe y conjurar su perfil entre las jambas. Grandes dolores, anticipados, me sobrevienen solo de sentirle en la casa. Pero el mayor de ellos es el de mi corazón porque nada puedo hacer para proteger a este hijo mío. Y sé que soy la única que puedo hacerlo, que él solo me tiene a mí.

De un lado a otro del cuarto me agito, jaula de mi tormento, sin encontrar salida. El golpeteo de la fusta más cercano, los pasos se aproximan. En el umbral, su sombra.

Me acaricio el abultado vientre y me aferro a mi medalla de la Virgen con el Niño, la que me regaló Miguel. Amor, ¿dónde estás? Ojalá pudieras venir a ayudarnos. Ojalá...

Siento tanto miedo que mi vida pasa de nuevo ante mis ojos, como dicen que les pasa a quienes caminan al cadalso. Vuelvo a ser niña, con mis padres, en el pueblo. Cuando aún estaba a tiempo de que todo fuera diferente.

1

UN EXTRAÑO EN EL PUEBLO

Cigüeña, cigüeña,
la casa te se quema,
los hijos te se van;
escribe una carta...
que ellos volverán.

Me dan los buenos días, como siempre en esta fecha, cuando el cielo todavía es añil y opaco y el día no ha hecho aún promesa alguna.

Me despiertan con el *clo clo* de sus picos y me asomo a la ventana envuelta en la toquilla. Y allí me esperan, sobre el campanario, fieles a nuestra cita. «Por San Blas, la cigüeña verás»: es 3 de febrero y no han fallado. Hoy cumplo ocho años.

Con esas alas blancas de papel y de estaño podrían volar hasta el final del cielo. ¡Son libres como el mismo aire! Y sin embargo, siempre vuelven aquí, a desearme felicidades.

Me quedo mirándolas un rato hasta que amanece del todo, mientras peinan el cielo con sus plumas grises.

—¡Carmen! —Es mi madre, Teresa, que me llama.

—¡Ya voy, madre!

Me arrebujo un poco más en la toquilla. Hace frío y me da pereza vestirme… ¡Ojalá pudiera uno ponerse la ropa sin tener que desnudarse primero! Madre ya ha empezado a preparar el pastel, que hoy toca bautizo en el pueblo. Hará también uno más pequeño para celebrar mi cumple, seguro.

El olor de la masa cocinándose lentamente llega hasta cada rincón de la casa. Es el olor de mi infancia, de mi familia. El del horno y el pan y el azúcar que se hace caramelo. El del chocolate hecho a brazo, las fresas y la nata recién montada. Y ese aroma profundo de la miel alcarreña que se te mete hasta el tuétano y que tanta fama le da al pueblo.

—¡Aviva, hija! —Se asoma bajo el dintel—. ¡Termina de aviarte, que ya está aquí tu amiga!

¡Isabel ya está en la puerta! Más tempranera que un buhonero en Navidad.

—Voy, madre, un momento…

—Antes de que saliera el sol ya estaba tu abuela en el campo con el trillo. —La escucho rezongar—. Tendríamos que haberte llamado Manuela, como ella, por ver si se te pegaba algo con el nombre.

—¡He dicho que ya voy!

—Si no le tuvieras tanto apego al jergón… —Es Pablo, mi hermano, que se ha asomado a la entrada y habla con la boca llena.

Pablo es pan de Dios. Tiene además esa pequeña caída al final de los párpados que le da aspecto de buena gente, pero no tiene más hermanos que yo, así que me toca lidiar con él día sí y día también. A veces es más chinchoso que un tábano y entonces le brillan los ojos negros como si se los hubiera trabajado un limpiabotas. Lleva ya un rato levantado, ayudando a padre, y cuando me despierto casi nunca está en el cuarto que los dos compartimos. Siempre trabaja en los campos un par de horas antes de ir a la escuela, por eso está más tostado que un grano de centeno. Después de la faena, padre lo deja muy claro: el estudio es sagrado. Pero hoy es sábado así que no va a tener tregua.

Nuestro cuarto es apenas las dos camas, una cómoda, un pequeño armario, todo de maderas distintas, que no pegan ni con cola. En mitad de la pared, el crucifijo guardián, escoltado por un par de labores de madre en punto de cruz. Y finalmente el baúl, donde guardamos los pequeños tesoros: el soldadito plomado y la muñeca, el balón de trapos medio deshecho, las estampitas… El caballito tallado en madera, que es su favorito. Ahora que yo tengo ocho años y Pablo once, son recuerdos de una infancia que cada vez queda más atrás.

—Mírame a mí —insiste Pablo—, que te gano día sí y día también…

—¡Quia! Que te doy quince y raya cuando quiera. —Le echo valor y me lavo la cara y las manos en la jofaina helada, antes de ponerme el vestido por la cabeza—. Y bien que lo sabes. Que eres tú al que se le han pegado siempre las sábanas.

—De eso hace ya la tira… Desde luego, cría buena fama y échate a dormir, críala mala y échate a morir.

—Eres tú muy pavo para ser tan pollo. —Le doy a mi melena castaña unos cuantos golpes de cepillado. Dice madre que, de pequeña, la tenía más clara, pero yo cada vez me veo más morena—. Échate un parrafito con Isabel, anda… y dile que ya voy.

—Está bien… Os acompaño al pueblo, que tengo que pasar por la cordelería.

Me asomo un momento por la ventana para ver si las cigüeñas siguen ahí, pero veo que ya se han ido y eso me pone triste. ¿Querrán volver una próxima vez? ¿Escogerán ese nido de pajas frente a mi ventana?

En la distancia puedo ver a mi padre, faenando ya en el almiar, como cada día temprano. Echando riñones desde el alba. Él me devuelve la mirada y, con ella, la sonrisa. Ten confianza, me dice siempre: «El futuro es la tierra de la felicidad».

Yo no seré la más leída ni la más avispada, ni tan siquiera la más valiente… pero puedo decir que he conocido a hombres buenos. Mi padre es uno de esos hombres, buenos de los de verdad.

—¿Has oído eso? —Carmen levantó la guía y abandonó el aro, que describió varios círculos antes de caer plano sobre la tierra.

—¿Oír el qué? —Se extrañó Isabel.

—Hay ruido en el Coso…

Isabel puso atención en el batiburrillo de voces que les llegaban a través del aire.

—Unos mandingas dándose leña, como siempre. Mis

hermanos se pasan el día igual. Tirándose piedras y piñas y lo que pillan. —Isabel le dio nuevo impulso al aro y Carmen equilibró el suyo y también lo puso a rodar. Ambos chocaron a medio camino y volvieron a quedar inertes—. No como tu hermano, que parece que tiene algo más de pesquis... Cuando sea mayor me voy a casar con él.

—Pues a mí me parece que es más tonto que Abundio, que se fue a vendimiar y se llevó uvas de postre —replicó ella, algo enojada. Les había acompañado desde la casa labriega y le habían dejado un poco más atrás, comprando cordeles. Por alguna razón, a Carmen no le gustaba que ninguna otra chica le mentara casorios con Pablo. Era *su* hermano y nada más que eso. Todavía era muy pronto para andar buscándole amores—. Además, sois casi igual de altos. Tendrás que buscarte a un chico mayor...

—Le gusta faenar y es un chico serio.

—Hombre, lo que es gustarle... le gusta tanto como el acíbar. Lo que pasa es que no tiene más remedio. Pero tú sabrás... A mí, plim. —Volvió a darle al aro y se alejó triscando—. *A la rueda, rueda... de pan y canela. Toma un ochavito y vete a la escuela. Si no quieres ir, échate a dormir.*

Siguió con el canturreo hasta que un grito la sobresaltó, justo antes de doblar la esquina de la plaza. Ahora estaba segura: algo andaba mal en el Coso.

—¡Date prisa, Isabel!

Al asomarse se dio cuenta enseguida de que aquella no era una pelea normal. No se trataba de dos bandos de chiquillos ni de hermanos en un rifirrafe corriente. Aquella era una encerrona de tres contra uno. Una paliza en toda regla.

La pobre víctima resultó ser un zagal que Carmen no había visto nunca, aunque era difícil hacerse cargo de su aspecto: los golpes le tenían el rostro hinchado y la sangre que le brotaba de la nariz había salpicado aquí y allá la arena que cubría la plaza. Sus cabellos le parecieron a Carmen de un rubio muy oscuro o, quizás, de un castaño muy claro.

—Pero ¿qué estáis haciendo? ¡*Soltarle*, abusones!

Isabel sujetó a Carmen del manto y tiró de ella hacia atrás, impidiendo que se adelantara.

—¿Es que no vamos a hacer nada? —protestó ella.

—¡Quia! Que nos van a caer sopapos hasta en el calcañar…

—¡No podemos dejarle sin más!

—Creo que es el chico nuevo que llegó ayer…

—¿Y ese es motivo para tragar polvo?

Recorrió la plaza con la mirada por ver si había algún adulto al que pedir ayuda, pero a aquella hora temprana todo el mundo andaba en sus casas o en sus oficios, arrancando la faena: el carnicero luchando a machete contra las piezas, dentro de la carnicería; el pescadero rebanando las cabezas de sus pescados; la encajera colocando bien sus tapetes para que no se los llevara el viento; y el quiosquero arreglando sus flores y sus diarios. Aporreó la puerta de la Cárcel Vieja, pero nadie le abrió.

Finalmente reparó en un muchacho mayor que observaba la escena impasible, apoyado en una de las columnas de los soportales, junto al ayuntamiento. Iba vestido con un traje impecable, como si fuera la versión joven de un señorito.

—¡Ayuda, señor! ¿No ve lo que le están haciendo a ese pobre infeliz?

—Quita, niñata. Lo estaba viendo hasta que llegaste tú —dijo él, intentando mirar más allá de la niña, por encima de su hombro.

—¿Es que no tienes entrañas? —Carmen le cogió del cuello de la camisa, como si quisiera despertar a un obnubilado—. ¡Diles que paren!

Con ese gestó consiguió que el muchacho le dedicara toda su atención y a Carmen le asustó lo que vio: acumulaba rabia en sus ojos iracundos. La boca se le torció en una mueca de desprecio.

—¡A mí no me vuelvas a tocar, menesterosa! ¡Nunca en tu vida! ¿Es que no sabes quién soy? ¡Soy el único hijo del patrón! El que le da de comer a tu padre y a toda su caterva piojosa. A mí nadie me dice lo que tengo que hacer.

Apartó a Carmen de un empujón y se pasó la mano por los cabellos oscuros, antes de metérsela en el bolsillo y seguir contemplando la escena con la atención propia de quien asiste a un combate deportivo.

Carmen se quedó un momento paralizada, temblando ligeramente de frustración y con unas ganas de llorar que se le concentraban en la boca del estómago y que reprimió como pudo. Al principio no había comprendido todo lo que le había dicho el muchacho, solo percibía un aturullado cúmulo de sensaciones que la hacían sentir desamparada, vulnerable. Un pequeño vértigo de temor que la sobrepasaba.

Respiró profundamente y poco a poco fue asimilando los significados de las palabras. Así que aquel era Justo Núñez, el hijo de don Rafael. Hacía tiempo que no le veía y al principio no le había reconocido. Tras la muerte repentina de su madre le habían mandado fuera, con una tía, y por eso hacía tiempo que no coincidía con él en ninguna de las fiestas. Había pegado un estirón tal que su cara de niño antipático era apenas un recuerdo. En su lugar había ahora un muchacho alto y firme como un guardia de garita, un mástil de galera, con la piel blanca propia de los señoritos, que ven más la sombra que el sol. Su cabello azabache, más negro que un tizón, hacía juego con unas cejas pobladas que proyectaban sombras en su mirada.

Cuando salió por fin de su aturdimiento, la imagen de Pablo acudió como un rayo a su mente.

—Me voy a escape a por Pablo —avisó a Isabel, que asintió rápidamente.

A los pocos segundos regresó con él, sin apenas aliento. Había tenido la suerte de interceptarle a su salida de la cordelería. No sabía cuánto más podría aguantar el chico nuevo, que ya estaba en el suelo, encogido, sin apenas voluntad para rebelarse.

—Pero ¿qué hacéis, demontres? —Se indignó Pablo, llevándose las manos a la morena cabeza—. ¡Que el alguacil ya está de camino!

Fausto, el mayor de los tres agresores, frenó las patadas a su víctima, levantó la mirada y la dirigió a Justo, lleno de dudas. Este, sin contemplaciones, señaló con la cabeza al castigado fardo en el que se había convertido el chico nuevo, para que siguieran con su trabajo. Sin embargo, no logró convencer al más joven de los tres bribones que, ante la mención de la autoridad, puso pies en polvorosa.

—Ya solo quedáis dos —murmuró Pablo—. Esto ya es otra cosa.

El muchacho puso los puños por delante, tal y como le había enseñado su padre en sus juegos de *box* a la inglesa.

Inauguró la riña embistiendo a Fausto a la altura del estómago, con un golpe que le hizo doblarse en dos, pero perdió de vista un momento al otro rufián, que se apresuró a rodearle y, desde atrás, le sujetó los brazos.

Isabel se cubrió la boca, horrorizada. Al final, Carmen había logrado meterse en un lío y arrastrar con ella al pobre Pablo. En cuanto Fausto se recuperase del primer golpe, Pablo estaría a su merced.

Sin embargo, no contaba con la tozudez y la valentía de Carmen —«insensatez», le reprocharía luego—, que le dio un par de patadas en las espinillas al que estaba por detrás de Pablo y no cejó hasta que vio a su hermano libre. La ayuda, por desgracia, llegó demasiado tarde para él: Fausto, que era robusto y mayor, dejó su marca sobre el rostro de Pablo, que se cubrió el ojo dolorido y se arrodilló en el suelo.

En ese momento volvió a incorporarse el chico nuevo, al que todos, y especialmente Justo, habían considerado ya fuera de combate. Se apartó del rostro los mechones arrubiados y separó las piernas para guardar el equilibrio. Al ver cómo se levantaba, en una demostración inigualable de coraje, Pablo redobló sus fuerzas y también se puso en pie.

—¡Los civiles están doblando la calle! ¡Camino de la Cárcel Vieja!

Era el pillo huido, que solo se había adelantado para comprobar que de verdad venían los guardias.

Pablo fue el primer sorprendido del anuncio: se había inventado lo del alguacil, pero era más que probable que, con todo el escándalo que estaban armando, algún vecino hubiera dado el aviso.

La llamada puso definitivamente en fuga a los tres muchachos, que se ocultaron entre los callejones como lagartijas frente a un depredador.

Y todo ello ante la mirada serena de Justo Núñez, que no se movió de su sitio porque no tenía motivo a ojos de nadie. De nadie, a excepción de Carmen.

—Por Dios, mira cómo estás… —Carmen apartó al chico nuevo un mechón de pelo claro, que se había quedado apelmazado por la sangre seca—. Vamos a refrescarte un poco y a limpiarte esa sangre.

Se acercaron a las fuentes barrocas a la entrada del Coso, que tenían cuatro caños divididos en dos partes.

—Si el enano no les llega a dar el queo sobre los guardias… no sé qué hubiera sido de ti —intervino Pablo.

—¿Y a ti qué te pasa? —recriminó Isabel a Carmen, alterada—. ¿Es que has perdío las mientes? ¡Los siete calambres me han entrao al verte!

—¡Bueno ya está bien! —Pablo impuso la calma y se

dirigió al chico—. Lo primero es llevarte a casa a que te curen esas heridas. ¿Cómo te llamas?

—Miguel.

—Pues menudo recibimiento te han dao —dijo Isabel—. En el pueblo no somos todos así…

—Canallas. —Bufó Carmen—. Y el peor de todos el Justo ese. Mirando ahí plantado como un pasmarote. A veces parecía que hasta los animara.

—Ese se da unos aires que dan resfrío —le concedió Isabel.

—Si este va a ser nuestro patrón el día de mañana, que Dios nos coja confesaos —siguió Carmen, zumbona—. Al final va a hacer bueno al endriago de su padre…

—¡Chitón! —La reprendió Pablo. Bien le habían enseñado a no hablar mal del patrón en plena calle.

Lanzó una breve mirada hacia los soportales, pero Justo ya parecía más preocupado de acariciar a su montura y de darle caladas a su cigarro que de las cuitas de los muchachos.

Pablo no pudo evitar sentirse un momento cautivado por el animal cuyas riendas sostenía. Moca, el caballo negro de los Núñez, era el ejemplar más hermoso que había en toda la región. Su pelaje era como una noche envuelta en un costoso satén. Sus patas tenían la fuerza de las raíces antiguas en un bosque, de esas que levantan piedras y rompen muros. Moca poseía la vocación de un campeón. El favorito del viento y del valor.

Cerró los ojos y se permitió saborear su lomo un instante, en su imaginación, lejos. Solos él y el páramo.

Se vio a sí mismo galopando sobre el semental, sin

necesidad de silla ni riendas ni estribos. Era el privilegio de los sueños: podía ser tan libre como él mismo quisiera. Solo eran necesarios Moca y el suelo. Las crines del caballo como una dádiva divina, haciendo nudos alrededor de sus manos para atarse juntos, para que fueran uno solo. El instante previo al vuelo. El horizonte, llamándole por su nombre...

—¡Ea! —Le despertó Isabel—. En marcha, que no tenemos todo el día.

Pablo fue arrancado de golpe de su ensoñación. Nunca montaría a Moca, pero en sus mientes era su jinete y su amo. A los pobres se les podía quitar todo menos sus sueños. Se pasó el brazo de Miguel por encima del hombro, camino de su casa.

Solo Carmen miró atrás. No podía quitarse de la cabeza el gesto que le había hecho Justo a Fausto, durante la pelea. El joven terrateniente le devolvió la mirada altiva, escupió el cigarro que se estaba fumando y lo aplastó con la suela de su brillantísimo zapato.

—¡Virgen de Guadalupe! Pero ¿qué te ha pasado, Pablo? ¡Si vienes hecho una compasión!

Teresa se adelantó a la puerta para examinarle el ojo a su hijo, que para entonces ya se había amoratado en su rostro moreno. Pronto reparó en que llevaba a su lado a otro zagal que iba mucho peor.

—Os habéis peleado, ¿verdad? ¿Cómo se os ocurre? ¿Son esos los valores que con tanto trabajo te hemos inculcado tu padre y yo?

—Madre, no es lo que piensa...

—¡Nada de excusas! Que antes se coge a un mentiroso que a un cojo. —Levantó la mano, amenazante—. Mira, Pablo Blasco —el muchacho se encogió. Su madre solo mencionaba el apellido cuando la cosa era grave. Le imponía más incluso que la mano alzada—, que si no llegas a estar hecho un sindiós te avío yo misma otro bureo que...

—¡Que no, madre, que no se encalabrine! ¡Que la solfa no la he empezado yo!

—Tié razón, señá Teresa. —Le defendió Isabel—. Es el pobre Miguel, al que nos encontramos hecho un guiñapo. Si no llega a ser por el cuajo de la Carmen aún le están dando de repelones...

—Arrope... Bizca me dejas... Deja al menos que te ponga algo de morcillo en ese ojo, a ver si se te baja la inflamación.

—Quia, madre. Que para una miaja de carne que tenemos...

Teresa suspiró y se encogió de hombros. Pablo tenía razón. Dudaba incluso de que tuviera suficiente como para cubrirle el ojo entero.

—¿Y de dónde has salido tú, pobre muchacho?

Miguel se sentó en el banco que le ofrecían y se apartó los cabellos del rostro pálido. Cuando Teresa le vio los rasgos adivinó en ellos algo familiar: un aire, el tono trigueño en el pelo... idénticos nariz, labios y barbilla.

—Soy el hijo de Candela Molino. Acabamos de llegar de Casona de los Valles.

Teresa no respondió. Ya no le cabía duda de que se trataba del mismo chico.

—Madre, ¿le queda algo de alcohol de ese que guarda para las emergencias? —le preguntó Carmen, al verla ensimismada.

—No creo, hija. Pero le limpiaremos bien las heridas con agua y un paño limpio. Recién puse a hervir un par.

Carmen los encontró junto al hogar inmenso que presidía la habitación principal, donde se hacía toda la vida de la familia. Allí cocinaba Teresa las tartas y los piononos, comían juntos, se contaban las historias al final del día, remendaban los calcetines rotos. Teresa recordaba, para sus hijos, el cafarnaún de historias que sus abuelos le habían contado. Reían cuando Carmen le metía a Pablo los gajos de mandarina uno a uno en la boca, hasta que sus carrillos parecían la albarda de un asno. Lloraban cuando tocaba, rezaban en comunión o, simplemente, se miraban en silencio, rumiando su desgracia, cuando los golpeaba el infortunio al perder una cosecha. Aparte de aquella gran estancia, la casa de labranza solo contaba con dos dormitorios: el de los padres y el de los hijos.

—Madre, este caldo lleva aquí desde que amaneció…

—Ya sabes que el cocido hay que hacerlo a fuego lento, durante horas. Si está más claro que un caldo de asilo habrá que compensarlo con arrobas de amor…

Aquellas palabras arrancaron una sonrisa a Miguel. Candela también decía que el potaje debía hacerse lenta y cuidadosamente, con el primor de un artesano.

—Mi madre dice exactamente lo mismo.

Era la primera sonrisa que Carmen le había visto. El chico tenía una boca bonita. Hubiera sido una pena que unos malnacidos la estropearan, dejándola sin dientes. Se sintió orgullosa de haber podido salvarle todas las piezas.

Miguel observó la habitación de cabo a rabo. Era modesta, pero limpia y ordenada. Los útiles de cocina —peroles, cacerolas y escudillas— perfectamente colgados y dispuestos en derredor del hogar. Una alacena sencilla, que pedía a gritos una mano de pintura, donde se alineaban botijos, jarritas y morteros de un barro crudo, sin adornos, tal cual los parió el alfarero. Platos y aguamanil desportillados, una aceitera y un cubo. Algunos cestos, una jaulita sin su pájaro, un candil y poco más.

Carmen se sentó frente a él y le ofreció agua en un vaso de barro con borde vitrificado.

—Bebe, anda. Te sentará bien.

—Pablo, ponte tú también un paño —le insistió Teresa. Se había sentado ya en la mecedora de mimbre a seguir con sus remiendos—. No vaya a ser que se te quede el ojo a la virulé y luego…

—No le encontremos novia, ¿no? —Se burló Carmen, mirando de reojo a Isabel.

La muchacha escondió la mirada, avergonzada.

—Al menos habrás traído los cordeles que te pedí…

Pablo se rebuscó en los bolsillos, hasta dos y tres veces, pero no consiguió encontrarlos. Cerró con fuerza sus ojos rasgados, maldiciendo la hora en que su hermana le había pedido ayuda. Estaba claro que se le habían caído durante la trifulca.

—Iré otra vez, madre, no se preocupe. Echando diablos si hace falta. Pero deme usted algo más de monís... que ya sabe que al cordelero le da alergia lo de fiar.

—Ay, santa cabeza... al final el cordel nuevo lo voy a tener que usar para atarle a san Cucufato lo que yo te diga. ¡A ver si así me encuentra el cordel antiguo!

Todos se echaron a reír y la tensión se diluyó del todo.

—¡Pobre san Cucufato! —exclamó Carmen.

—Sí... —Rió Miguel—. Todo el día con «lo que más duele» atado.

—¡Pues peor es san Honorato —se animó Pablo, envalentonado—, que lo que se le ata es la picha!

—¡Jesús, Pablo! —protestó Teresa, divertida—. ¡Esa boca delante de las niñas!

Estuvieron un buen rato con las carcajadas a costa de los dos santos hasta que por fin se calmaron.

—Yo tengo que volver a mi casa —insinuó Isabel, limpiándose las lágrimas y arreglándose el moño castaño.

—Pablo, acompáñala —ordenó Teresa—, que no hay prisa con los cordeles. Dejemos al santo respirar tranquilo un rato más.

—Abur... —se despidió él, metiéndose las manos en los bolsillos.

—Con Dios —dijo Isabel antes de salir.

Una vez fuera se cruzaron con Braulio, que regresaba del campo con Lanas. El encuentro fue una algazara de ladridos y risas. Cuando el padre cruzó el umbral no ocultó su extrañeza por encontrar a un muchacho desconocido sentado a su mesa.

—A la buena de Dios…

—Buenas… Soy Miguel Molino —se presentó el muchacho—. Acabo de llegar a Brihuesca.

—¿Molino? —Se sorprendió el padre.

—El hijo de Candela —apostilló Teresa, con la voz monocorde y una seriedad sepulcral. Parecía imposible que fuera la misma mujer que minutos antes se estaba desternillando.

A Carmen le escamó aquella frialdad. Reparó por primera vez en que el hijo se apellidaba igual que la madre. Sin padre reconocido.

—De Casona de los Valles —dijo el chico—. Mi madre es de aquí de toda la vida, pero se marchó del pueblo antes de que yo naciera. Acabamos de volver… Dice ella que aquí siempre hay faena de costura, por lo de la fábrica de paños…

—Sé quién eres… —le interrumpió Braulio—. Candela y yo nos conocemos desde hace mucho. —Braulio respiró profundamente, como si expulsando sonoramente el aire pudiera deshacerse de sus propios pensamientos—. ¿Y cuántos años tienes, zagal?

—Nací en el 75. Voy a cumplir los once, señor.

—Entiendo… —Braulio sacó cuentas con los dedos y luego esperó un momento—. Y, ¿sabes leer?

—¿Yo? —preguntó el muchacho, algo sorprendido—. Sí que leo. Un poco despacio, eso sí. Pero voy a la escuela. También he trabajado en una cacharrería, de aprendiz. Se me da bien arreglar cosas. O eso parece.

—Menos arreglar tu nariz —intervino Carmen—. Que llevamos tanto rato de cháchara que al final se te ha secado la sangre en la cara. Pareces un Cristo en Viernes de Dolores.

—Teresa, vente conmigo, hazme el favor. Dejemos que Carmen atienda de una vez al chico.

—Tienes que saber que Pablo se metió en la pelea —protestó Teresa, aún enojada—. Y que perdió los cordeles...

—Y bien que hizo, seguro. No le he criado yo para que se quede mirando mientras machacan a un buen muchacho. Prefiero que mi hijo sea de ley, y en cuanto a los cordeles... pues ya se comprarán otros. Ni que fueran de hilo de oro.

Carmen observó a su madre, que salía a regañadientes. Llevaba ya un buen rato mohína. No sabía qué podía haberla disgustado tanto.

La niña se afanó por fin en pasar el trapo por el rostro del chico. A medida que lo iba limpiando, descubría su piel, que era inusualmente blanca, en comparación con la del resto de los muchachos a los que conocía. Tanto Pablo como ella misma eran morenos, de estar al sol, en los campos. Pero la madre de Miguel era costurera, no jornalera. Y el propio Miguel había dicho que se pasaba los días a cubierto, entre la escuela y la cacharrería. Tenía los ojos de un verde aceitunado, que no llamaban la atención excepto cuando los tenías cerca, como ella ahora.

—Eres una persona muy valiente —dijo él de repente.

No había dicho cría, niña ni mocosa, que era lo que le solían llamar habitualmente. Ni siquiera *chica*.

—Agradecida.

—Bien lo mereces. Que la riña era cosa como para echarse a correr.

—Nada que no hubieras hecho tú por mí, ¿no?

Miguel sonrió.

—Claro…

—Pues eso.

—Pero tú tienes menos fuerza…

—¿Y eso quién lo dice? ¿Quieres echar un pulso? —Le cogió la mano y adoptó la postura para el desafío.

—¡Quia! Prefiero tenerte de aliada que de rival.

Entonces Miguel, sin soltarle la mano, giró la muñeca para estrechársela.

—No me pelearía contigo ni a cambio de todas las Filipinas.

—Más te vale.

—Mi amistad… mi lealtad. Tú la vas a tener siempre.

Aquellas palabras hicieron sonreír a Carmen. Eran sinceras. Partían de la misma fuente profunda de su corazón y brillaban en los iris verdosos de sus ojos. Les daban vida, como unos farolillos encendidos en una noche de verbena.

—Candela necesitará de toda la ayuda posible… —le pidió Braulio, sereno. Había preferido salir de la casa. No quería que Miguel y Carmen escucharan aquello—. Llegar de nuevas a un sitio no es nada fácil. Ya has visto el recibimiento que le han dado al chico.

—El chico quizás sí, pero ella no llega de nuevas y bien que lo sabes.

—Además de que está sola, ya lo has visto…

Teresa suspiró y aflojó el rictus. También ella era madre y se podía imaginar por lo que estaba pasando Candela. Se llevó la mano al cuello, donde siempre llevaba su medalla de la Virgen de Guadalupe.

—Si tan solo se hubiera buscado un marido que la ayudara con ese crío…

—No sabemos qué pasó exactamente. Me lo puedo figurar, pero yo ya la he perdonado. Has de hacer un poder por ayudarla.

—Braulio, te dejó plantado prácticamente en el altar… —dijo Teresa, intentando disfrazar sus celos y sus dudas de compasión.

—Nos íbamos a prometer, nada más.

—¿Y qué es la promesa sino la antesala del casorio? Le dio el canguelo en el último momento…

—Agua pasada no mueve molino, Teresa. Hace mucho que me saqué esa espina. —Braulio sonrió—. Y piensa que, si no me la hubiera sacado con ganas, no habría quedado el hueco para que tú me lo llenaras, ¿no? —Le hizo una carantoña a su mujer, acariciándole el rostro—. Al final fue para bien. Gracias a eso me casé contigo y aquí estamos, felices con nuestros dos churumbeles…

Le dio un beso tierno a su mujer.

—Más que churumbeles son ya casi dos mozos, hechos y derechos.

—Sí, nos hacemos viejos rápido, mujer. Y somos pobres, pero felices. No cambiaría mi vida por Candela, ni por la misma doña Virtudes.

—Me voy adentro, que me vas a sacar todos los colores y hay mucho que remendar, que los sietes en tus perneras ya se cuentan por múltiplos. Y hablando de nuestros pollos, más les valdría dejarse de tanta letra y de tanto estudio. Nada bueno es que anden con tus mismos pájaros en la cabeza. Ya tenemos bastante con un Blasco fantasioso.

—Teresa, ya sabes que el estudio es sagrado como Misa de Gallo. Estamos en 1886. No tienen por qué conformarse con un pedazo de tierra como hicimos tú y yo.

—Gallo te voy a dar yo a ti, que los estudios les servirán para sacar pecho, pero el que nace pobre, pobre entrega la pelleja. Mejor les iría hacerse cargo y cuenta de lo que la vida les ha dado, que es pura miseria. Y si no trabajan, todavía serán más pobres.

—Confía en mí, Teresa… El futuro…

—El futuro es la tierra de la felicidad, sí. Tanta historieta sobre el amor y la felicidad le va a dejar a tus hijos la sesera más blanda que un garbanzo en remojo. Que hay que comer todos los días. Y el amor no llena las tripas, Braulio.

—Pero llena el corazón. —Sonrió él, sin dejarse convencer—. Y da la vida.

Teresa también sonrió, con un poso de amargura, pero al final asintió. Su marido era más fuerte. Su convicción, su actitud positiva, siempre acababan ganándola. Qué haría sin él. Sin la ilusión que le ponía a cada momento y a cada día. Le dio un breve beso antes de entrar en la casa.

—Anda, me voy adentro, liante. Que eres un liante…

—¿Esa de ahí eres tú? —preguntó Miguel, señalando la foto de una niña, en la pared de la cocina.

—Pa chasco que no. Esa es mi abuela Manuela, cuando era pequeña. Dicen que nos parecemos como dos gotas de agua. Ella tenía los ojos un poco rasgados y del color del chocolate, como yo. Dice mi madre que por eso soy tan golosa. A mí no me han hecho nunca una fotografía, que dice mi padre que cuestan un potosí. ¿Tú tienes alguna?

—Mi madre está ahorrando para hacerme una por mi comunión, el año que viene, cuando cumpla los doce. Tenía otra con ella de cuando era un bebé, pero se perdió en la mudanza.

—Vaya...

Miguel se había entristecido de repente. No era fácil cambiar de pueblo, de amistades y de vida. Carmen se imaginaba que habría dejado atrás muchas cosas y que ahora las echaría de menos.

—¡Ya sé lo que haremos para alegrarte! —improvisó, entusiasta—. ¡Un pastel! No puede ser que tu único recibimiento sea el que te han dado esos mengues...

Miguel le sonrió. Carmen le parecía incombustible.

La niña se levantó y abrió de par en par las fresqueras, pero su decepción fue inmediata al comprobar que ya no les quedaba ni un huevo. Había muchos ingredientes de los que se podía prescindir en un pastel: el agua de azahar, la ralladura de limón, la canela o el chocolate eran lujos. Incluso sin el azúcar se podía pasar, en caso de emergencia. Pero sin los huevos, la leche y la harina no iba a poder hornear ni una simple rosquilla.

En ese momento entraba Teresa de nuevo y Carmen la miró con cara de circunstancias. La madre se encogió de hombros por toda respuesta. «¿Qué podemos hacer, hija? Ya no nos queda de nada». Para poder entregar las tartas que tenían comprometidas en los bautizos, comuniones y el resto de zarabandas tenía que pedir los ingredientes por adelantado. A veces, si tenían suerte, sobraban algunas medidas de harina y algún huevo que podían aprovechar para sí. Pero del último encargo no había sobrado nada.

—No te preocupes, Carmen —se disculpó Miguel—. De todas maneras no me podía quedar. Mi madre estará preocupada y tengo que volver a casa.

—Prométeme entonces que nos veremos mañana en la feria. Allí verás que en el pueblo también hay buena gente…

—Saluda de nuestra parte a Candela —se despidió Teresa.

—Allí nos veremos. Gracias, señora, por su amabilidad. Y gracias también a ti, Carmen. Por todo.

Miguel hizo un saludo con la cabeza y se marchó de la casa. Carmen supo entonces que aquel día y aquella noche se le iban a hacer muy largos.

2

EL TRUCO DE MAGIA

—Arrea, ¿la Carmen ya levantada? —Pablo caminaba a trompicones con la gorra en la mano y restregándose los ojos.

—Tan temprano y ya estás zumbando como un avispón… —murmuró ella.

—Desde hace un buen rato. —Teresa estaba fregando los cacharros en el artesón. Pablo era el último para el desayuno—. Bien aviada desde amanecida anda.

—La que no la levantaba ni el *sursum corda*. —Braulio la miró de reojo, bromeando—. Cosas veredes, Sancho, cosas veredes…

—De lo más pinturera… —siguió la madre—. Y con más nervios que un filete de vaca vieja.

Carmen, enfurruñada junto a la puerta, estiró hacia abajo su mejor vestido, en tono crema y de talle alto, con cuello redondo; dividió la coleta alta en dos mechones y tiró de ellos para ajustar la goma.

—Lo que hay que hacer es salir de una vez. Seguro que Isabel ya está allí. Ni los pellejos de los altramuces nos van a dejar…

—Mira que eres exagerada. —Las cejas de Pablo se arquearon—. Más paciencia que el santo Job, hay que tener…

—¡A ti lo que te fastidia es haberte quedado postre! —Le arrancó a Pablo la gorra de las manos y se la caló hasta los ojos.

—Por estas, que son cruces —Pablo besó la cruz imaginaria de sus dedos—, que esta es la última vez.

—¡De eso nada! ¡Bebecharcos! ¡Quitahipos!

—¡Basta ya de discutir! ¡Ni que esto fuera una verdulería! Anda, Braulio, termínate esa leche y vámonos antes de que estos hijos tuyos se saquen los ojos.

Braulio miró la leche aguada y el bollo duro del día anterior y resopló como un buey.

—Ni llenar el buche con calma puede uno… ¡Hala, vamos pallá! ¡Y tú ponte esto! —Agarró la toquilla del banco y, como si la fuera a sacudir, la levantó por encima de su cabeza y se la puso a Carmen sobre los hombros. La estiró de un extremo y de otro para acomodarla. Carmen se reía, mientras sentía que la envolvían y achuchaban como a una croqueta—. Cúbrete, que no está el tiempo para valentías.

El tío Arturo había acordado acercarlos en su carro, que iba a trompicones y baches por el camino. Iban los cuatro y Lanas, el perro de aguas blanco y negro del que Braulio nunca se separaba. El animal fue todo el camino jadeando y moviendo la cola, presintiendo la fiesta.

El sonido, mucho antes que la vista, reveló que ya estaban cerca: un alboroto de música de organillo, de risas y de gritos de chiquillería. Pronto divisaron la explanada salpicada de puestos de flores, fritos y limonada, los malabaristas con pelotas y diábolos y los farolillos cruzándose por encima, atados a las ramas de los árboles.

Braulio ayudó a Teresa a bajar del carro y ella se arropó, pizpireta, en el crespón largo que había pertenecido a su madre, Manuela, y que ella conservaba durante todo el año envuelto en papel de estraza, como un tesoro, hasta el día de la verbena. Las flores que llevaba en el pelo se las había cogido Braulio aquella misma mañana en la era. Se colgó de su brazo con una sonrisa amplia.

La Teresa joven siempre había sido muy seria, la mayor de siete hermanos y la menos alegre también. La muerte se había llevado pronto al progenitor y su madre, Manuela, tuvo que hacer de hombre para la familia, trabajando a destajo en el campo. Teresa, desde jovencita no tuvo más remedio que hacerse cargo de la casa y de sus hermanos pequeños mientras Manuela, con ayuda de algunos parientes, sembraba y recogía el trigo, lo llevaba a moler y pasaba las madrugadas junto al horno de pan. Fue una sociedad de dos mujeres lo que sacó adelante a la familia: Manuela, faenando como un hombre, y Teresa, cargando con todo lo que carga una mujer.

Aquella tarea de una familia impuesta, para unos hijos que no eran los suyos, le dejó muy poco tiempo para paseos, fiestas y galanteos. El resto de los hermanos se fueron casando y la carga era cada vez más ligera, pero a pesar de todo llegó a la treintena sin novio y las viejas del pueblo ya bisbiseaban acerca de vestir a los santos.

Entonces llegó Braulio.

Más joven que ella, moreno y buen mozo, de ojos

color miel. Cariñoso y afable, trabajador, pero, sobre todo, entusiasta, capaz de sacar alegría de un zarzal. Fue él quien supo sacudirle de los huesos aquella rigidez y las pequeñas mezquindades a las que la empujaba la pobreza. De repente, alguien se fijaba en un rostro que ella siempre había considerado anodino, en unos ojos negros que la muchacha creía del montón, en un cuerpo austero y sin curvas y en unas manos ásperas a las que el artesón de lavar había robado su juventud.

Él también supo ver una yesca secreta que Teresa había estado guardando, entre pañales, delantales y horas eternas frente al horno de pan: la voluntad de ser feliz. Simplemente, le trajo la chispa que siempre le había faltado. «El matrimonio es puente que lleva al cielo», le decía. Y, entre la yesca y la chispa, su felicidad ardió como una pequeña llama, tardía pero poderosa.

—Esto es la vida… —Braulio estaba pletórico, viendo a todo el mundo celebrar y divertirse: las mujeres charlando animosas, con sus bebés al cuadril; los hombres jugando a la petanca, echándose un pitillo o midiéndose en el martillo de fuerza; los niños jugando al corro chirimbolo o pagando prendas al Antón Pirulero, y los abuelos con sus bastones, observándolo todo desde sus taburetes—. Hay que aprovechar. ¿Te convido y nos echamos un chinchón?

—¡Pa chasco que no! ¡Si acabas de desayunar! —Se escandalizó su mujer.

—¡Quia! ¡Que no me habéis dejado ni echarme la leche al coleto! —Gritaban para poder oírse por encima de todo el chiquillerío.

—Unos churritos… —Teresa lo pensó mejor, haciendo cuentas mentalmente—. O mejor un churrito cada uno. Pa ti, pa mí y pa los niños. Y andando.

—Mujer… sin chocolate siquiera…

—Sí, guineo y batido a brazo, ¿no te amuela?

—Almendras y altramuces —pidió Pablo, levantando las manos—. Yo, con eso…

—¡Yo también quiero!

—Hala, aquí tenéis un par de reales. Y, Carmen, ¡que no te vea yo echarlo al pilón! ¿Eh? Que los pobres no podemos permitirnos esas supercherías…

La niña agachó la cabeza, con su flequillo igualado cubriéndole la frente. El año anterior Braulio le había dado una moneda para chucherías y ella la había lanzado a la fuente, con la esperanza de que se le cumpliera un deseo. «Unas almendras o un barquillo solo duran un momento, pero un deseo puede durarte siempre.» Al darse la vuelta para comprobar dónde había caído se encontró con que tres pillos estaban ya metiendo sus manitas en el agua, en busca del preciado tesoro.

Carmen y Pablo corrieron a los puestos, que olían a churros y a fritanga, a pajaritos fritos que se alineaban en un espetón.

—¡Mira, Pablo! ¡Allí están jugando al chito!

Salieron corriendo, con Lanas detrás, y comprobaron que aún no había empezado la ronda. Los muchachos estaban colocados alrededor del chito, un pequeño carrete de madera, de dos conos unidos por el vértice. Lo primero era tirar al pato, la línea de salida, para que empezara el que se quedara más cerca. Era la tirada más importante porque los que se quedaban últimos tenían que poner dinero ronda tras ronda y no siempre les llegaba el turno para intentar recuperarlo.

—¿Nos dejáis jugar? —Se adelantó Pablo, siendo el mayor.

—Son tres reales por barba.

Pablo se caló la gorrilla sobre los ojos negros, se metió las manos en los bolsillos, bajó la cabeza y se apartó dando puntapiés a los guijarros. Seis reales era un exceso. Carmen cruzó los brazos sobre el vestidito crema y también se hizo a un lado.

—Apúntanos a los tres y danos unos tejos, anda. Aquí están los reales.

Carmen se dio la vuelta y se encontró con los ojos verdes de Miguel. Llevaba la camisa blanca de los domingos, con pantalón y chaleco negro. Una tirita le surcaba el pómulo, que aún se le veía magullado.

—¿Y eso? —Sonrió Carmen, sorprendida.

—Después de lo de ayer, es lo menos. Aún me quedan unos cuartos de la cacharrería...

—La cría que se ponga conmigo —le interrumpió el organizador del juego, un tagarote que debía ya de tener sus doce años— y tú vas con el niño.

—No —le corrigió Miguel—. Yo voy con Carmen.

Entonces Miguel se agachó en el suelo y fijó su mirada en la raya pintada con tiza. Tenía que apuntar bien, pero, sobre todo, tenía que calcular sus fuerzas para no quedarse corto ni pasarse. Guiñó un ojo, calculando, mientras Carmen apretaba los puños a su lado. La niña se concentró con todas sus fuerzas en empujar el disco, que estaba dentro de la mano sudorosa de Miguel. Como si su deseo y su pensamiento pudieran llevarlo hasta la raya. No quería que Miguel perdiera sus reales.

Cuando abrió los ojos por fin, Carmen se encontró con que el disco había quedado muy cerca de la raya, superado tan solo por el del dueño del juego que, sin duda, tenía mucha práctica.

Empezó la ronda y todos los participantes fueron tirando sus tejos, jugando en equipo, unos arrimando y otros golpeando al chito para que se inclinara y cayera su moneda. Uno de los chicos pecó de exceso y el tejo salió disparado —«¡Hala! ¡En las Quimbambas!»—, con tan mala fortuna que golpeó a un amanuense que estaba mirando la jugada y que, en un alarde de vocabulario, los tachó de «horda de gañanes, gaznápiros, garrulos y ganapanes».

Otros muchachos, como era la costumbre, aprovechaban sus turnos para tirar los tejos a los pies de las chicas que les gustaban, como excusa perfecta para darles palique, mostrar su interés y piropearlas. Cuando volvían al juego no faltaban los rapapolvos de sus compañeros por hacerles perder el tiempo con semejantes zarandajas.

Finalmente, en la segunda ronda nos vuelve a tocar. Pablo ha conseguido arrimar bastante, pero su compañero ha fallado y nos lo han dejado a punto de caramelo. No hace falta arrimar más, así que Miguel y yo nos vamos de cabeza a por el chito. Yo me quedo muy cerca, consigo rozarlo, pero el doble cono de madera ni siquiera se ha tambaleado. Miguel tiene que derribarlo, no puede fallar. Agarra el tejo y yo contengo el aliento. Uno, dos, tres… ¡Y el chito salta por los aires!

Las monedas resuenan sobre el suelo y Miguel y yo nos abrazamos.

—¡Hemos ganado! ¡Hemos ganado!

Damos saltos de alegría, nos volvemos a abrazar, Miguel incluso me levanta un poco del suelo.

Pablo y yo no podemos aguantar la felicidad y corremos a decírselo a nuestros padres. Lanas pega brincos de contento, compartiendo la alegría y los abrazos de todos. Miguel nos invita a chocolate, nos paga una ronda de tiritos, nos convida al juego del barquillero y acabamos con las manos llenas de barquillos. Y de repente, me sorprende mirando a una cámara fotográfica.

—¿Te gustaría hacerte una fotografía?

Me barrunto que debe de ser una cosa harto mágica. Que la imagen de uno pueda ser capturada por obra y gracia de un metal precioso como la plata…

—Yo… No sé… —Pero la expresión de mis ojos no dice lo mismo. Quiero ser partícipe de aquel acto milagroso y Miguel puede adivinarlo. Sabe que será especial, que una parte de mí se convertirá en papel y se podrá tocar. Como un espejo congelado—. Nunca me he hecho ninguna. Va a ser muy caro…

—No te preocupes por eso. Lo importante es que quieras hacerlo. —Miguel sabe que es mi única oportunidad. Que mis padres no pueden trabajar un mundo para pagar una simple fotografía—. En toda buena familia hay que hacerse un retrato de vez en cuando.

—¿Te la vas a hacer tú conmigo? —le pregunto, algo tímida.

—¿Con estos golpes en la cara? —Se disculpó—. No, háztela tú con Pablo y dásela a tus padres. Que la pongan en la cocina.

Pablo y yo nos colocamos muy cerca el uno del otro y observamos cómo el fotógrafo introduce la placa de cristal y luego se esconde bajo el cortinaje negro, presto para hacer el truco. Aguanto la respiración. La magia está a punto de comenzar.

Entonces quita la tapa del cachivache, como el brujo que destapa su caldero, y yo siento como si un segundo durara un ciento. Siento cómo un algo invisible se me va hacia ese agujero negro: la plata lo atrae como si fuera un imán.

Entonces el fotógrafo pone la tapa, como quien le pone un corcho a un filtro encantado.

—¿Ya está?

El fotógrafo se precipita a la pequeña tienda de campaña donde tiene su cuartito, que huele a mil demonios.

—Vaya olor a azufre. —Madre se llega hasta nosotros y espera con la misma expectación—. Si parece salido de las calderas de Pedro Botero…

Finalmente, el fotógrafo sale con el preciado objeto, aún húmedo, recién nacido. Siempre he visto las fotos de otros y ahora soy yo la que estoy ahí, con mi flequillo igualado sobre la frente. Mirándome a mí misma con mis ojos color chocolate. Es un milagro. La tengo en la mano pero casi no me lo creo.

Miguel me regaló alguna cosilla más durante los años

que siguieron, pero nada significó para mí tanto como aquella fotografía. La magia pura no puede compararse con todo el oro, la plata o las gemas preciosas del mundo.

Antes de marcharme de la feria, ya tarde, me pongo de espaldas al pilón y saco de mi bolsillo el real que mi padre me ha dado esta mañana. Murmuro en silencio y lo arrojo al agua. No me importa que luego se lo lleven los críos. Con que el metal se moje es suficiente.

—Que Miguel no se separe nunca de mí.

—¡Vamos, corre! ¡No te quedes atrás!

A Miguel le maravillaba la fortaleza de Carmen que, siendo solo una chiquilla y teniendo un par de años menos, era capaz de ir muy por delante en las cuestas del pueblo sin perder el resuello.

Se había ofrecido a darle una vuelta y a enseñarle Brihuesca «para que dejara de ser el chico nuevo» lo antes posible y se convirtiera en un brioscense más.

El primer lugar al que le llevó fue a la iglesia de San Miguel, que era románica, pero también mudéjar y albergaba en su interior un retablo barroco de enormes proporciones y mayor valía.

—Lo primero que tenemos que hacer es presentarte a tu tocayo. —Sonrió Carmen, ante las puertas de la iglesia. Cuando sonreía los párpados se le veían aún más rasgados, pero los ojos color chocolate seguían llamando la atención—. Esta es la plaza de San Miguel y de ella parte la calle Carmen, así que aquí es donde se encuentran tu nombre y el mío.

—Si alguna vez nos perdemos, nos podemos volver a encontrar aquí.

—¡Eso! —exclamó ella, entusiasta—. Este será nuestro punto de encuentro, donde se encuentran nuestras calles. Mío, tuyo y de nadie más.

Pasaron la mañana callejeando, recorriendo los lienzos que quedaban en pie de la muralla, subiendo y bajando las cuestas de tierra y guijarros, haciendo paradas en cada una de las iglesias y conventos que salpicaban el pueblo. Pero lo que más sorprendió a Miguel en su paseo es que, ni por un momento, dejaba de escuchar el susurro del agua.

Si había algo en lo que Brihuesca sobresalía era en manantiales, fuentes y caños. Era salir de una calle y dejar atrás el rumor del agua para volver a encontrarlo en la siguiente esquina.

—A la villa la llaman el Jardín de la Alcarria —le había dicho su madre, Candela, al anunciarle la mudanza—. Ya verás, te va a gustar.

De la mano de Carmen subió desde la plaza principal, donde destacaba el ayuntamiento y su torre con reloj, hasta la plaza de Herradores, con su olmo gigantesco y los soportales donde se atendía a los caballos y se exponían los trabajos de la fragua. Después de subir la cuesta completa le entró sed y aprovechó para beber en la fuente Blanquina, que tenía nada menos que veinticuatro caños: doce por un lado para servir al lavadero de La Boquera y otros doce por el otro.

—Dicen que si bebes de todos encuentras novio... o novia —le reveló Carmen.

Se les hizo la hora del almuerzo y tomaron un emparedado en el prado de Santamaría, junto a las ruinas del castillo. Desde allí las vistas del valle eran excepcionales y uno podía llenarse la mirada y el alma con la sierra plomiza, las cuestas regadas de árboles oscuros, dispuestos en hileras, los tonos pardos de las tierras y los retales en verde claro y luminoso, en donde se emplazaban los mejores cultivos.

—Cuando mi padre estaba aprendiendo a leer —le contó Carmen— no tenía dinero para comprarse libros y el único que pudo conseguir fue uno muy antiguo con la historia de Brihuesca. Como le costaba tanto, se quedaba siempre en las primeras páginas porque pasaban muchas semanas hasta que conseguía avanzar, se le olvidaba lo que había leído y tenía que volver al principio.

—Mucho mérito tiene… Eso me ha ocurrido a mí más de una vez.

—Pero el caso es que siempre se quedó en la parte más antigua, hasta los romanos, y nunca llegó a saber nada del rey Alfonso o de la guerra de la Independencia. Me contó que la villa fue un poblado celta y que le pusieron un nombre de mujer…

—¿Carmen?

Ella se rió.

—Sí, claro. Bastante es que bautizaron con mi nombre una calle, como para ponérselo al pueblo completo. A la villa la llamaron Briga, que los paganos creían que era la diosa del fuego, de las madres y de las adivinanzas.

—¿Qué cosa es… que cuanto más se mira menos se ve?

—El pueblo. Que se está yendo la luz y pronto no vamos a vernos ni las bolitas de los ojos. Anda, ponte en marcha.

—Pues era el sol, para que lo sepas.

Regresaron a la plaza de San Miguel y subieron por la cuesta extramuros, el mirador de los almendros, hasta que volvieron a adentrarse en las calles. Al pasar un zaguán de arcos blancos, Miguel se encontró, de repente, ante una magnífica galería. Ambos recorrieron el pasillo entre ambos muros, observados por decenas de ventanas perfectamente cuadradas. Al fondo, como en una revelación de ensueño, se erigía un portón propio de gigantes, que era la entrada a un palacio.

Miguel no podía explicarse cómo podía uno encontrarse tal maravilla así, de sopetón.

Estaba callejeando, charlando animadamente con Carmen, y al girar un recodo, de repente, allí estaba, en mitad de la villa.

Semejaba un extraño portal a lo desconocido, flanqueado por sus dos cipreses que triplicaban la altura de un hombre. Guardianes silenciosos que parecían prohibir celosamente el paso. Las maderas del portón eran tan altas que parecía imposible haberlas sacado de un solo tronco y la cartela superior escondía un mensaje indescifrable, algo sobre la Orden de Santiago, que advertía a los incautos y los conminaba a no pasar. Un rotundo escudo de piedra, de leones y castillos coronados, era como un sello mágico sobre el conjunto. El que, definitivamente, lo distinguía como entrada a otro universo.

—Es la Real Fábrica de Paños —anunció Carmen—. Mi lugar favorito del mundo entero.

Miguel estaba boquiabierto ante la visión, pero las voces de unos hombres, allende las puertas, le despertaron. Era casi de noche y había que volver a casa.

—¿Me llevarás algún día al otro lado?

—Por supuesto —contestó ella. Y le tomó la mano.

3

CABALLO DE FORTUNA

—¿Podría usted quedarse con esta marisabidilla? Será solo por hoy…

La voz de la maestra resonó por todo el pasillo y los estudiantes volvieron sus cabezas —rubias, morenas, rapadas— al unísono. El propio pasillo se llenó de curiosos que se asomaron, buscando chismes.

Carmen juntó fuerte los talones, respiró profundamente y se mantuvo erguida. En una esquina distinguió el rostro pálido, enmarcado por los mechones tostados de Miguel. A su lado, Pablo resoplaba como un borrico en una noria, como si ya estuviera mascando la perorata.

—¿Carmen Blasco otra vez? —preguntó el profesor Marquina.

—No para de hablar y dar la murga —explicó la maestra—. Debe de ser que ya lo sabe todo y no le queda nada por meter en el magín. Así que creo razonable que se quede con los mayores.

El señor Marquina, incapaz de llevarle la contraria a su voluntariosa y decidida compañera, hizo pasar a Carmen con un amplio gesto de su vara. Luego se dio la vuelta y continuó paseando y haciendo su disertación, ofreciendo a sus alumnos el cogote prematuramente encanecido.

Carmen intentó abrirse paso entre las mesas y bancas atestadas de varones, hasta una de las paredes, contra las que se alineaba el puñado de sillas que ocupaban las chicas. Eran muy pocas las que permanecían en los cursos superiores. A medida que pasaban los años acababan abandonando para aprender oficios, ayudar a sus padres, cuidar a sus hermanos o abuelos... hasta que se casaban.

Carmen, que ya tenía sus once años, tomó asiento entre las muchachas mayores, futuras maestras, enfermeras y gobernantas... Tenían ya el programa completo de doctrina cristiana, lectura y escritura, gramática y ortografía, aritmética y sistema de medidas. Y, a falta de las mesas, que eran privilegio de los muchachos, ellas apoyaban sus libros directamente sobre las piernas y se las apañaban como podían a la hora de escribir.

La del señor Marquina y su pasante era la única escuela pública del pueblo, hasta con ciento veinte alumnos que hacían una contribución muy pequeña. En los cursos de los pequeños había separación completa entre niños y niñas, pero en los cursos superiores, siendo tan pocas las muchachas, no merecía la pena ponerles un aula en exclusiva.

Miguel, sentado junto al caballete con la pequeña pizarra, levantó la mano para saludar, echando breves miradas de cautela a la vara del maestro. Las manos del joven se habían transformado desde que trabajaba de aprendiz en la fragua: ahora eran más fuertes, acostumbradas a sujetar y a moldear los metales, a luchar contra el hierro a martillazos. Sus brazos también se habían fortalecido y a veces mostraban las rojeces con las que marcan los besos del fuego. «Los besos de Briga», los llamaba él.

Carmen, sin nada que hacer en aquella clase de niños mayores, pronto se distrajo recorriendo los distintos rincones del aula con la mirada. En la pizarra estaba puesta la fecha: 31 de enero de 1889. Solo faltaban tres días para su próximo cumpleaños y las cigüeñas habían adelantado su vuelta: hacía varios días que podía contemplarlas desde su cuarto. En la pared del fondo había una vieja lámina de Alfonso XII que aún no se habían molestado en cambiar por la de su hijo, en el centro un crucifijo y al otro lado un mapa de las colonias. A la niña le pareció que Cuba tenía la forma de un puente dentado sobre un río. Un puente para alargar el pie y escapar, para alcanzar orillas remotas y fantásticas. En las fotos de los periódicos se veían soldados con un fondo de espuma y de palmeras, loros en los hombros y playas que no tenían fin.

Carmen pidió prestada una hoja y un lápiz para entretenerse.

«¿Cómo será el mar?», escribió en su carta. «¿Como bañarse en una pintura salada, azul y verde? ¿Una sopa de cielo y de hierva, llena de peces que te acen un besamanos como si fueras el ovispo? Quiero canbiar las mulas por los caballos de mar y los granos de trigo por los de arena. Y enredarme en las algas en vez de las zarzas y las coscojas. Y cambiar el mar de espigas por uno de espuma. Miguel, ¿y si nos escapáramos tú y yo?»

Después dobló cuidadosamente la hoja y la metió en

el delantal. Era una carta secreta, que no vería nunca la luz. Una ficción, al igual que sus huidas imaginarias allende los mares. En cuanto llegara a casa, la echaría en el fuego del hogar.

—¡Ay! Deja que te ayude, Candela. No me seas tozuda.

Teresa le quitó a la costurera las sábanas de entre las manos y comenzó a doblarlas ella misma. La mujer había hincado la rodilla en el suelo, mareada. Sus delicados cabellos rubio ceniza se escapaban del moño con que los mantenía recogidos.

—Solo necesito un momento y estaré bien…

—Está claro que hoy no te encuentras muy católica. ¡Es que no descansas nunca, mujer! —Era un consejo, pero también una insinuación. Candela estaba hasta arriba de encargos, pero seguía pasándole la faena con cuentagotas. Necesitaba más descanso, mientras que a Teresa le venía bien hasta el último real que pudiera llevar a su casa—. Apóyate más en mí, que para eso vengo. Entre la costura, la casa y la huerta vas a caer enferma. Y eso sí que no va a ayudar en nada a Miguel.

—Miguel está hecho un hombre y cada vez me necesita menos. En la fragua solo está de aprendiz y apenas le dan unos cuartos para sus gastos… pero en poco tiempo traerá a la casa más reales que yo.

—Es menester de todo buen hijo.

—Prefiero que lo ahorre para su futuro. Yo nunca he dependido de nadie, Teresa, y no quiero ahora ser una carga para él. Nunca he pedido nada y he tenido que pelear mucho para esquivar las deudas. Cuando entregue la pelleja, me iré tal y como me ves. Con las cuentas bien limpias y en papel de marquilla. Sin dejarle a mi hijo ninguna mancha y ningún agujero en el bolsillo.

—Eso te honra. No puedo imaginarme lo que has debido de pasar…

Candela abandonó su tono reivindicativo, al ver la comprensión que había en los ojos de Teresa. Relajó la tensión y la actitud defensiva.

—En Casona todo era más fácil. Por lo menos allí tenía a mis padres y a mis hermanos…

Teresa continuó doblando las sábanas y empezó a colocarlas con cuidado en un estante de la pared. De repente, reparó en los sollozos ahogados de la costurera.

—Ay, mujer, pero no te amostaces… —Dejó arrebujados los linos que aún faltaban por doblar y acudió a su lado—. Con la fuerza que tú tienes, que eres de la pasta del mortero. ¿Por qué decidiste mudarte de Casona, si allí estabas bien?

Era una pregunta que Teresa se había hecho infinidad de veces. ¿Por qué Candela se había marchado de Brihuesca hacía años, de la noche a la mañana, y por qué había decidido volver justo ahora? Durante mucho tiempo no había podido quitarse de la cabeza que Braulio casi se había prometido a aquella mujer. De que Candela había sido su primer amor, una muchacha rubia, delicada y grácil, una auténtica beldad… antes de fijarse en ella, en Teresa, la mujer anodina y estirada en la que nadie había puesto sus ojos antes.

—Lo hice por mi hijo. Para que se haga justicia. Para que le den lo que le corresponde por herencia.

—Su padre, ¿es de aquí? —preguntó Teresa intrigada. Había dado por sentado que Candela se había quedado encinta en Casona, después de abandonar a Braulio. Pero ahora el brete se le presentaba claro como arroyo de monte: Candela se había marchado del pueblo por vergüenza. Al haberse quedado encinta de otro hombre.

—Es vecino de Brihuesca, sí.

—Y por eso te marchaste. Por el rorro…

Candela confirmó con un gesto afirmativo. Teresa se frotó los ojos con el pulgar y el índice. No era momento de juzgarla. Ella era, probablemente, la única amiga que Candela tenía en el pueblo y se le estaba confiando de corazón. Había engañado a Braulio, es verdad, le había traicionado, pero había pagado su penitencia. Había preferido huir con su vergüenza antes que cargar a Braulio con un hijo ajeno. Había enmendado buena parte de su indecencia.

—Cuando me llegaron noticias de que don Rafael estaba enfermo —se excusó Candela entre lágrimas—, decidí que tenía que intentarlo. Para hacerle justicia a Miguel.

—¿Don Rafael? ¿El patrón?

—Yo no quería… Pero ¿qué más da lo que una quiera? Ya sabes cómo son las cosas… El que posee una tierra se cree dueño también de todo lo que la pisa. Y tampoco puede una muchacha ir escoltada día y noche.

Teresa comprendió entonces todo lo que había pasado como si se abrieran las puertas de una habitación que llevara mucho tiempo clausurada. Los secretos también olían a cerrado y a humedad insana. También tenían que ventilarse y remover su polvo abominable.

—Acabáramos… Ese endriago…

—No quería que Braulio echara a perder su vida, así que callé. Bien sabe Dios que, para un aparcero, perder los nervios con el señor equivale a la ruina o a la muerte. Preferí, ya ves, hacer mutis y marcharme.

—Has demostrado ser muy echá palante, Candela. No tienes de qué avergonzarte.

—Si acaso de no enfrentarme antes a don Rafael. He estado demasiado tiempo callada, pero se acabó. Al fin reuní el valor y vine a pedirle las cuentas que me debe. Ya no vivo en sus tierras ni trabajo para él. Me gano mi condumio honradamente, con mi trabajo. Así que fui a verle y le canté las cuarenta. No creo que vaya a darle a Miguel ni un real, pero al menos yo ya he cumplido con mi parte. Si me dan los santos óleos mañana mismo, no tendré remordimientos.

Aquel caserón siempre causaba el mismo efecto en todos los aparceros y Braulio no era una excepción. Empezaba a creer que el patrón los emplazaba allí a sabiendas.

La recepción, con su techo de doble altura, era tan sombría como la entrada de una cueva. Apenas llegaba luz al largo pasillo en el que retumbaban las voces, con los ecos propios de las grandes y desoladas estancias. Los candiles y alguna que otra lámpara ofrecían una luz amarillenta y pobre, que delimitaba los contornos de un aparador de madera en roble envejecido y dos arcones gemelos de dimensiones herrerianas. El olor penetrante del vino emanaba de las bodegas subterráneas del señor cuando algún sirviente abría las puertas del sótano y se mezclaba con el hedor a humedad.

Braulio sujetó fuerte la gorra, que ya se había quitado y que apretaba entre las manos. Era un buen asidero con el que combatir aquella sensación inquietante. Le habían ofrecido una silla, pero prefirió permanecer en pie. Su mirada vagó por el suelo de damero blanco y gris, donde se alternaban dibujos de cruces casi negras. Un motivo de mal agüero.

A la derecha le llegaron visos de la capilla de la casa, apenas un rellano donde había una figura de metro y medio de la Virgen de la Peña, la patrona de la villa, junto con varias estampas de los santos, dos reclinatorios y un manto púrpura bordado. Dos benditeras la flanqueaban y Braulio estuvo tentado de meter la mano en ellas y persignarse, pero se contuvo.

¿Cómo sería vivir permanentemente en aquel caserón?

Amelia, el ama de llaves que le había recibido, tenía el rostro apagado y amargo como un ánima y el tintineo de sus joyas, hechas con ristras de reales, la precedía al caminar. Después de su breve bienvenida se impuso un silencio de cripta que casi se hacía palpable en los pasillos.

La espera lograba el efecto tan temido por Braulio: a cada segundo que pasaba se sentía más desasosegado, vulnerable e insignificante. Temía la aparición de aquel hombre, que guardaba su destino y el de su familia en el puño. Aquella residencia era una suerte de Escorial sobrio e imponente, la fortaleza del que era su enemigo y, a la vez, su único aliado frente al hambre.

El reloj de péndulo dio la hora desde el salón y solo entonces, con impecable puntualidad, apareció don Rafael en la balaustrada del piso superior y bajó las escaleras flanqueadas de pinturas con escenas de caza y astas de cérvidos. A medida que bajaba, iba golpeando los barrotes con la fusta, una extraña manía que sus jornaleros ya le habían visto otras veces.

Don Rafael, con las botas negras limpias y la fusta en la mano, parecía preparado para salir a montar. Braulio dudó de que le fuera a dedicar más de dos minutos de su valioso tiempo.

Se situó frente a él, le dirigió una mirada penetrante de sus ojos oscuros y se manoseó la incipiente barba negra.

—¿Y bien?

Braulio se preguntó cómo podía haber gente en el pueblo que dijera que don Rafael tenía los ojos verdes. Algunas mujeres lo aseguraban, pero a él le resultaba imposible creerlo. «Dos carbones tiene por clisos», había defendido siempre. Negros como boca de lobo.

—Es menester que hablemos del arriendo. —Intentó parecer cortés, añadiendo palabras a su habitualmente parco discurso. No quedaría como un torpe analfabeto. Y no se dejaría amedrentar. Se lo debía a Carmen y a Pablo. Y a Teresa. Se lo debía a sí mismo.

—Pasemos a mi despacho.

Sorprendido, Braulio asintió y siguió a don Rafael a lo largo del pasillo. Se sentó frente a un amplio escritorio de caoba, donde había una escribanía de plata de dos tinteros, con la figura de un caballo alzado de manos.

—Todo está dispuesto —dijo don Rafael extendiéndole el papel—. Solo tiene que firmar aquí.

—De eso precisamente quería hablarle. Sabe que las cosechas no han sido buenas este año. —Braulio tomó aire y se armó de valor—. He venido a pedirle que mantenga el arriendo tal y como está.

Don Rafael retiró el papel hasta ponerlo de nuevo frente a sí.

—No esperaba eso de usted, Braulio.

—¿El qué? —preguntó, impresionado. Ahora temía. Bien poco le habían durado los arrestos.

—Que no fuera usted cumplido. Un hombre de palabra. Que no fuera usted capaz de mantener sus compromisos.

—He hecho todo lo que he podido, patrón. —Notó cómo sus manos humedecían el paño de su gorra. Estaba sudando.

—Tengo que decir que me ha decepcionado.

Eran muchos en el pueblo los que decían que don Rafael estaba enfermo. Que se estaba muriendo y que por las noches sufría de terribles dolores. Si realmente era así, conseguía ocultar por completo su dolencia. Se lo veía demacrado, sí, mucho más delgado y macilento, pero su actitud firme y altiva era la de siempre.

—Sabe usted que no ha sido por desidia. Que soy un hombre trabajador. He venido a pedirle... a... suplicarle —se arrepintió en el mismo momento de decir la palabra; se había prometido que no suplicaría, pero la angustia ya le embargaba— que mantenga usted el contrato anterior.

—Haremos una cosa —dijo don Rafael, adoptando una pose magnánima—. Será una subida muy leve. Un dos por ciento, nada más. Volveremos a revisarlo el próximo año. Pero más le vale pagarme esta misma semana lo que acabamos de acordar.

Braulio asintió aliviado. El patrón le señaló la escribanía con un gesto de la mano y volvió a tenderle el papel.

El aparcero intentó sujetar la pluma sin que le temblaran las manos. Nunca había escrito nada con un utensilio tan costoso. Se le ennegrecieron los dedos de tinta al instante, por la falta de maña a la hora de cogerlo, y marcó torpemente una cruz al pie del documento.

Ese mismo día, cuando no había nadie en la casa, Braulio se subió en una silla y sacó de lo más alto de la alacena una caja de latón, en cuyo interior bailaban un puñado de reales. Abrazó a Lanas que aquel día se había quedado en la casa labriega, triste por la separación del amo. Otro cumpleaños que Carmen tendría que pasar sin fiesta y sin regalo alguno.

Marengo se sobresaltó por el griterío y pateó el fondo de la cuadra, amenazando con arrancar los listones de sus clavos.

—Calma, rapaz. Calma… —Pablo lo sujetó con fuerza por las riendas—. Que solo son hombres, no ánimas…

Los señoritos venían dando voces por el pasillo que

llevaba a las cuadras. Quedaba claro que mantenían una amarga discusión.

—¡Ha sido un dislate comprarte ese caballo! —Pablo reconoció el grave y desdeñoso timbre de Justo Núñez—. Una asnada con todas las letras. Absurda manera de malgastar tus bienes, Antonio.

—¡Estolideses! —se defendió él, con su acento andaluz. Se había repeinado hacia atrás los cabellos rubios y sus ojos azules brillaban ofendidos en su rostro redondo, que ya rozaba la treintena—. Ni siquiera lo has visto aún.

—No necesito ver a ese penco para saber que es peor que el que ya tenías. El antiguo era hermano de Moca, que es el mejor caballo que ha pisado estas tierras.

—Moca y su hermano ya no son potrillos, ompare. Este es más joven y está más fuerte.

Llegaron por fin frente a Pablo y este se echó a un lado para que pudieran admirar al semental. Era esbelto y bajo el pelaje lustroso se adivinaba la musculatura de un campeón. El color era grisáceo y cuando estaba sudoroso en carrera tenía un brillo como de luna. Las crines largas e hirsutas, en tono pizarra, eran las que le daban su nombre. En verdad parecía descendiente del otro Marengo, el caballo legendario de Napoleón.

—Dime si no es la mayor beldad que has visto en tu *vía* —presumió Antonio, orgulloso.

—Cualquiera diría que estás requebrando al caballo. ¿No le habrás cogido cariño en exceso? —Los otros dos jóvenes que venían con ellos le rieron la gracia—. Te advierto que han abierto un nuevo burdel a las afueras del pueblo para esos menesteres...

—Andróminas pa ocultar la pura verdad del cante. Este caballo le da mil vueltas a cualquiera de los tuyos.

Justo arrugó el entrecejo. No estaba dispuesto a darse por vencido.

—Habría que verlo en carrera para saber si te tienes que comer tus palabras.

—Pues al Moca lo vienes montando tú. Su hermano está ahí, ataíco al final de la cuadra. Y al Marengo lo tienes aquí delante. Así que podemos echar esa carrera ya mismo.

—¿Aquí? —preguntó uno de los muchachos.

—¿Ahora? —Se sorprendió el otro.

—A menos que Justo no tenga el cuajo para la apuesta…

—Ponle tú la cantidad —respondió él, desafiante.

Don Antonio sonrió.

—Esto ya es otra cosa. Voy a hablar con mis mosos.

—Está bien, pero yo elegiré qué jinete monta a qué caballo. No vaya a ser que subas a un patán a mi purasangre y me lo desgracie.

Pablo acarició las crines gris oscuro para calmar al caballo, cuando en realidad era él quien necesitaba de sosiego. Las observó a la luz que se filtraba por los ventanales: a veces le parecían casi de un azul oscuro, como de noche incipiente, como el mar tempestuoso que había visto en algunas marinas al óleo. Era uno de esos pelajes que llamaban «de azulejo». Era imposible que ganara aquella carrera. Pero también era imposible que un caballo fuese azul y allí estaba, delante de sus ojos.

En su mano izquierda agarraba fuerte la brida. ¿Cómo iba a poder montarlo y, más allá, llevarlo hasta la victoria, cuando las manos le temblaban con el mero contacto de los arneses? El cuero se le enterraba en las palmas hasta enrojecerlas. Marengo intempestivo, ¿cómo podía domarse un mar encrespado?

Se persignó y rezó a la Milagrosa en voz baja y la oración le dio arrestos para ponerle los arneses por encima.

Tres mozos de carreras había mandado a llamar don Antonio en sus propiedades, con la mala fortuna de que el tercero había marchado aquella misma mañana, al pueblo vecino, y nada había dicho de ello al patrón.

Ante el intento de posponer la prueba, Justo le había acusado de cobarde, chalán, embustero y tramposo, por lo que don Antonio, si quería conservar el honor y la compostura, no tuvo más remedio que nombrar a un tercer jinete. Y el único muchacho que había disponible era Pablo.

—Ya sé que te estoy pidiendo una hasaña como la toma de Samora, pero don Justo insiste en que seas tú el que monte a Marengo. Te ha visto muy pollo y quiere aprovecharse, pero yo sé que tienes cualidades. Es verdad que aún te faltan mañas de jinete, pero ya tienes lo básico: sabes galopar y mandar a los animales. Si consigues llegar a la meta habrás cumplío, pero si ganas te doy la mitad de la apuesta.

Antonio Cordero era un buen patrón y su generosa oferta estaba en la línea del trato que siempre le dispensaba a Pablo. Era un joven sencillo, casi treintañero, que, a pesar de su pelo rubio y ojos azules, no podía describirse como agraciado, debido a las redondeces de su rostro y a una papada genética que le desfavorecía. No estaba grueso, tenía un cuerpo fuerte, pero cuando era pequeño los otros niños le decían que tenía la cara de una pandereta y el apellido Cordero no le había ayudado. Siempre se había sentido más cómodo entre la gente de campo, que le daba el respetuoso trato de patrón, que con los señoritos de la ciudad de Sevilla, de los que recelaba. Su familia le había reclamado numerosas veces, pero él prefería mantenerse alejado de la capital. Cuando un tío suyo murió y le dejó en herencia las tierras alcarreñas, don Antonio no lo dudó y se puso manos a la obra para realizar su sueño: el de levantar su propio cortijo donde criar caballos para el rejoneo. Aunque estuviera en mitad de Guadalajara lo había dispuesto todo al modo andaluz y consideraba que estaba alcanzando la vida que siempre había deseado. Ya solo le faltaba el casamiento.

«La mitad de la apuesta. Trescientos reales nada menos», calculó Pablo, apoyado en el lomo de Marengo. Más parné del que había visto junto en toda su vida. Podría comprar trigo, en lugar de avena y cebada; pedirle al tablajero su mejor vaca: solomillo, lengua y chuletas riñonadas, y no la tapa de cencerro y las piltrafas llenas de nervios; arrobas de alubias y garbanzos, en vez de tanta haba y tanto arroz. E incluso una botellita de aguardiente para su padre...

—Pablo...

Fue solo un susurro, pero le arrancó de sus cuentas de

lechera con una sacudida. Era Isabel, en el marco de la puerta.

—Los señores quieren que vayas —le anunció—. El resto de los jinetes ya están preparados...

Sin pensarlo dos veces, ajustó las cinchas y tomó las riendas.

Isabel caminó junto a él hasta la línea de salida. Había estado observándole durante todo aquel rato en que se preparaba, sin atreverse a abrir la boca. ¿Qué podía decir para ayudarle? Ella no sabía nada de caballos. Solo era una pobre muchacha ignorante, que había abandonado los estudios, con el único bagaje de la escuela obligatoria. Era mayor que Carmen, iba a cumplir catorce años, y su familia necesitaba el dinero. No había tenido tanta suerte como su amiga, que tenía a su padre defendiendo su educación a capa y espada. Isabel había seguido el camino habitual de las muchachas sin posibles.

Había conseguido entrar a servir en casa de don Antonio gracias a la pura insistencia. Desde que había sabido que Pablo acudía allí por las tardes, lo había visto como una oportunidad para acercarse a él. En aquel momento había sido tan ingenua de preferir el trabajo a la escuela.

Sin embargo ahora, caminando junto al muchacho, lamentaba no ser más versada y culta para poder escoger las palabras correctas. «Me gustaría darte esto. Lo he hecho para ti, es una cosa de nada.» La mano, en su bolsillo, apretaba el pañuelo que llevaba tiempo intentando entregarle. La abuela de Isabel había trabajado de encajera, decorando canesús y haciendo puntillas de mantelería, al abrigo de la Real Fábrica de Paños y la floreciente artesanía textil de la villa. Y cuando Isabel aún era niña la había dejado inclinarse sobre los bolillos y aprender sus intrincados cruces y descruces. Ahora tenía la excusa perfecta para dárselo: «Seguro que te da suerte para la carrera».

Pablo, sin embargo, iba ensimismado en sus cuitas y no reparaba en ella. Y la joven no quería molestarle con sus tonterías. Así que pronto se separaron y el muchacho se colocó junto a los demás jinetes. Isabel había perdido su oportunidad.

Don Antonio estaba visiblemente preocupado y don Justo permanecía serio, cruzado de brazos y con el reloj de leontina en la mano, como si estuviera contando los minutos que faltaban para su victoria. Pablo se irguió sobre el lomo de Marengo y aguardó.

Un perdigón al aire fue señal suficiente para que los caballos salieran como alma que lleva el diablo.

Pablo estaba dispuesto a mantener la mirada al frente y no vacilar, mientras su mundo se sacudía borroso, a izquierda y derecha, y sentía el frío cortante en sus mejillas. El choque de los cascos era ensordecedor en sus oídos y la tierra olía a humedad cuando las patas desprendían los terrones a su paso.

Era tan solo una vuelta a la propiedad principal, pegados a la muralla de piedra, pero Pablo vio cómo sus ambiciones pronto se desinflaban: los dos mozos imprimían a sus monturas un ritmo salvaje y ya le sacaban distancia.

Isabel, que le seguía desde la línea de salida y no perdía ripio de la carrera, temió por él. Apretó aún más fuerte el pañuelo que guardaba en su bolsillo, como si aún pudiera transmitirle su suerte. El muchacho iba a tenerlo muy difícil para salvar la cara delante del patrón.

Entonces Pablo tuvo que reconocer que era el miedo lo que le atenazaba. Temía desatar toda la fuerza de Marengo y poner en peligro su propia vida.

«No puedes mirar hacia abajo. El peor enemigo de un jinete es el miedo a caer.»

Tenía que sobreponerse al vértigo o nada le salvaría de la humillación.

Cerró los ojos, se encomendó a san Antón, protector de los animales, y azuzó al caballo. «¡Libérate, centella! ¡Caballo de fortuna!»

Marengo, espoleado entonces por los fustazos, comenzó a acortar distancias, haciendo retumbar el cuerpo de Pablo hasta en lo más profundo. Sentía en sus huesos el fluir tormentoso del galope: la tempestad se había desatado y aquel mar grisáceo y azulado amenazaba con romper contra la línea de meta. Sumergido bajo las aguas imaginarias de aquel frenesí, el jinete sentía la presión en los oídos y no podía escuchar ya nada que no fuera el ritmo del galope, que era también el de su propio corazón.

Con gran esfuerzo logró igualar a sus rivales y le llamó la atención el jinete de Moca, que iba cabeceando a su derecha. Tenía fiebre, se lo había dicho aquella misma mañana. Un secreto que bien se había guardado el patrón, como un as en la manga.

Sintió entonces, por primera vez, que Marengo rompiente podría conseguirlo. Que ya no era más un imposible.

A escasos metros por delante ya podía intuir las orillas de la meta, el destino de espuma y victoria donde se agotaban las marejadas.

El viento silenció todas sus voces, el sol abrió bien todos sus ojos y Marengo barrió la meta con un golpe de oleaje.

—¡He ganado, Carmen! ¡He ganado!

Miguel sonrió mientras veía cómo Pablo entraba por la puerta y se echaba en los brazos de su hermana. Isabel llegaba tras él, con cestos de comida en los cuales Lanas trataba de meter el hocico, mientras giraba alrededor de ella y ladraba de alegría. Traía, además, un precioso mantón blanco colgado del brazo. Era una pieza tres cuartos y de pequeño tamaño, propio para una niña, pero estaba bordado en seda con llamativos rojos y verdes.

—¡Muchas felicidades! —exclamó la muchacha, alborozada—. Todo esto te lo trae tu hermano, que gracias a los pencos ahora es hombre de posibles...

—Hombre, tanto como de posibles, no sé... Pero sí como para darse una alegría al cuerpo. —Tomó el mantón y se lo puso a Carmen—. O para dársela al cuerpo de otra. Ea, ya tienes regalo. Y te queda fetén.

—De guinda —confirmó Isabel—. Estás hecha un primor.

Carmen miró a Miguel y él le devolvió una sonrisa. Los dos tenían razón. Estaba muy bonita.

—¡Y aún hay mucho más! —exclamó Pablo, eufórico—. Dos pollos, leche, manteca y dos docenas de rosquillas. Dos por cada año que cumple mi hermanita preferida…

—Hijo, pero entonces ¿cómo has conseguido todo esto? —Teresa estaba preocupada—. ¿Gracias a los pencos? ¿Te lo ha regalado don Antonio?

—¡Quia, señora! —intervino Isabel—. Que se lo ha ganao él solito con esas mañas suyas. Con estos clisos los he visto yo. Un carrerón de locomotora, que parecía que le habían echao atrás a tos los diablos.

—Hijo, pero ¿desde cuándo montas tú a esos animales? Puede ser peligroso. Y si te pasara algo…

—¡Ay, mujer! —protestó Braulio—. No te reconcomas tanto. Deja que el muchacho se explique.

—Madre, monto desde hace por lo menos tres años. ¿Qué cree que hago por las tardes después de la escuela?

—¡Pues ayudar al señor Antonio…! —La mujer se encogió de hombros—. Darle friegas a los caballos, limpiarle las cuadras…

—Pues que sepa usted que hago todo eso y muchísimo más. Se los desfogo cada vez que está de viaje y hasta estoy empezando a domarlos. Usted está viendo a quien algún día será un gran jinete, madre, un campeón. Ya lo verá.

—Tendría que haberle visto, señá Teresa. Un chupinazo era…

—Se me asa el alma de pensar que puedas quedar lisiado por culpa de esas bestias —insistió Teresa.

—Pues yo estoy muy orgulloso de ti, hijo. —Braulio le puso la mano sobre el hombro—. Y bien que vamos a disfrutar de tu premio. Vino para todos, hala, y no me protestes, mujer, que te veo venir. Carmen tiene ya doce añazos y ya es hora de que hagamos un brindis al completo. ¡Por Carmen y por mi hijo campeón!

Miguel, apartado en una esquina y con la pierna en alto, se sentía algo fuera de lugar en aquella escena tan familiar, pero las repetidas miradas de Carmen, su esfuerzo por incluirle, le demostraban que no estaba de más. Ella siempre había sido así con él, en la escuela, en la plaza, en el parque… Siempre pendiente de que estuviera bien, de que aquel niño nuevo que no tenía amigos no fuera excluido. De que no estuviera solo. Durante aquellos tres años se había transformado en su más fiel amiga, una suerte de pequeña protectora.

Ahora estaba todavía convaleciente. Hacía menos de un mes que había tenido el accidente en la fragua, cuando se cayó un yunque y le fracturó dos dedos del pie izquierdo. Habían sido días largos sin apenas poder moverse y Carmen le había ayudado de todas las maneras posibles, cubriendo sus tareas, haciéndole recados y echando una mano a Candela. Cada día había hablado con el señor Marquina para saber por dónde iban las lecciones y le había llevado los libros para que no se quedara atrás.

—No voy a poder volver a andar bien… —Se lamentaba él durante el reposo obligado, con la pierna sobre un taburete en la cocina de su casa.

—No digas tonterías —le reprendía ella—. Andarás bien. Aprenderás a hacerlo de otra manera, pero lo harás más que bien, estupendamente.

—Tendré que ir a la escuela renqueante. Los demás muchachos me señalarán y me llamarán lisiado.

—Y un segundo después se tragarán los dientes porque iré yo a darles una buena solfa.

Carmen le hacía reír con su energía inagotable. No se le podía llevar la contraria. Simplemente era demasiado entusiasta, estaba llena de vida y fortaleza. Era imposible no contagiarse de su arrollador espíritu y de sus ganas de salir adelante. En eso había salido por completo a su padre.

—Además —insistía Miguel, con una sonrisa—, ¿qué muchacha va a querer ir del brazo de un cojo? Tendré que bailar solo en todas las verbenas...

Entonces Carmen le había dado un beso en los labios. Había sido algo muy breve, como un pestañeo, y tan suave que, por un momento de confusión, Miguel no estuvo seguro de si había sido real o se lo había imaginado. Luego la chica echó a correr, dejándole solo, y esa fue para él la prueba irrefutable: en verdad le había besado y había aprovechado para salir corriendo, a sabiendas de que era imposible que él la siguiera.

Después de que terminaran la comida, Carmen se ofreció a acompañar a Miguel a casa. El chico iba aún con las muletas y tenía un camino largo que recorrer. En invierno la noche caía temprano, por lo que debían ponerse en camino pronto.

Estaba atardeciendo y las espigas cedían su color pálido para capturar el bronce del sol que se ocultaba. El campo entero se llenaba ya de sombras y de brillantes pinceladas como pequeñas llamas. Naranjas encendidos, ámbar, ocre y oro rojo. Los colores de la fragua, del hogar y de Briga.

—Gracias por invitarme, Carmen. Lo he pasado muy bien.

—Gracias a ti por venir, así como estás. Ya sé que es un esfuerzo enorme…

—Así no pierdo fuerza en los brazos, para cuando vuelva al trabajo. Y además, me ha compensado con creces por verte tan feliz.

—No hubiera sido así si hubieras faltado.

—¿Ya me estás requebrando otra vez, galana? —Le sonrió, con picardía y algo de reparo.

—¡Pa chasco que no! —Se ruborizó ella, avergonzada, ante las que ya eran carcajadas de él—. ¡Yo no hago eso!

Le pegó un pequeño empujón de fastidio, con tan mala fortuna que el chico perdió el equilibrio, la muleta se torció y fue a dar con sus huesos en el suelo.

—¡Ay! Perdona… Perdóname, Miguel… Dios bendito, ¿te has hecho daño?

—Uf… —Se quejó él de dolor.

Carmen se arrodilló a su lado, preocupada, y el muchacho aprovechó para abrazarla y lanzarla también al suelo.

—Si serás tunante…

—Contigo es la única manera.

Miguel miró fijamente los ojos negros de Carmen, que contenían el atardecer, y en ellos vio reflejados todos los colores del fuego. Y supo que, si ella no era la mujer de su vida, entonces no podría serlo ninguna. La besó, poniendo en aquel beso su corazón entero.

—Contigo es la única manera... —repitió, cuando por fin se separaron—. Ahora estamos en paz.

—Pues habrá que desempatar ya mismo.

Volvieron a besarse. Carmen le acarició los cabellos, cuyos reflejos de un rubio oscuro se habían encendido momentáneamente, como un efecto óptico por la inclinación del sol. Sus ojos color aceituna ahora parecían del color de la miel. Nunca le había sido fácil definirlos.

—Siempre intentaré que el día de tu cumpleaños sea igual de feliz que hoy. Te lo prometo.

—Acércate más, hijo. Deja que te vea a la luz.

Justo había intentado mantenerse alejado de su padre durante toda su enfermedad. A decir verdad, había intentado mantenerse alejado de él durante toda su vida.

Don Rafael siempre había pasado largas temporadas fuera del caserón, dejando al pequeño Justo con su madre, que tenía toda su felicidad puesta en el niño. Paseaba con él por la finca en la mañana, por las tardes le contaba cuentos, cuando le mantenía arrodillado a su vera mientras ella bordaba. Por la noche, a la hora de dormir, le cantaba el *Mambrú se fue a la guerra*. «No sé cuándo vendrá, do re mi, do re fa...» «¿Como papá?», preguntaba el niño. Pero las temporadas en que don Rafael regresaba, Justo no podía olvidarlas. Lo que ello traía consigo. Los cascos del caballo de su padre golpeando en el camino le hacían estremecerse, como un heraldo fatídico. Eran una música siniestra en la casa, que solo anunciaba infelicidad.

Después, tras la muerte de la madre, le habían mandado una temporada con su tía para que acabara de criarle. Y a su vuelta, a los doce años, los papeles ya se habían invertido: don Rafael se había recluido en la casa. Por responsabilidad, quizás por culpabilidad. Pero también porque la edad y la mala salud solo le invitaban a estar enclaustrado.

Para entonces ya era tarde para reencontrarse con su hijo, o más bien para encontrarle por primera vez, puesto que nunca le había prestado atención realmente. Más de tres años habían pasado de su regreso y un Justo desconocido se había hecho mayor y había tomado las riendas de su vida: a sus dieciséis años pasaba largas temporadas en casa de otros vecinos terratenientes, supervisando las propiedades o, simplemente, cabalgando. Era consciente de la importancia de estar bien relacionado y hacía vida de señorito con la gente de su clase, también en los pueblos vecinos: apuestas y carreras de caballos, veladas de pianola y tertulia, sus primeros cigarrillos de hoja, las primeras visitas al burdel local. Las relaciones sociales eran parte del poder, del control. Un control que, durante mucho tiempo, se le había negado por aquella condición injusta y miserable que era la infancia, donde uno está siempre excluido de las decisiones sobre su propia vida. Un control que siempre había ejercido el padre, mientras él se consumía de rabia, impotente, incapaz. Se había jurado que jamás lo volvería a perder.

Y ahora aquel padre, que había ido retrocediendo paso a paso, buscándole en la oscuridad, agonizaba. Intentaba volver a la casilla de salida. Pretendía reparar toda una vida de ausencias y borrarla de un plumazo, al igual que acababa de hacer con sus pecados, minutos antes, frente al sacerdote. Pero a Justo ya no le quedaban óleos en el alma.

Tan solo una cosa le había mantenido al lado del enfermo durante aquellas semanas de agonía: la herencia. Su legado era lo que le permitiría conservar ese control sobre su vida que tanto necesitaba. No podía confiarse y aparecer como un hijo despegado en los últimos momentos. Debía fingir, pero no por mucho tiempo. Tenía claro que el viejo estaba ya en las últimas.

Se acercó hasta que la luz de las velas le iluminó el rostro y reveló la pátina verdosa en sus oscuros ojos.

—Estoy aquí, padre.

—Hijo, me falta el aliento. Estoy fatigado… pero antes de descansar por fin, tengo que contarte algo.

—Te escucho, padre. Di lo que tengas que decir.

—He cometido errores, como todos los hombres, y algunos han tenido consecuencias.

«¿E intentas repararlos todos en el último momento, malparido?»

—Verás —continuó el enfermo—, esa mujer, Candela… Los rumores que ha vertido durante todos estos años eran ciertos. Yo siempre lo he negado, pero soy el responsable: su hijo es también el mío. Miguel es tu medio hermano.

Justo apretó los puños. Recordó la paliza que hacía tres años le había reservado a aquel mengue. El puñado de reales que había entregado a los tres críos para que le dieran un buen escarmiento. Había intentado asustarle,

74

a él y a su madre, para que dieran la vuelta a escape hacia Casona. Para que a la tal Candela no se le ocurriera volver por las fincas de su padre, reclamando lo que no era suyo. Luego los rumores se habían disipado y se habían convertido solo en eso: en rumores sin fundamento.

—No es más que un menesteroso que nada tiene que ver conmigo. —Se defendió Justo.

—Lo era, pero yo ya no puedo seguir haciendo oídos sordos. No me queda tiempo y me está mirando a los ojos toda la corte celestial. Quiero quitarme ese peso antes de encontrarme cara a cara con san Pedro...

Justo bufó sin disimulo. Su padre siempre pasaba por la capilla, pero, si había algo que admiraba en él, era que le consideraba un hombre fuerte. Ahora no estaba tan seguro. Le parecía un débil y un indeseable. Le despreciaba.

—Tengo que hacer justicia y por eso le he incluido en mi testamento.

Los ojos de Justo se abrieron como platos. «No», repitió para sus adentros. Se acercó al escritorio de caoba, donde descansaba el manuscrito.

—Lo cambié esta mañana. No te disgustes. La mayoría de las tierras, los animales y la casa siguen siendo para ti, mi hijo legítimo. Pero a Miguel le he dejado las que están más al sur. Así tendrá algo con lo que prosperar, al menos...

—Las tierras del sur... —murmuró Justo. Eran las que cultivaban los Blasco—. No es posible.

—Hijo, dime que lo entiendes. Que cuento con tu comprensión. Y, aunque sea ya muy tarde para este viejo, también con tu cariño.

Justo se tragó el orgullo, que se le quedó haciendo un nudo en la garganta.

—Claro, padre. —Se recompuso el muchacho.

—Dame un abrazo para que pueda estar en paz.

—Voy primero a dejar el testamento en el salón. No quiero que lo extravíe alguna de esas criadas estúpidas.

Abandonó la habitación y se marchó al patio, a desatar a Moca, dando orden al servicio de que no entrara en el cuarto de su padre bajo ningún concepto.

—Pero señor… —objetó Amelia—. Y si…

—¡Obedece y haz lo que te digo! —Se impacientó Justo—. Yo voy a ser el dueño en breve. ¿Es que quieres que despedirte sea lo primero que haga?

Con el testamento bien sujeto junto a las riendas, cabalgó hacia el bosque hasta que localizó el río. Una vez allí, bajó del caballo y empezó a hacer trizas el documento.

Desgajó las páginas con rabia, como un animal que se defiende de quienes le acosan. No se dejaría arrebatar lo que era suyo. Lo necesitaba. Aquellas tierras formaban parte del cerco que le mantenía seguro. Dueño de las tierras era lo mismo que dueño de su destino.

El notario era el único que podía conocer su contenido. Si intentaba hablar, tendría que comprar su silencio. Pero lo más probable es que, sin tener prueba alguna, decidiera no abrir la boca. Nada ganaría con ello.

Destruir el testamento era imprescindible. ¿Qué pasaría si Miguel era formalmente reconocido? Podía empezar con las tierras del sur y luego querer más, intentar desposeerle. No permitiría que aquellos chacales le dieran un mordisco en lo que era suyo por derecho. Si había soportado a su padre era solo por eso, para que le diera lo que le debía. Y ahora aquel viejo endriago le insultaba, poniendo a un bastardo a su misma altura en el testamento. Tendría que haber sido su padre, de palabra y de hecho, pero no había demostrado ser más que un traidor.

Regresó a casa de noche, solo cuando estuvo seguro de que su padre ya no vivía. Cuando hubieron pasado las horas suficientes. No quería volver a encontrarse con él jamás, ni siquiera en el infierno.

En el cuarto oscuro, frente a su cuerpo exánime, estuvo mirándole largo rato.

—Maldito seas.

Le golpeó ligeramente con la fusta, un roce dubitativo, como si todavía el anciano pudiera levantarse y vengarse de él. Luego, ya más seguro, arremetió contra él con un segundo golpe. Después, un tercero y un cuarto, y así hasta una lluvia de golpes de cuero. Era el mismo trato que el viejo le había dado a su madre, tantas veces, y que él mismo no se había atrevido a propinarle en vida.

—¡Maldito seas!

Siguió pegándole patadas y golpes de fusta hasta que ya no le quedaron fuerzas. Y luego, agotado, se echó a llorar. Pero no de pena o de desolación, como pensaron sus parientes cuando llegaron y le encontraron de rodillas, sino por su cobardía. Porque no se había atrevido a devolverle los golpes hasta que estuvo muerto y ya era demasiado tarde. Porque no había sido capaz de defender a su madre cuando tan solo contaba cinco años.

4

Amor entre barrotes

Pablo sonrió mientras preparaba a Marengo para la carrera. Estaba eufórico. Era la primera vez que don Antonio le había permitido correr como un profesional, en una competición de verdad. Habían pasado ya seis años desde que se hiciera la apuesta y se había ganado la oportunidad a pulso, en largas horas de trabajo junto al semental, al que conocía como la palma de su mano.

Desde entonces lo había montado muchas veces. Se había dejado arrastrar por el furioso galope de sus grises mareas, que le permitían recorrer largas distancias, parajes desconocidos a las afueras del pueblo, donde olvidarse por completo de los límites que le imponía la miseria. Pero que, sobre todo, le llevaban a lugares dentro de sí mismo que aún desconocía. Su lomo de plata envejecida había sido una barca sobre un océano de hierba, como un bajel que viene con la flor del viento, con las velas desplegadas como banderas. Nunca había sido tan feliz.

Había pasado toda la mañana dejándole el pelaje bien lustroso, como si hubiera sido mimado en afeites, y las crines le caían al caballo por la testuz brillantes y sedosas como oscuros afluentes de un río nocturno. Pablo sabía que solo era un suplente, que si don Antonio le había llamado era porque su jinete principal no podía correr, pero así es como llegaban las oportunidades en la vida. Se lo había dicho su padre: «Tú arrímate como abeja a la miel y espera. Ten confianza». Había tenido que esperar seis interminables años, pero el día, por fin, había llegado. Flexionó las piernas, levantó la pesada silla y la descargó sobre el lomo. Y entonces el caballo se encabritó.

Pablo, sobresaltado, cayó de espaldas sobre el lecho de juncos, intentando por todos los medios esquivar los cascos del animal, lanzados al aire como golpes de maza. Desde la posición en que estaba, un golpe en la cabeza y no lo contaría.

—¡Sooo! —gritó, más por su propio terror que porque fuera efectivo para calmar al animal.

Marengo, sin embargo, estaba fuera de sí. Triscaba una y otra vez con las patas, como si quisiera deshacerse de algo, buscando astillarse los cascos contra la dura tierra del suelo pelado.

En uno de aquellos pisotones alcanzó a Pablo, que cayó a tierra con tan mala fortuna que el golpe siguiente machacó su brazo.

El muchacho aulló de dolor y rodó por el suelo para salvar la vida, al tiempo que miraba desesperado hacia la puerta, suplicando ayuda, porque ya oía el alboroto del resto de los jinetes, que acudían alertados por los gritos.

Un momento antes de que aparecieran Pablo creyó ver, a contraluz, la silueta de un hombre excepcionalmente alto, de pelo negro, y el vuelo de una larga levita a su espalda. No podía ser otro que Justo. En la mano llevaba una escopeta.

—Hay que llamar al médico de espuela echando diablos. Y también al veterinario —dijo el jefe de los mozos, después de examinar al caballo—. Este animal está sangrando...

—Solo ha sido un perdigonazo —dijo otro, con su acento andaluz. Recogió del suelo el trocito de plomo deforme—. Mira...

—Suficiente como para que el animal esté incómodo. Tiene todo el flanco arañado...

—¡Mi Marengo! —se lamentó don Antonio, que caminaba a trancos, lanzando ayes y llevándose las manos a las sienes—. ¡Tendría que habérselo llevao al cura por San Antón, pa que me lo bendijera! ¡Qué malaje tiene el que te haya hecho esto!

—Te has librado de una buena, muchacho... —El jefe de los mozos examinó el brazo de Pablo—. De estar en el lomo te podrías haber partido la cabeza.

—¡Pablo, hijo! —Teresa había llegado como una tremolina, apartando a los muchachos y con el rostro demudado—. ¡Ay! Pero ¿quién te mandaba a ti a meterte en estas aventuras de señoritos?

Carmen y su padre, que habían acudido a ver correr a Pablo por primera vez, le miraban consternados.

—¿Te duele mucho? —preguntó ella.

—¿Qué ha pasado, hijo? —Braulio se adelantó para observarle la herida—. ¿Qué es eso que dicen de un perdigón?

Pablo dudó de si debía hablar delante de los mozos.

No tenía pruebas. Si Justo le acusaba de calumnias podía encontrar una excusa para echarlos de sus tierras y dejarlos sin sustento. Maldijo su pobreza, que, paradójicamente, le obligaba a mantener el buche cerrado para poder llenarlo.

—No lo sé, padre. No lo sé…

—Pablo, dicen que el doctor ya está en el pueblo. ¿Quieres que te acompañe a verle? —preguntó Isabel. Había acudido al evento con un vestido crudo de tirantes y fruncidos, propio para un día de comunión.

—No… No hace falta que te molestes, Isabel.

La muchacha se retiró, decepcionada. Sabía que no lo decía por cortesía ni por evitarle molestias. Varios habían sido los acercamientos que había intentado, fracasando un día sí y otro también. Pablo siempre encontraba una excusa para no pasar tiempo con ella y ni siquiera se ofrecía para acompañarla a su casa después de la jornada en el cortijo de don Antonio. Siempre parecía preferir a los caballos.

La última en aparecer en el marco de la puerta fue Lucía, la esposa recién casada de don Antonio. Sus andares eran tan suaves como los de un ánima. Sus botines semejaban flotar, más que pisar, bajo las enaguas y el remate de volantes y terciopelo malva de su falda. La frágil muchacha, que tenía tan solo diecinueve años, iba arropada por una capa tras otra de telas nobles —algodón, raso y gros de Nápoles— en su traje de flores bordadas y mangas pagoda, más propio del hipódromo de Ascot que de una carrera local. Estaba claro que, en aquel lugar perdido de la mano de Dios, no encontraba muchas ocasiones para lucir las exquisitas prendas que se había traído en un baúl desde su Sevilla natal. Muy pocas veces la había visto Pablo desde su llegada al cortijo, incluso trabajando allí a diario. A veces se asomaba a alguna de las ventanas del caserón, paseando con un libro en las manos. Decían que, desde su llegada, estaba perdiendo su color natural de andaluza y se estaba quedando cada vez más pálida.

La muchacha se adelantó y tomó el brazo de Pablo, suavemente, como lo eran todos sus movimientos. Recorrió sin prisa la longitud de la herida con su mirada turquesa. Cuando Lucía estaba presente, todo el mundo se quedaba en silencio, como si vieran pasar a un ángel. A él se le hizo completamente extraño aquel contacto de una mano enguantada. Nadie le tocaba jamás con guantes.

—Parese que no tienes ninguna herida abierta.

Y tal y como había aparecido, con el mismo aura extraña, se dio la vuelta y desapareció por la puerta.

Por la noche, ya en casa y con el brazo en cabestrillo, Pablo no pudo mantenerse callado y le contó sus sospechas a la única persona con la que hablaba en absoluta confianza.

—¿Estás seguro, Pablo? —preguntó Carmen, furiosa.

—Más seguro que de mi dedo meñique. Solo podía ser don Justo.

—Mala ralea… Algún día cobrará lo que merece. —Carmen estaba fuera de sí—. Quien siembra vientos, recoge tempestades y, si no, al tiempo…

—Lo dudo, hermana. La gente con posibles ya se

cuida mucho de que la marea no se les ponga en contra. Pero ojalá tengas razón y las cosas cambien en el futuro.

—El futuro es la tierra de la felicidad. —Sonrió ella, intentando animarle y parafraseando a su padre.

—Lo malo del futuro es que nunca llega.

Y sin que Carmen lo esperara, Pablo tomó aire y se deshizo en llanto, señalándose con la mano el brazo herido. ¿Llegaría a ser jinete profesional alguna vez? Si algo sabía sobre las oportunidades es que no pasaban dos veces por la puerta de uno.

Carmen le abrazó con fuerza, sin saber qué más podía decir para ayudarle. No quería mentirle. El desplome de su hermano la había dejado, por vez primera, sin palabras.

Pablo se quedó dormido y aquella noche soñó con guantes hasta el codo que se abrían y salían volando como pájaros blancos, como cigüeñas, liberadas a ras de aguas turquesas.

—Por favor, Carmen, no voy a ir sola… —Isabel estaba con los brazos en jarras. El tono era de súplica, pero su postura era exigente. Isabel siempre había sido media cabeza más alta que Carmen y tenía una altura imponente para una mujer, aunque su rostro seguía siendo el de una niña.

—No sé. Es que estar zascandileando por ahí, como si estuviéramos andándonos a la flor del berro…

—Siento meterte en estos belenes. Ya sé que tú tienes a Miguel, pero ¡mírame a mí! A este paso no voy a encontrarme novio ni en un asilo…

—Y vuelta la mula al trigo. Qué exagerada eres.

—Pues ya sabes lo que dicen: que amiga que no ayuda y cuchillo que no corta, aunque se pierdan, no importa.

—Mujer, no digas enormidades. Que tú eres mi amiga en lo hondo…

—¡Ay, Carmen, es que ya no sé qué hacer! Venga, solo esta vez… Y dejo ya de darte la turra.

Isabel llevaba toda la semana insistiendo en que se pasaran por los cuarteles con el vestido de domingo, por ver si así encontraba a algún mozo que se fijara en ella. Se había recogido el pelo en una trenza de raíz y llevaba puestos los afeites que había pedido a una vecina.

—¿Y qué pasa con mi hermano?

—Ya sabes que no tiene clisos más que pa los pencos —respondió ella, resignada—. Rediós, que ni con las faldas más cortas del pueblo se me fija. Cada vez que puede se da la espantá. Solo pone atención en lo que va a cuatro patas.

—A lo mejor puedes ponerte tú también a gatear…

—No me embromes, que no estoy para chanzas. Que tengo los alfileteros de mi casa vacíos y las pilillas que parecen chumberas, de hacerle tantas peticiones al santo.

—¿Has bebido ya de los doce caños?

—¡Y de los veinticuatro! Enguachiná perdida ando de tanto beber.

—Pues nada. Al desdén con el desdén. Ea, que tú estás más bonita que una Virgen y no es para que andes con esa desazón. Que mi hermano es oro molido, pero para las chicas… menos pesquis que un melón murciano.

—Entonces ¿vendrás conmigo?

—Sea, pero solo por esta vez. Que no quiero que Miguel se barrunte lo que no es...

—Anda, si Miguel y tú no podéis estar mejor avenidos. Tó el día tú arrebolá por él y él desatinao por ti. Juntitos como un engruo. Y no como yo, que siempre sola como la una.

—Hala, pues basta ya de cháchara y a estirar los zancos. A ver si te encontramos a un mozo bien florido.

Carmen se cambió la falda de faenar por la de los domingos. Tendría que tener cuidado por el camino para que no se le enganchara con las hojas pinchudas de las coscojas, que a veces se asomaban traicioneras al camino y hacían unos sietes de cuidado.

Cuando estuvieron las dos empingorotadas, se pusieron en marcha. No llevaban ni un cuarto de hora andando cuando un remolino a lo lejos, entre el polvo del sendero, les dio cuenta de la llegada de un jinete. Era don Justo.

Al principio frenó al caballo y observó a las muchachas desde la altura, tirando con alternancia de las riendas. La montura bailaba ligeramente, cambiando el peso de sus patas para mantenerse en el sitio. Justo las miró de arriba abajo.

—Muchacha —señaló a Carmen con la cabeza—, ¿no deberías estar en tu casa, como el buen paño en el arca?

Carmen tenía el ceño fruncido. Si pretendía ser un piropo, estaba muy errado.

—Soy libre de ir donde me plazca, que para eso me dio mi madre dos piernas.

—Y buenas piernas, doy fe.

Carmen se estiró las faldas hacia abajo de un tirón.

—Que quieren seguir camino mientras que usted se lo impide.

—Escucha, tunanta, ¿por qué no subes a mi caballo y así se acabó el problema? Yo puedo llevarte donde tú quieras. Hasta la misma Cochinchina te llevo, si gustas, y así no tienes que andar de zascandila, llenándote de polvo las alpargatas.

—Más fácil es ver nevar en agosto. Yo con usted no iba ni a por el pan.

Justo descabalgó, intrigado por las respuestas de la muchacha, que eran como zurriagazos en su orgullo. ¿De dónde había salido tanta inquina? Aquella insolencia le provocaba, de algún modo, le retaba. No estaba acostumbrado a que le hablaran así.

—Avispada salió la mostrenca. Lenguaraz eres, desde luego. Y tienes una mirada como para sacar patente. Súbete al caballo, anda, a ver si el resto es igual…

—¿Y qué pasa de lo que me dijo hace ya seis años? Que era una menesterosa y que no le tocara nunca más en su vida. Usted ordenó la paliza para Miguel, de buena tinta lo sé. Le vi trapicheando con aquellos botarates.

Justo se quedó sin habla mientras le venían a la memoria los recuerdos de aquel día, que había sido tan importante para él. El día en que se había impuesto como legítimo sucesor de su padre, ante el posible usurpador. Y una cría se le había cruzado y se le había metido en medio. Había corrido a por ayuda y casi lo echa todo a perder. Había sentido cómo le arrebataban el control. Y eso era algo que no podía tolerar.

—Y a mayor abundamiento —siguió Carmen, ante la mirada atónita de Isabel—, también sé que fue usted el que descalabró el otro día a mi hermano Pablo. —Justo por fin cayó en la cuenta: aquella gañana era la hija de Braulio, el campesino—. ¡No es usted más que un trapacero!

—¡Cállate, zafia, o me hago tu lengua Jerez!

Carmen se irguió desafiante. No iba a contestarle al patrón, para no crear problemas a su familia, pero nada le impedía conservar su dignidad y su compostura. En aquel momento pasaba un carro y Carmen le hizo una seña con el brazo, pidiendo que parase.

—¿Puede acercarnos al cuartel, por favor?

Ante la respuesta afirmativa, la muchacha adoptó un tono lo más distante y engolado posible para despedirse de Justo.

—Si usía se empeña en sus envites no tendré más remedio que dar parte a mi padre. Con Dios.

Ambas muchachas se subieron al carro y Justo, apretando los puños, montó en su caballo y siguió su camino. Iba tan furioso que golpeó con los cascos una zona de piedras y se le desprendió una herradura, con un claro sonido del metal. Justo maldijo su suerte y tuvo que descabalgar otra vez para recogerla. Se la guardó en el bolsillo para que le hiciera un apaño su mozo de cuadra. Tuvo que seguir al paso, a pie y con el caballo cojeando.

En el primer golpe que descargó sobre Justo puso Miguel toda la rabia que llevaba acumulando desde hacía seis años. Ya no le quedaba ninguna duda de que aquel había sido el hombre que, siendo él tan solo un niño, le había deparado la más amarga de las bienvenidas en el pueblo.

Pablo ya le había puesto sobre la pista hacía tiempo. Varias veces le había increpado Fausto, el mayor de los tres niños matones, por haber intervenido.

—¿Quién te mandaba meterte? ¡Por tu culpa me he quedado sin la mitad de mis reales! Por dejar la faena a medias... ¡Najabao, randa, murcia...!

Las revelaciones que Candela le había hecho después, provocaron que todo encajara como una rueda en su eje.

Después de la muerte de don Rafael ella le había revelado, por fin, las razones de su huida y el secreto de quién era su padre.

—Ahora que ha muerto ya no me importa que se sepa. Ya no queda nada que se le pueda pedir y tampoco puede hacernos más daño.

Miguel había recibido la noticia con resignación y pesadumbre, al conocer las calamidades innumerables que su madre, la persona más importante de su vida, había tenido que soportar. Y todo a causa del capricho y la mezquindad de un ricachón que no había conseguido el amor ni la simpatía de nadie, ni siquiera de su propia familia. A cuyo funeral había acudido en solitario su hijo unigénito. Solo que había otro hijo más: él mismo.

Pronto el dolor se transformó en rencor contra el siguiente eslabón podrido de los Núñez. Había sido Justo, su medio hermano, el que había iniciado la guerra el mismo día de conocerse. En su corazón cubrió su nombre con toda la sal de Dios.

El manubrio del organillo se había parado, el churrero había dejado de atender tras el mostrador y los jugadores de petanca habían dejado abandonado el boliche. Eran las fiestas del 24 octubre, en honor a san Rafael, cuando se hacía la feria de ganado desde tiempos medievales, y el pueblo se había llenado de tratantes de vacas y caballos y de vaquillas para los encierros. Aquella misma mañana había desfilado por la calle Ancha la comparsa de gigantes y cabezudos, con sus trajes regionales, y los segundos seguían ahora deleitando a los niños en el prado. Pero hasta ellos se habían quitado sus grotescas máscaras para mejor enterarse de lo que acontecía.

Pronto se arremolinó una multitud de pañoletas, gorras, mantillas y mantones alrededor de ambos jóvenes: Miguel, ya con veinte años, y Justo, con veintitrés.

—¿Qué sería de las fiestas del pueblo sin los mandoblazos de algún peneque? —Se justificó el barquillero, encogiéndose de hombros, cuando su mujer le pidió que acudiera a enterarse de lo que pasaba.

Fue el único que no se movió de su sitio, negándose a abandonar su ruleta por miedo a que los mocosos metieran la mano y le distrajeran todo el género de barquillos y hasta la bolita. Pero la diferencia con las peleas de otros años era que aquel día ninguno de los que se pegaban había probado el chinchón. Y que el primero en recibir era ni más ni menos que don Justo Núñez, el señor, un hecho inédito hasta entonces en el pueblo.

—Ahora ya no tienes a tus sicarios para que te defiendan —le espetó Miguel.

—Ni falta que hace —replicó Justo—. Tú tampoco tienes al tal Pablo para que te ayude.

—Si estuviera aquí, créeme que te partiríamos la quijada entre los dos por molestar a su hermana.

Aprovechando la multitud de la fiesta y que Miguel había ido a por limonada, Justo se había acercado a Carmen y la había arrinconado.

—Como estamos en fiestas vengo a hacerte una invitación.

—No quiero nada de usted —le respondió Carmen, desdeñosa—. Creo que ya lo dejé bien claro. Y ya tengo quien me convide. —Señaló a Miguel, que estaba a distancia.

—No vengo a invitarte a limón ni a ninguna de esas zarandajas, sino que te invito a que me pidas perdón por todas esas enormidades que salieron de tu boca el otro día. Es una oferta generosa. Para que quedes bien con tu señor.

—Arrea, ¿es que acaso ha perdido el oremus? Es usted quien tiene que disculparse. De lo de zafia y todo eso.

—Si no quieres pedirlo de palabra también acepto de otras maneras.

Acorraló entonces a Carmen contra un árbol y presionó su boca contra la de ella. El cuerpo de Justo era fuerte y duro, alto como un junco y firme como un pedrusco. Su barba áspera y sus cabellos negros olían a costosos perfumes de madera. Encontró aquella barba dura

como el esparto, tan diferente del vello suave y arrubia-
do de Miguel.

—¡Apártese de ella, infame! —gritó Miguel, antes de
propinarle un puñetazo.

Y así es como ambos habían acabado en aquella situación, rodeados de todo el pueblo, que esperaba expec-
tante a ver cómo terminaba aquello.

Justo sacó su fusta y, antes de que Miguel pudiera
preverlo, le propinó un fustazo en el rostro que le arañó
la mejilla y le desorientó. Ese instante fue aprovechado
por el terrateniente para embestirle en el estómago y derribarle. Ambos cayeron al suelo, pero Miguel, que tenía
los brazos fuertes de la forja, se lo quitó de encima y
rodó por la tierra con agilidad. Justo aún estaba de rodillas y Miguel se acercó a él para encararle de nuevo, pero
en ese preciso instante sintió un tirón de los brazos hacia
atrás. Tenía a dos civiles sujetándole.

—¡Basta ya, nefando! ¡Estás arrestado!

Le pusieron los grilletes, mientras Carmen se preci-
pitaba a sujetarles las manos.

—¿Por qué os lo lleváis?

—¿Te parece poco el alboroto, muchacha? No se
puede alterar así el orden público.

—¿Y por qué al uno sí y al otro no? —protestó.

—¿Quién estaba pegando y quién rechazando los
golpes? —preguntó el guardia—. ¿Quién empezó la
gresca?

—Miguel solo me estaba defendiendo…

—¿De qué? —El guardia miró a Carmen de arriba
abajo—. No pareces la víctima de ningún delito.

Carmen tuvo que conformarse con ver cómo se llevaban a Miguel al calabozo. Dedicó a Justo una mirada más de reproche, una de tantas que tendría que reservar para él.

La Cárcel Vieja no era más que un pequeño edificio de ocho por ocho metros y tres plantas a lo largo de las cuales se distribuían las celdas y la minúscula vivienda del guarda. A pesar de la humildad de sus proporciones era el orgullo monumental del pueblo porque había sido proyectada nada menos que por Ventura Rodríguez, con enormes sillares pálidos en las esquinas y en torno a las ventanas y una fachada de yeso pintado en un color como de huevo batido. Por su importancia la habían colocado en plena plaza, junto al ayuntamiento, y era visita obligada para cualquiera que viniera al pueblo de fuera. Sin embargo, se había quedado pequeña muy pronto y habían tenido que habilitar una Cárcel Nueva bajo el Hospital de la Villa, junto al castillo.

Carmen nunca había entrado en aquel lugar que le daba escalofríos, por mucha solera que le otorgaran al edificio. Pero, por Miguel, tenía que hacer un poder. Leyó despacio las letras de la cartela, enmarcada a ambos lados con sendas volutas: REINANDO CARLOS III SE REDIFICÓ ESTA REAL CARZEL AESPENSAS DE SUS PROPIOS. AÑO 1781.

Se recogió las faldas, llamó a la puerta y se enfrentó a su oscuridad.

—Miguel, ¿cómo estás? Deja que te vea...

Le encontró sentado, con la espalda contra la pared de la celda, observando con atención un papel. Al verla se puso en pie y se guardó el pliego con premura.

—Estoy bien. Dicen que me van a soltar pronto.

—Ese descomulgado de Justo te ha dado una buena solfa... —dijo, alargando el brazo por entre los barrotes para intentar cubrir las marcas que el enemigo le había hecho en el rostro.

—También él se ha llevado lo suyo. Se las tenía guardadas desde hace años. Ahora ya no soy tan crío y él no tenía tanta comparsa...

—¿Qué es lo que tenías en la mano? ¿Tienes noticias de tu madre?

Miguel, incómodo, bajó la vista al suelo y evitó responder.

—No es nada... Solo es un papel con letras.

—Miguel, si estás en un lío me lo puedes contar —demandó ella, preocupada—. Tú estás ahí dentro y yo aquí fuera. ¡Te puedo ayudar! Iré a donde haga falta.

—Solo es una carta, Carmen. Que le ha escrito el profesor Marquina a mi madre...

—¿Tiene queja de ti? —preguntó ella, más dulce—. ¿No te va bien en clase? Tiene que pensar que también vas a la fragua a ganarte unos reales...

—Es... una carta de amor.

Carmen se quedó boquiabierta de la sorpresa. ¿El señor Marquina en amores con doña Candela? No se lo había podido imaginar.

—Vaya... —Carmen no sabía qué decir. Eran muchas las preguntas: ¿desde cuándo? ¿Le correspondía ella?

Y, sobre todo, ¿qué pensaba Miguel? Que era lo que más le importaba.

—Si quieres, siéntate a mi lado y te la leo. Es un poema.

Carmen se asomó a las letras y vio la fecha escrita en la cabecera: febrero de 1896. La había escrito aquel mismo mes.

Aunque estaba oscuro ella pudo apreciar un leve rubor en las mejillas de él. A los chicos siempre les daba vergüenza recitar, incluso en los ejercicios de clase. Miguel no era una excepción y nunca antes había declamado versos para ella. Se sentaron muy juntos, con los barrotes de por medio. El guardia miró para otro lado. Eran solo dos novios que se hablaban en susurros.

Soy un extraño penando en un desierto.
El sol me extingue, Candela, en tus afueras.
Vivo prendido al horizonte de tu boca
aguardando un crepúsculo de esperas.

Quiero asomarme al borde de tus labios
y contemplar tu hondura más sincera
como quien vuelca su sombra por un pozo
que las estrellas todas contuviera.

Quiero beber en ti la Vía Láctea,
quiero habitar tu oscuridad entera
y quiero atar mis pasos y mis besos
a la luz boreal de tus caderas.

Llama mi noche a esotra noche tuya,
duele mi boca, esclava de galeras.
Mata de sed el muro de tus dientes,
esperando, Candela, a que me quieras.

Carmen le tenía cogida la mano a Miguel a través de los barrotes. El tiempo pasó despacio mientras los últimos versos apagaban su eco en el aire enrarecido de la celda. Tanta belleza atrapada entre unos muros tan desolados. Estuvo jugando con sus dedos unos segundos más y después habló.

—Es muy… bonito.

—Y harto atrevido también.

—No te molestes, Miguel, se nota que la quiere de verdad. —Carmen entendió que a Miguel, que siempre había tenido a su madre para sí, se le iba a hacer difícil compartirla ahora con otro hombre—. Deberías alegrarte por su felicidad.

—El amor se demuestra con hechos, más que con palabras. Yo no seré tan leído como el señor Marquina. No sabré decir estas cosas como él las dice. Pero puedo jurarte que no te quiero menos, Carmen.

Ella le miró, enamorada. No necesitaba decirlo, ya lo sabía. Pero estaba feliz de oírselo en los labios, al fin. Aunque fuera con aquellos rodeos de por medio.

—Yo también te quiero a ti.

Se agarraron las manos a través de los barrotes y acercaron sus cuerpos hasta que el metal se interpuso duramente. Se besaron, sintiendo la frialdad del hierro contra las mejillas, deseando estar pronto el uno en los brazos del otro.

«Que nunca nos separen, Miguel, que esta sea la última vez.»

Al salir del calabozo la deslumbró la luz del día. Se sorprendió de que la diferencia fuera tan grande entre la oscuridad de la celda y la claridad de la intemperie. ¿Cuánto tiempo llevaba allí dentro? Se le había ido el santo al cielo con Miguel.

Cuando por fin pudo enfocar la mancha negra en mitad de la plaza, se encontró con quien menos esperaba. Justo estaba allí.

—Es usted un indecente. Todo esto ha sido por su culpa.

—Y tú te estás portando como una acémila. ¿No sabes todavía quién manda en este pueblo? Si me place le dan una tarascada a tu amigo que no vuelve a levantar un martillo en su vida.

Ahí Carmen tuvo que callarse. Podía ser un farol, pero la perspectiva de que hirieran en serio a Miguel la atenazaba. Tenía que protegerle, al menos hasta que saliera de aquellas cuatro paredes.

—Vaya… Parece que ya podemos hablar sin tus chafalditas de por medio. Así que dime, ¿te has decidido ya a probar lo que realmente se merece una mujer? ¿O tendré que favorecer a cualquier otra?

Carmen no pudo evitar una náusea ante la situación en que aquel hombre intentaba atraparla. Tragó saliva y decidió que tenía que aparentar firmeza. Justo era como las alimañas del campo, que se cebaban con los vulnerables en cuanto olían el miedo. La fachada era su único recurso.

—Me importa tres cominos a quien quiera favorecer. Usía puede insistir todo lo que quiera, que la respuesta va a ser siempre la misma.

—Está claro que no está hecha la miel para la boca del asno. O de la asna, en este caso.

En ese momento había aparecido Pablo con uno de los caballos de don Antonio. Le habían dado aviso de lo acontecido con Miguel.

—Pues deje usted que esta asna se vaya con viento fresco a pencar de una vez —le contestó ella, tomando la mano que Pablo le ofrecía y poniendo el pie en el estribo para auparse al caballo—. Que no todos podemos vivir de las rentas y el bóbilis.

Y antes de que pudiera darle la réplica, ya habían puesto pies en polvorosa.

Sin embargo, nada más cruzar el umbral de su casa, Carmen sintió cómo la tensión la desbordaba. Hasta ahora había aguantado: en la fiesta, delante de todo el mundo; luego en la celda, con Miguel, para no entristecerle; después ante Justo, para no darle la victoria que tanto ansiaba. Pero ya no podía más. No estaba hecha de cemento. La idea de que Justo pudiera cumplir sus amenazas y hacer daño a Miguel la atormentaba tanto como la perspectiva de tener que darle al patrón lo que le pedía, para evitar una desgracia mayor.

—No te preocupes, hija mía. —Braulio la atrajo hacia sí y la abrazó contra su pecho—. Que nada va a ocurrirle a Miguel. Los guardias ya me han dicho que solo estará encerrado esta noche y que mañana mismo le soltarán. Y en cuanto a ti, nunca te pasará nada mientras yo viva. No permitiré que ni Justo ni nadie te ponga la mano encima. Solo estarás con el hombre que tú quieras y que te quiera a ti.

Teresa, a su lado, permanecía callada. Ojalá Braulio tuviera razón. Solo esperaba que la vida nunca le enseñara los dientes a su hija. Porque los dientes de la vida solían acabar con los cuentos de amor a dentelladas.

5

FUEGO Y SANGRE

—¿Qué dices que le soltaste a don Justo? ¡Muerta me dejas! —A Isabel se le habían puesto los ojos como platos. Los ojos de Isabel no eran negros, como los de Pablo, ni color chocolate como los de Carmen. Ni siquiera color miel, como los de Braulio. Los ojos de Isabel solo podían definirse como marrones, sin más.

—¿Y cómo había de hablarle, después de todo lo que ha hecho? ¡Dime!

—Ay, Carmen, que esombre es de la piel del diablo… Que va a acabar haciendo bueno al padre. —Isabel iba haciéndose cruces por la calle de las Armas, cogiéndose las faldas con la mano que le quedaba libre. Con tanta cruz los cabellos del flequillo se le estaban escapando del moño, dándole un aspecto desmañado. Apenas había tenido tiempo de sujetarlo bien porque Carmen estaba ansiosa por ir a ver a Miguel a primera hora. Además, después tenían que empezar a preparar la fiesta de su cumpleaños y los pasteles tardaban su tiempo en hornear.

—No merece más que le pongan en su sitio. Los puntos sobre las íes.

—Parece que te tiene metida en lo hondo de la sesera. ¡Y no hay pocas ni ná dando suspiros por su fortuna!

Carmen sabía que Isabel tenía razón. Justo se había convertido en el soltero más codiciado, no solo de toda Brihuesca, sino también de los pueblos limítrofes. Las cuestas de sus tierras rebosaban de vides y sus bodegas, siempre llenas, marcaban los precios del vino de la región. Se estaba haciendo cada vez más pudiente, a base de trapicheos, partidas de cartas e incluso amenazas, cuando sus negocios no se le daban por las buenas. Para colmo era apuesto, según la mayoría de las muchachas: tenía buena planta y era bien florido, con sus ropas elegantonas y unos ojos verdes que eran casi una leyenda, por la escasa frecuencia con que revelaban su verdadero color. En realidad, lo único que le faltaba a Justo para ser perfecto era el alma.

—Para mí su fortuna es como plata de la que cagó la gata. Mayor fortuna sería si no existiera.

—Mira que convertirse en capricho de un tipo como él es cosa de enjundia y harto peligrosa… Que cuando se les antoja algo a los señores no hay tu tía que valga… Ya te imaginas lo que hizo su padre con Candela y dicen que, de tal palo, tal astilla…

—Tampoco es seguro que fuera él. Eso no es más que un rumor. —Carmen se resistía a creer que Miguel compartiera sangre con aquella familia tan infame.

—¿Y quién si no?

Carmen no tenía respuesta para aquella pregunta. Y no necesitaba que Isabel le recalcara lo arriesgada que era su situación. Podía sentir el calor de unas brasas invisibles intentando cercarla, como si estuviera al acecho del mismo pateta. ¡Y sin haber hecho absolutamente nada para merecerlo! Qué injusto era que se le hubiera venido encima tal cosa a ella, a Miguel, a toda su familia.

Llegaron a la plaza de los Herradores y Carmen intentó recomponerse para que Miguel no advirtiera su preocupación. Ella estaba allí para animarle, no para añadirle más peso a sus mientes. Sorteó la vagoneta llena de carbón que casi bloqueaba la puerta e intentó no pisar los mil y un clavos, tuercas e incluso machos y cojinetes que sembraban los soportales de la entrada.

En cuanto traspasó el umbral se sintió sofocada por las altas temperaturas y los vapores de la fragua. Largas nubes grisáceas entorpecían la vista cuando uno de los herreros empuñaba las tenazas y sumergía el hierro candente. Entonces el metal protestaba con un bufido agudo, apenas audible bajo el ruido ensordecedor del martillo sobre el yunque. Las paredes, tiznadas por el hollín, que no siempre escapaba bien por la chimenea, oscurecían la piedra y le quitaban luz a la estancia. En general la fragua era un lugar oscuro, diseñado para concentrar el calor, donde el fuego mandaba sobre la luz y la sombra. Era el reino de Briga, donde ella era dueña y señora.

A Miguel se le iluminó el rostro nada más ver a Carmen en el umbral. El muchacho abandonó uno de los dos fuelles del fogón, dejando a su compañero al cargo, se quitó el mandil y corrió a abrazarla. Iba descamisado por el calor, sudoroso y con los cabellos oscurecidos y adheridos a la frente. No había ni rastro de la miel y el ámbar que el sol acentuaba en su pelo. Parecía que acabara de salir del río.

—Estaba deseando verte y abrazarte.

La necesidad venció al pudor y la estrechó contra su cuerpo.

Entonces Carmen se sintió liberada de toda la opresión que había sentido minutos antes. En brazos de Miguel todo volvía a estar bien, en calma. Se abandonó a la fortaleza que le ofrecían sus brazos.

—Estaba toda descalentada de que te hubiera pasado algo entre esas cuatro paredes.

—Estoy bien. Parece que todavía queda una pizca de decencia entre las fuerzas vivas de este pueblo.

Carmen le estrechó un poco más entre sus brazos para cerciorarse de que era real. De que estaba libre y, a su vez, bajo su protección.

—Y si estás descalentada... —siguió él, mimoso— eso es algo que tiene fácil arreglo...

—Aquí hace un calor de mil demonios, Miguel. Mírate... —Se zafó ligeramente de él para observarle de arriba abajo—. Te estás quedando más seco que la mojama. Deja que te traiga al menos una miaja de agua...

—No sin antes robarte un beso.

La volvió a atraer hacia sí para besarla. Carmen sintió como si su beso fuera un bálsamo que la adormeciera y le hiciera olvidar. Fuera de la fragua había un mundo, pero ella ya no lo recordaba, ya no era el suyo. Su mundo era Miguel, junto a aquel fuego, en aquel vientre de piedra que era la fragua y que concebía herramientas y joyas a partir de los minerales y de la tierra misma. Y en aquel calor primigenio y gestante hubiera sido capaz de quedarse, con él, eternamente.

—Te estás volviendo cada vez más audaz. —Le sonrió ella, algo azorada, intentando apartar de su mente aquella extraña droga. Se sentía anestesiada. Deambulaba entre los labios, los ojos y el pecho desnudo de Miguel.

Quería enredarse y dormir en su nuevo cabello, más oscuro, en sus malezas llenas de secretos que le olían a monte y a carbón, a las entrañas de una tierra que se pasaba todo el día quemando. Quería descansar en el hueco de su cuello, pasear por la vereda de sus brazos, descubrir el refugio de su nuca bajo un bosque de mechones, que eran como los palios que ofrecían las copas de los árboles. Miguel era ahora un paisaje desconocido, que la embriagaba con el despertar de su naturaleza. Solo deseaba adentrarse aún más en él.

—Una caricia es pan recién horneado...

Isabel, que se sentía fuera de lugar ante aquella escena de tortolitos, aprovechó para darse puerta.

—No te preocupes, Carmen. Yo llenaré el botijo.

La muchacha salió, sorteando como podía las pilas de trébedes, llantas y azadas ya forjadas que había por todo el lugar, como cepos para animales con que torcerse los pies.

Cuando se quedaron solos Miguel le tomó las manos a Carmen y la miró fijamente a los ojos. Ella dudaba de que aquel deseo les estuviera permitido. La atracción física que sentía por él la abrumaba.

—Carmen... Desde que llegué a este pueblo no has dejado de batirte el cobre por mí.

Ella cerró los ojos por un instante. Cada palabra era intensa como el parpadeo de una llama. La voz de Miguel se había convertido en la voz de un río que la llevaba entre sus meandros, que le movía el corazón de un lado a otro.

—Escucha… —siguió él—, me has defendido, me has protegido, has sido mi mejor amiga. Sin ti hubiera estado solo, como oveja sin pastor. Pero en el calabozo si hay algo que me sobró fue tiempo. Y estaba allí, con la carta de mi madre, y me puse a pensar. En aquellas palabras, en nosotros, en que te quiero, Carmen, y en que tenemos que casarnos de una vez.

Miguel tenía toda la voluntad del mundo asomándose a sus iris verdes. El fuego y la emoción se los habían encendido.

—¿Casarnos? —musitó ella, sonriendo. Contagiada también de su entusiasmo.

—¿Te acuerdas de cuando te prometí que tu cumpleaños siempre sería especial? ¿Te acuerdas? Pues hagamos que este sea el cumpleaños más especial de todos. Que sea también una fiesta de pedida.

Carmen le lanzó los brazos al cuello, radiante de felicidad. Pronto sería su mujer. Dormiría a su lado y le abrazaría, le protegería, durante todas las noches de su vida. Y Justo y el resto de los hombres del mundo se olvidarían, al fin, de ella.

Braulio se incorporó de súbito y sus riñones protestaron. Había pasado demasiado tiempo en una mala postura, si bien, como solía decirse, ¿acaso la hay buena cuando se trata de faena?

La soledad y el silencio de la era nunca eran tales, siempre estaba acompañado por la naturaleza: los pájaros piando y gorjeando, semiescondidos entre las ramas, los bueyes que mugían, protestándole al arado, el cencerro lejano de una cabra, el rebuzno del asno en el establo. Habían pasado ya tres meses desde las fiestas de octubre y se acercaba febrero, estaban en pleno invierno, pero ni aun así los animales se arredraban. Solo quedaba un mes para marzo, el comienzo de la primavera. Ellos también la presentían.

Sin embargo, el sonido que ahora le había alertado no era de los que consideraba sus compañeros habituales de fatiga. No se trataba de un sonido natural. Era más bien antinatural, siniestro.

El galope de don Justo era inconfundible. Por la velocidad y el ritmo agresivo que imprimía a sus monturas pareciera que estaba permanentemente en carrera, en una interminable apuesta. Justo mandaba sobre el caballo igual que sobre todo lo demás: con la indiscutible imposición de sus deseos.

Braulio repasó mentalmente sus deberes: se hallaba al corriente de los pagos, las tierras estaban bien labradas. No había motivo para tener miedo, aunque el estridente golpeo del galope solo buscaba acelerarle el corazón. Aquella percusión del infierno era un heraldo de duelos y quebrantos, un tamborileo en el averno, una llamada al mismo pateta, que no se sabía si venía bajo el caballo o sobre él.

Justo descabalgó frente al aparcero y hundió las botas de caña alta en la tierra y el barro que le pertenecían, como todo lo demás.

—Es menester que hablemos.

Braulio sintió cómo se le hacía un nudo en la garganta. Era el mismo tono imponente de don Rafael. Pero, como había hecho en el pasado con él, ocultó su zozobra. «Que Dios se apiade de mi alma.»

—Puedo acompañarle a revisar todas las tierras para que compruebe que están aprovechadas. Mi familia y yo faenamos en gordo para que así sea...

—De tu familia quería yo hablar y no de estos terruños.

Braulio se sintió desconcertado.

—¿De mi familia?

—Tienes una hija. Una tal Carmen, ¿no es cierto? Y ha querido Dios que yo pusiera mis ojos en ella para mi contento y el tuyo, que puedes dejar de ser poco menos que un criado para convertirte en el padre de una señora.

Braulio estaba atónito ante la proposición inesperada e intempestiva de aquel hombre. Le habían contado lo del altercado en la feria, hacía ya tres meses, del beso robado y de la trifulca con Miguel... Siempre pensó que Justo consideraba a Carmen un divertimento, tan propio de los señoritos. Pero era una propuesta de matrimonio, ni más ni menos, lo que tenía delante.

Braulio resopló y miró a un lado y a otro de la era, sin encontrar la respuesta que buscaba. Aquello era poco menos que un regalo del cielo: la posibilidad de salir de aquella miseria crónica, que se transmitía de generación en generación. La oportunidad para su hija de convertirse en alguien de posibles, respetada y admirada. Sin fatigas ni trabajos, sin miedo a la sequía o al desahucio. Pero ¿y Miguel? La niña tenía novio. ¿Qué pasaría con él?

Justo se impacientaba de ver al labriego caviloso, intentando hacer encajar todas las piezas de aquel rompecabezas.

El propietario comenzó a golpearse ligeramente las botas con la fusta, como siempre solía hacer, de forma inconsciente, cuando sus deseos no se cumplían al instante.

—Mire, yo ya no soy ningún crío —le aclaró Justo— y no estoy para perder el tiempo. Su hija tampoco lo es y ya es hora de que la cubra un macho como Dios manda.

Aquellas palabras parecieron sacudir a Braulio desde el fondo de las entrañas. «Para mi contento y el tuyo», le había dicho aquel hombre. ¿Y qué pasaba con Carmen? ¿Es que a nadie importaba su contentura? ¿En qué quedaban todas las promesas que él le había hecho? Él la había enseñado a creer en el amor. En que era posible enamorarse y ser feliz, como le había pasado a él con Teresa. Aun siendo pobres y viviendo en la miseria.

—Yo no puedo decidir por mi hija, don Justo. Ella es libre y su corazón también. Pregúntele usted directamente.

Justo permaneció en silencio un momento, con la mirada fija en sus propias botas. El cielo estaba encapotado y aquel día no había ni rastro de trazas verdes en sus ojos. Eran dos pozos negros como un abismo.

De forma casi inadvertida su mano derecha fue presa

de un leve temblor y la fusta empezó con sus golpeteos contra la bota. Una lluvia fina, apenas unas gotas, sembró de pequeños y oscuros lunares la tierra de labranza. El golpeteo del cuero se hizo uno con el de la lluvia.

—Espero que pueda comprenderlo...

—¿Qué tengo que comprender, gañán? —La voz de Justo retumbó como un preludio de la tormenta, cuando todavía está acercándose.

Levantó el brazo, que dudó un momento, tembloroso. Finalmente, cedió a sus deseos iracundos y no pudo evitar que se le escapara un golpe de fusta al aire.

El fustazo resultó inofensivo para Braulio, pero para Justo fue una liberación. Como cuando se descargaba contra el caballo. Era lo que tenía que hacer y, cuando lo hacía, enseguida se sentía mejor. Se calmaba. La angustia profunda desaparecía.

Los golpes le desahogaban y le devolvían el control. Permitió que el cuero volara una segunda vez.

Braulio se llevó la mano al rostro, estupefacto ante los golpes, incapaz de reaccionar.

Vino un tercer azote y un cuarto, con Justo cada vez más impetuoso, que cargaba contra el labriego como si fuera un penco que se negara a obedecer. Braulio le empujó entonces, para intentar quitárselo de encima.

Aquel empujón lo tomó Justo como una agresión intolerable y una invitación para darle una buena tunda a aquel engreído. A aquellos engreídos, a todos, porque en aquella familia eran todos de la misma pasta. Le estaba pegando al viejo, pero en realidad le estaba pegando también a Carmen.

Braulio recibió dos patadas en el estómago y, con todo su peso, se lanzó desde el suelo a las piernas de Justo para intentar derribarle. Una vez en tierra podría dejarle inmóvil, poner todo su empeño en sujetarle hasta que se enfriara. Hasta que su locura pasase y pudiera pensar otra vez con claridad. Para que cesara aquel arrebato de furia que le había poseído.

Justo, al verse en el suelo y con los miembros aprisionados por el fuerte labriego, entró en pánico y empezó a debatirse con todas sus fuerzas.

Nunca se había visto en semejante situación de inferioridad y desamparo. No podía moverse. Aquella era la falta de control absoluta.

Sintió que el corazón era presa de taquicardia, que las náuseas le devoraban el estómago. Que no podía respirar, como si todo el peso de Braulio le atenazara la garganta y no dejara pasar el aire.

Temiendo irracionalmente por su vida, puso su último empeño desesperado en alargar el brazo derecho hacia una roca. Con el fin de liberarse, como una presa aterrada entre las fauces de un depredador, levantó la piedra y golpeó al aparcero en la sien.

Braulio cayó muerto al instante.

Justo, con los ojos fuera de las órbitas y la respiración acelerada, se miró la mano asesina, teñida de sangre, y dejó caer la piedra con un temblor que no podía detener.

Le faltaba el aire, no conseguía concentrarse y todo le daba vueltas. ¿Qué era lo que había pasado? Se sentía como si hubiera estado al borde de la muerte.

Notaba el mundo extraño y ajeno. Ya no era él mismo, ¿dónde estaba? Era presa de un terror como no había sentido desde la infancia, ante su padre.

Aquella sensación enterrada había vuelto a él con toda su fuerza, al sentirse acorralado por Braulio. Y ahora tenía su sangre en las manos.

Tambaleándose, subió al caballo. Le pareció que el animal cojeaba, pero no tuvo piedad con él. Lo azuzó hasta que dejó muy atrás el charco de sangre, diluyéndose en la lluvia sobre la era oscura.

6

DOS VEREÍTAS

—¡Carmen, despabila! ¡Que ya está aquí tu novio! —anunció Isabel.

Carmen se arremangó y sacó deprisa el pastel del horno, inundando la casa con el aroma a chocolate.

—¡Te estás superando, niña! —exclamó Isabel—. Esto huele a gloria bendita...

—Pues mejor sabrá. —Sonrió Carmen, mientras lo dejaba con cuidado en la mesa—. Y más gracias a tus piñones.

Aquella mañana Isabel había abierto un pañuelo sobre la mesa de la cocina, donde había ido guardando las semillas de las piñas que recogía en el camino a casa de don Antonio. Era su particular regalo de cumpleaños. A Carmen le resultaron preciados como pepitas de oro.

—Ya puede, que la ocasión lo merece. —El tío Arturo había sido el primero en sentarse a la mesa, algo repantingado, con un vasito en las manos.

—Un poquito pronto para darle al chinchón, ¿no cree?

—¡Quia! Si yo no he bebido aún nada. Solo lo estoy sujetando. Por lo que pueda pasar...

—¿Y qué podría pasar? ¿Es que van a salirle patas para irse corriendo? ¡Y tú, Pablo, deja ya de meter las manos en los cuencos!

—Eso, hijo mío, que parece que te tuviéramos sin comer y con más hambre que un perro chico… —intervino Teresa.

La madre salía del dormitorio acompañada —intervino Teresa— dos primas, la única familia que tenía en Brihuesca. «Esas han venido solo para cotillear», pensó Carmen nada más verlas.

—Madre —respondió Pablo con la boca llena de almendras y aceitunas—, como un perro chico no. Más bien como un perro gordo. Que hacía tiempo que no veía yo tanta comida como la que ha puesto aquí la Carmen. Disculpe si uno tiene el mal vicio de llenarse el buche de vez en cuando… Y no me haga usted hablar tanto, que oveja que bala, bocado que pierde.

—Anda, anda… —murmuró Teresa avergonzada, evitando mirar a sus primas—. Que aquí también nos damos nuestros homenajes de vez en cuando. Deja un poco para tu amiga Isabel, que está hecha un escorzo.

Pablo alargó otra vez la mano hacia el queso de cabra y Carmen le propinó un buen manotazo.

—¡Que solo era para alcanzárselo a Isabel! —protestó el muchacho.

Isabel se rió, llevándose la mano a la boca para ocultar sus dientes. Solo tenía disparejos los de abajo, pero ya se cubría con coquetería como si fuera un acto reflejo, sobre todo ante Pablo. «Qué pena que mi hermano sea como un burro con anteojos», pensó Carmen. De pequeños, Isabel y el muchacho habían tenido la misma altura, pero hacía tiempo que Pablo había pegado el estirón. Ahora sí que hacían buena pareja.

—¡Señoras, siéntense aquí con nosotros! —El tío Arturo reclamó a las primas—. Que el exceso de modestia les va a hacer polvo la riñonera.

Las dos mujeres se sentaron a la mesa, a una prudente distancia.

—Y usted deje ya de darse sorbitos al anís. Que se va a quedar ajumao antes incluso del chupinazo.

—Cada tres bocaditos, un traguito. Ni más ni menos.

—Pues ya saben lo que dicen: que la mujer y el vino hacen del hombre un pollino.

—Lo del vino está resuelto. Ahora solo falta la moza y les rebuzno lo que quieran por soleares, por bulerías o por peteneras...

—Téngase... —intervino Pablo, intentando cortarle—. Que ya sabemos cómo se las gasta usía con el tema del arte jondo.

El tío Arturo había vivido muchos años en el sur, antes de mudarse definitivamente y convertirse en un famoso mielero alcarreño. Adonde quiera que iba, llevaba una maletita repleta de cilindros con canciones flamencas y, antes de que pudieran evitarlo, ya había cogido carrerilla.

De dos vereítas iguales,
yo me paré en la peor.
Dos vereítas iguales,
yo me paré en la peor.

Si cojo la de mi gusto
ha de ser mi perdisión.
Si cojo la de mi gusto,
ha de ser mi perdisión...

Dos vereítas iguales:
¡cuár de la dos cogeré!
Si cojo la de mi gusto,
mi perdisión ha de sé...

Miguel apareció en el marco de la puerta, acompañado de su madre. Al verle, Carmen se cubrió la boca con
la mano, en el gesto que tantas veces le había visto a Isabel, pero no por decoro sino para ocultar su risa. Miguel
había llegado de punta en blanco para la pedida, vestido
de domingo. Hasta se había procurado un corbatín con
alfiler, que era un complemento exagerado a todas luces,
conforme al resto de la ropa.

—Estás hecho un sanluis... —murmuró ella.

—Mi madre insistió —se disculpó él, abochornado,
sin atreverse a mirarla.

—Anda ven. —Ella se descubrió la boca y le ofreció
la mano—. Ya casi estamos todos.

El resto de los invitados ya estaban allí, llenando la
habitación principal, el comedor que habían vaciado de
muebles para la ocasión. Había llegado incluso el señor
Marquina, convidado por Miguel con la esperanza de
hacer feliz a su madre. A Carmen aquel gesto le pareció
un dechado de generosidad. Se avergonzó por haber in-
sinuado que él estaría celoso de que su madre recibiera

atenciones. Miguel estaba por encima de todo aquello. Era, verídicamente, un muchacho de ley.

Solo una persona no acababa de llegar. Alguien imprescindible para una petición de mano. Estaba atardeciendo y el padre de la futura novia no aparecía por la puerta.

—Si sigue usted tan animado pronto va a empezar con los requiebros como si fueran palos de ciego... —Las primas de Teresa continuaban en su toma y daca con el tío Arturo. «Qué risión de hombre», murmuraban a sus espaldas—. Que lleva usted más anís en el cuerpo que los Reyes Magos en su noche de trabajo...

—Mira, pues si son feas... otra copita y solucionado.

El tiempo pasa y padre no viene. Salgo de la casa y espero junto a la puerta, por ver si le veo llegar por el camino. Está oscureciendo.

Las cigüeñas parecen perezosas esta tarde. Como si colgaran sus alas en el cielo de plomo y se dejaran llevar. Vuelan en círculos lentos y pálidos, a merced de estos aires de tormenta, barriendo de gris y blanco el horizonte. Es San Blas otra vez, pero es como si no quisieran volver a casa. El nido está vacío, abandonado.

De pronto, el bronce de las campanas parte en dos el silencio. Sobresaltada, rezo por que siempre nos proteja: de la tormenta, del infortunio y de todos los males de los hombres. Puedo decir que he conocido a hombres buenos. Buenos de los de verdad. Pero también a hombres con el corazón lleno de hollín y de grisura.

Las horas pasan y ya es noche cerrada. Desde afuera escucho al tío Arturo, beodo ya, que retoma su canto como si fuera un eco:

>Dos vereítas iguales,
>yo me paré en la peor.
>Si cojo la de mi gusto,
>ha de ser mi perdisión.

Y escucharlo por segunda vez me causa escalofríos.

7

Volver a la Alcarria

El monte se destempló con los gritos de la búsqueda y las alimañas perdieron el sueño con la luz de las antorchas. Vecinos y parientes tomaron los quinqués y empezaron a buscar a Braulio por los caminos, en parejas, llamándole sin cesar. Se revolvían, apartando el monte bajo, buscando bajo las zarzas y entre los matorrales. Llamas gemelas hacían dibujos incandescentes por entre las espigas de cereal, como luciérnagas que se agitaran temblorosas, intentando huir de lo oscuro sin conseguirlo.

A Teresa la habían dejado al cargo de la casa, por si Braulio aparecía al final. Podía haber tenido un accidente en el campo y haber quedado herido. Quizás, con gran esfuerzo, lograra abrirse paso hasta el hogar.

—Ánimas del purgatorio… Que no le haya pasado nada… —rezaba Teresa, mientras se sujetaba la cruz que llevaba al cuello. El desasosiego la mantenía en pie y le impedía sentarse en la mecedora de mimbre. Tomó el rosario de su madre, Manuela, y se dispuso a pasar una a una todas sus cuentas. Esperaba que Braulio encontrara el camino antes de llegar a la última.

Carmen y Pablo marcharon juntos, echándose a pechos la cuesta que llevaba hasta el encinar, resoplando y sin apenas aliento a causa de los gritos. El camino entre los árboles era completamente opaco y el cielo continuaba nublado, sin luna ni estrellas que pudieran guiarles. Los búhos y las lechuzas estaban inquietos y ululaban a su paso. De vez en cuando, Pablo barría con la antorcha a escasa distancia del suelo: no podían descartar ninguna posibilidad. Braulio podía haber tropezado y haber perdido el conocimiento. O incluso haber sufrido un infarto.

—Dios no lo quiera, Pablo. Ni siquiera lo mientes…

Carmen no podía disimular su angustia. Sabía que era una posibilidad real: su padre podía estar herido de muerte, agonizando en algún lugar del valle o incluso en el mismo Tajuña, adonde iba a pescar cuando era más joven.

—¿Y si se ha animado a ir al río, Pablo? Con los aparejos y eso… —Era una hipótesis desesperada. Hacía ya años que la faena no le daba tregua para tales menesteres. Pero la desesperanza encendía la imaginación—. A lo mejor quería regalarme una trucha arcoíris por mi cumpleaños…

Carmen se entristeció al pensar en lo mucho que habían bromeado juntos, el padre y la hija, cuando él la había llevado de pesca siendo tan solo una niña. El arcoíris no se lo había visto nunca a las truchas. Solo la raya naranja en el flanco y aquellas motas oscuras sobre las escamas. Pero el nombre le encantaba. La trucha arcoíris era su pez favorito con diferencia, aunque en su corazón ningún animal podría desbancar a Lanas, el perro de su padre.

Miguel había tomado al chucho como único acompañante. El animal parecía despierto y excitado y el muchacho estaba seguro de que sabía lo que se hacía. Quizás andaba sobre la pista correcta.

Se alejaron de los grupos que voceaban hasta que el sonido no fue más que un eco lejano y Miguel no pudo escuchar nada más que sus pasos hoyando la tierra y el jadeo ansioso del perro. A medida que se adentraban en los campos de cultivo y se alejaban de las luces de las casas, a Miguel le dio la sensación de que se envolvían en una oscuridad sofocante y solitaria, una nocturnidad profunda que, lejos de permitir el descanso, avivaba las sospechas y los malos pensamientos.

—Vamos, bicho, no te entretengas. —Le reprendía cada vez que se detenía a orinar o a rebuscar con el hocico entre los matorrales. Aunque en el fondo sabía que tenía que dejarle hacer su trabajo. No debían dejar ningún recoveco sin revisar—. Puede peligrar en gordo la vida de tu amo…

Al fin el perro se detuvo y se puso a ladrar en una zona cultivada, donde la tierra estaba removida y los brotes ya asomaban por entre los surcos.

—Aquí no hay nada. Al final también tú te has despistado…

Miguel pasó la antorcha a un lado y a otro, a su alrededor, pero lo único que vio, resplandeciendo con un destello de metal, fue una herradura embarrada. La tomó en su mano, extrañado, y la frotó ligeramente con el dedo.

Enseguida vio que era nueva y de buena calidad. No podía pertenecer a Braulio, que solo tenía un asno.

Mientras estaba distraído con la herradura, Lanas se había marchado, dando saltos. Seguía excitado, como si alguien lo estuviera llamando y él solo tuviera que acudir a la llamada. Volvía a ladrar.

—Maldita sea...

Las nubes del cielo se habían abierto y el fatídico relumbre lunar había revelado los horrores de la tierra. Allí, en el suelo, había una forma negra.

Miguel se acercó a grandes pasos hasta la silueta oscura y cuando la iluminó con la antorcha, una desoladora certeza cayó sobre él. El cuerpo sobre el que Lanas estaba echado, sin fuerzas, como si quisiera morir con él, no era otro que el de Braulio. La oscuridad y el desnivel de la era, que había cultivado con su propia mano, lo habían ocultado como a un terrible secreto, pero ahora su rostro se descubría argénteo y sin vida.

Y el charco de sangre que bañaba su sien hablaba de asesinato.

Un pedazo de tierra pareció encogerse de congoja durante aquella mañana de domingo, en la que cada repique de campanas era desolador. Carmen creyó sentirlo en cada uno de sus huesos, envueltos en la manola y en la saya negros, y también bajo sus plantas, estremecido bajo los pies de la procesión que cargaba el ataúd hasta el cementerio, doliéndose de cada pisada. Cada repique la golpeaba en lo más profundo del pecho, como un minúsculo martillo que pudiera matarla. Al unísono golpeaba también la tierra, la que su padre había cultivado por sus propias manos. Sentía sufrir al corazón de la Alcarria.

Al frente del cortejo fúnebre iba el cura de San Miguel, solemne, ejerciendo en silencio una labor que, todos los vecinos lo sabían ya, se había precipitado antes de su tiempo. A su lado, uno de sus beneficiados, un capellán de sangre y un monaguillo entrado en años que exhibía la cruz parroquial. Ella abría el camino sobre el páramo desolado, a merced de las corrientes intempestivas de aquel febrero, con las sabinas albares y los enebros como mudos y solitarios testigos de aquella penosa marcha, a ambos lados del sendero. Se dirigían a la tierra dura y llena de malas hierbas donde estaba emplazado el camposanto de los pobres, en la parte baja del castillo.

El tío Arturo y Pablo sujetaban los dos extremos anteriores del féretro, como representantes de la familia del difunto. Y después, llevando los extremos posteriores, estaban Miguel, quien hubiera sido su yerno, y Justo, el que había sido su patrón.

Carmen, que iba detrás acompañando a su doliente madre, podía ver a ambos desde atrás, como si contemplase dos veredas, dos caminos completamente opuestos: uno luminoso, el de los mechones arrubiados de Miguel, que ahora, sin la luz del sol, se veían castaños y apagados. Un camino de esperanza, tibio como el hogar, caldeado como la fragua. Un camino que era como un abrazo. Y en el otro extremo, el camino áspero y pedregoso de Justo, que iba alto y envarado, transmitiendo su dureza. Desprendiendo una oscuridad solo comparable a la de sus cabellos.

Contemplaba a los dos medio hermanos consciente de su parentesco porque, aunque Miguel lo había ocultado como si fuera un secreto abominable, los rumores en un pueblo tan pequeño no podían contenerse. No era más que una sospecha lo que Carmen tenía, a veces se negaba a creer que dos hombres tan diferentes pudieran compartir la misma sangre. Pero solo así la historia de Candela cobraba sentido.

—¡Ay, Virgen de Guadalupe, qué desgracia!

Cuando llegaron al hoyo a Teresa le fallaron las fuerzas y Pablo se precipitó a ayudarla.

—Arrojo, madre...

Pero no sabía qué más podía decir o hacer, aparte de tomarle las manos con fuerza. También él estaba desbordado por las lágrimas. A su alrededor todo era una confusión de rostros compungidos, algunos familiares y otros menos. Algunos, como los de los vecinos que tanto le querían, sinceramente movidos por la aflicción, y otros, como el de don Antonio, simplemente respetuosos, haciendo acto de presencia. A su lado estaba Lucía, su esposa, con un voluminoso vestido de polisón de los que cada vez se veían menos, estrictamente negro. Se arropaba en una visita, una especie de mantón, bordada en chenilla y repleta de flecos, que sujetaba con un broche oscuro en forma de serpiente. A Pablo le extrañó que se adelantara cuando abrieron el féretro una última vez, para que la familia pudiera dar su postrero adiós, justo antes de bajarlo. La muchacha se asomó un momento y después volvió a su lugar, al lado de su marido.

Señor, concede a tu siervo reposar en la paz de este
*   sepulcro*
hasta que tú, resurrección y vida de los hombres,
le resucites y le lleves a contemplar la luz de tu rostro.

Todos dirigiendo la mirada al hoyo primero y al cielo después, llevados en ese viaje por las palabras del cura y los lamentos de Teresa. Todos excepto Justo, que se había apartado donde los cipreses y daba la espalda a las exequias. El sacerdote roció el hoyo con agua bendita y Pablo fue el primero en tomar la pala y comenzar con el lastimoso trabajo de dar sepultura a su padre.

Dios todopoderoso ha llamado a nuestro hermano
y nosotros ahora enterramos su cuerpo,
para que vuelva a la tierra de donde fue sacado.

Las vistas desde el castillo eran las más privilegiadas de todo el pueblo, desde allí se dominaba todo el valle, y Pablo miraba aquella tierra como si fuera su padre mismo porque en ella había dejado su vida entera. Braulio siempre había sido la Alcarria, con su apariencia austera, pero regada por ríos vivos que daban maravillosos frutos. Aquellos ríos que alimentaban el grano de oro del trigo, durmiente como un tesoro en su espiga, como ocultas eran también al ojo las virtudes de su padre. Que regaban también el romero, el tomillo, la retama y la lavanda, unas galas discretas, pero puras e intensas. Así era también Braulio, sin las estridencias ni los coloridos de amapolas, lirios u otros vergeles, sino más bien con la honestidad de las hierbas aromáticas que, en su discreción, perfuman el valle y las ropas del viajero y le hacen más agradable el camino. Y que, en su generosidad, se entregan pacientemente a la abeja para que labore el dorado pringue que es, en realidad, la esencia destilada de toda la comarca, de sus plantas, sus animales y sus gentes, de su corazón mismo. Braulio era la Alcarria, duro como el páramo para la faena, fértil como el valle para los afectos. Con los ojos del color de sus mieles. Y ahora se estaba haciendo uno con ella.

—Señor, tú que lloraste en la tumba de Lázaro, dígnate enjugar nuestras lágrimas.

—Te lo pedimos, Señor.

—Y a nosotros, que lloramos su muerte, dígnate confortarnos con la fe y la esperanza de la vida eterna.

—Te lo pedimos Señor.

—Dale, Señor, el descanso eterno.

—Brille para él la luz perpetua.

Mientras Pablo se alejaba del camposanto miraba al cielo buscando una respuesta. «Brille para él la luz perpetua, pero no para nosotros.» El cielo no les mostraba un ápice de piedad. Seguía nublado por completo y ni un rayo de sol se proyectaba sobre el futuro. El halcón peregrino y el cernícalo recortaban sus siluetas negras, dejándose llevar en círculos sobre el cielo gris. A veces a Pablo le daba la sensación de que eso era lo único que podía hacer: dejarse llevar sobre el tapiz de grisura de su vida. Sin poder decidir nada. Sin soñar. Viviendo con la inercia del milano. Con los ojos cerrados.

Cuando el cortejo fúnebre ya se retiraba, se giró un momento hacia la tumba para darle el último adiós a su padre y se extrañó de encontrar allí, solitaria y en silencio, la silueta delicada de Lucía. Pese al riguroso luto que la vestía —el traje con cuerpo de seda, armado con ballenas de acero, y la voluminosa falda de volantes—, de alguna manera le pareció que tenía luz propia.

—Un hombre que era más honrao que una lata de sardinas —se lamentaba el tío Arturo, ya en la intimidad de la casa, donde habían quedado solo los parientes.

—Su santo era hombre de bien. —Patricio, que intentaba consolar a Teresa, había sido compañero de mili de Braulio y tan buen amigo que se le había dado aviso y alojamiento en la casa mortuoria como a cualquier otro pariente. Había llegado desde el barrio de Malacuera con su esposa Juana, en cuanto había recibido noticia del sepelio—. Más desprendido que san Bruno.

—Pasta de ángel era… —aportó Juana, moviendo la cabeza con pesar.

—Las cuatro letras que había aprendido a juntar se las había trabajao él mismo —intervino Estanislao, que también formaba parte de la cuadrilla de la mili. Su carro había estado en el camino desde antes de que amaneciera para llegar a tiempo. Venía con su mujer, Esperanza, desde la Olmeda del Extremo—. A base de darse cabezazos contra el papel. Más tozudo que El Empecinado. Mira que me insistía en las guardias para que le escuchara y le corrigiera. Y siempre me decía: Tanis, si algún día tengo hijos no quiero que las letras les entren con sangre como a mí. Esos van a ir a la escuela en cuanto les salga el primer diente...

La habitación principal del comedor seguía desprovista de mobiliario, tan solo con la mesa, tal y como la habían preparado para la fiesta de pedida que nunca se llegó a celebrar. El pastel de chocolate y piñones, que se había reservado hasta la llegada de Braulio, se había echado a perder y estaba intacto en el artesón de lavar, desmoronándose en migajas, como una triste constatación de aquella desgracia.

Para Carmen había resultado demoledor. El golpe había llegado en el momento en que se las prometía más felices, cuando iba a atar su destino públicamente al de Miguel. Era dar un paso en el camino correcto, para hacer lo que tenía que hacerse. Y conseguir al fin la paz y quitarse al resto de los hombres de la cabeza y de la vida. Pero todo se había estropeado como aquel bizcocho. Se caía a pedazos como su corazón.

Teresa se había retirado al dormitorio, exhausta de llorar. El entierro lo había tenido que pagar la caja de ánimas de la Iglesia, que solo se reservaba para los muy pobres. «Que si no tenemos ni para pagarle las misas.» «Que cómo vamos siquiera a respirar ahora, sin jornal alguno.» Que si días de mucho, vísperas de nada, que si al perro flaco todo son pulgas y, así, hasta la mitad del refranero español. «Déjelo ya, madre, y vaya a descansar», le había pedido Carmen, aturdida como estaba ella misma, embotada por el torbellino de sensaciones opuestas que se le había venido encima en la víspera. Las primas de Teresa, cubiertas con mantillas negras, le siguieron los pasos con su bisbiseo de rezos.

Después de que su madre se retirase, Carmen necesitó sentarse. Hasta entonces había tenido que sostenerla y se había obligado a aparentar fortaleza, pero ahora sentía que todo le daba vueltas y que la pena se estaba adueñando de cada parte de su ser. Braulio no solo había sido el padre más cariñoso y atento posible, sino que también le había dado fuerzas, la había protegido, le había otorgado seguridad. Sin el cayado que él le proporcionaba, Carmen sentía cómo las piernas de su mundo entero flaqueaban, amenazando con quebrarse como la madera seca.

Buscó a Miguel con la mirada. La habitación estaba llena por los numerosos visitantes que pasaban a dar el pésame, pero tenía que encontrarle. Él podría sacarla de su angustia, con sus abrazos, con la certeza de su presencia.

Había estado extrañamente distante desde que encontró a Braulio muerto en los campos. Durante el entierro le había buscado muchas veces con los ojos, pero él estaba distraído, mirando al suelo, cavilando. O moviéndose inquieto de un lugar a otro. Carmen no podía seguir apoyándose en su madre o en Pablo, que estaban igual de destrozados que ella. Necesitaba a Miguel que, por ironías del destino, ya tendría que formar parte de su familia y, sin embargo, le parecía más extraño y lejano que nunca.

—Miguel, ¿podemos hablar?

Había reunido fuerzas para cruzar el comedor y le había llevado a un aparte.

—¿Qué es lo que te pasa? —Las palabras le resultaron absurdas al salir de su boca. El mundo al revés. Tendría que ser él quien le preguntara cómo estaba. Aunque quizás... estaba impresionado por el hallazgo. Quizás nunca se había enfrentado a la violencia de aquel modo. Quizás el impacto de hallar a Braulio ensangrentado, en mitad de tanta oscuridad, le había dejado trastornado—. ¿Cómo te encuentras?

Miguel apretó contra su cuerpo el zurrón donde llevaba guardada la herradura, envuelta en la tela del corbatín. Casi podía sentir su tacto frío a través de la ropa.

—Estoy bien. No te preocupes por mí.

Ella respiró profundamente. Estaba cansada. Todas las partes de su cuerpo se desplomaban, unas encima de las otras. Miró a Miguel de arriba abajo, con sus zapatos de domingo aún embarrados por la búsqueda y sus mejores ropas arrugadas y sucias. Para él también había sido un sueño roto.

—No vamos a poder...

—Escucha —la interrumpió Miguel—, cuando estaba en la huerta, justo antes de encontrar a tu padre... Hubo algo...

Sus ojos se cerraron, como si intentara recordar la escena y no le viniera clara a la memoria.

—¿Qué pasó?

Miguel dudó, pero finalmente se rindió al desánimo.

—Nada, es solo que... estaba muy oscuro y entonces...

—¿Tuviste miedo? Es normal, Miguel, no tienes que avergonzarte. El asesino podría haber seguido allí, agazapado. Aún no sabemos qué fue lo que pasó, pero no pudo ser un ladrón. Si mi padre no tenía nada, más que una azada y un escapulario. Bastante que saliste con buen pie y no tuvimos que lamentar más…

Entonces Carmen le abrazó con fuerza. Podría haber sido peor. Podría haber perdido también a Miguel.

—¿Qué ibas a decirme antes?

—Que no podremos casarnos —contestó Carmen—, al menos en un tiempo. Hasta que pase todo este luto.

—Ya…

Carmen se separó ligeramente de él y le miró a los ojos, intentando averiguar qué le rondaba por la cabeza.

—Porque sigues queriendo casarte…, ¿no? —La mirada de ella era interrogante, llena de inocencia.

Aquella frase hizo sonreír a Miguel, que pareció volver del remoto lugar donde había pasado las últimas veinticuatro horas. Ahora era él mismo otra vez. El amor de Carmen, el recordar lo mucho que la quería, era la sacudida que había devuelto la mente a su cuerpo.

—Pues claro, boba, qué preguntas me haces. Aguantaremos carros y carretas, pero nos casaremos, vaya que sí.

Volvió a abrazarla y le dio un beso en la mejilla. La estrechó contra su cuerpo, pero en medio de ellos quedó el zurrón y sintió el cuerpo metálico de la herradura presionándole ligeramente. Y la sonrisa se le borró del rostro.

8

UN MAR DE SEDAS NEGRAS

En el dormitorio, Teresa había apartado las velas para poder tumbarse en el lecho donde horas antes habían velado a su esposo. Ahora estaban todas apagadas, amontonadas contra una esquina. Hacía rato que había pedido a las primas que se fueran y la dejaran sola.

Aunque era imposible ignorar el murmullo de voces que procedían del comedor, Teresa estaba ausente, mirando al techo, con los ojos húmedos y muy abiertos. No sabía si iba a tener fuerzas para moverse después de aquel golpe de la vida.

—Tienes que ser fuerte, mujer. Como cuando eras niña... —La habían consolado sus parientes—. Que tienes dos hijos por los que luchar. Y Dios aprieta, pero no ahoga.

Cierto era que estaba orgullosa de cuando era moza. De lo fuerte y entera que se había mostrado a la muerte de su padre, poniéndose al frente de la familia con Manuela. Pero aquello no era comparable. Uno no podía extrañar lo que nunca había conocido. No se podía uno lamentar de la simple ignorancia. Quien no conoce el pecado no puede sentir la culpa, al igual que quien no conoce la dicha no puede sentir su ausencia. Pero ella había conocido a Braulio. Y había conocido su amor.

Braulio había aparecido en su vida para enseñarle lo que era realmente vivir, para insuflarle su verdadero significado. La vida antes de Braulio había sido la de una pobre planta que languidece en una sombra, con la corola y los estambres mirando al suelo, con la poca agua que consigue extraer del aire e ignorando lo que existe más allá. La vida junto a Braulio había sido levantar la cabeza y mirar al mundo, descubrir cómo la luz del sol pintaba el campo con todos los colores imaginables. Y beber un agua dichosa y fructífera y despertar, por fin, después de un largo sueño.

—Coral de las mujeres, me decía... El matrimonio es el puente... —«a la felicidad».

No pudo terminar la frase, mientras una lágrima se escurría por el flanco de su rostro. El puente de su matrimonio era lo que había sujetado su mundo entero. Y, sin aviso previo, se había resquebrajado y se había hundido, como si estuviera hecho de cristales. Ahora tenía que hacerse dura otra vez, recomponerle y dejar de sentir. Regresar al caparazón donde había languidecido en sus años de juventud. Como a un sepulcro prematuro. Dios no ahogaba, decían, pero ella no podía respirar. «Braulio, qué sola me has dejado.»

—¿Cómo está usted, madre?

Era Pablo, que se había asomado por el quicio de la puerta.

—Solo quiero estar sola, hijo. Nada más.

Pablo se quedó unos instantes mirándola, pero pensó

que no podía ayudarla. Cada uno de ellos tenía que pasar aquel trago como pudiera.

—Iré a atender a los invitados. Estaré aquí fuera si me necesita.

Cuando Pablo salía de la habitación de Teresa, don Antonio y su esposa aparecieron por la puerta.

—Vengo a presentarte mis respetos. Siento mucho lo que ha pasado y espero que el Señor le tenga en Su Gloria. —Don Antonio enseguida recorrió la habitación con la mirada—. ¿Dónde está don Justo?

—Está por ahí fuera. Le vi llegar del cementerio, pero no ha entrado en la casa.

«Sin duda le parece indigna del cuero de sus botas —pensó Pablo—. Ni falta que hace tener a ese mengue rondando por aquí.»

—Voy a ver si le encuentro —se disculpó el señorito, antes de desaparecer. Era evidente que a él también le incomodaba estar dentro de una casa tan humilde, con tanta gente ajena a su clase social. Abandonó a Lucía, que no tuvo reparo en quedarse.

—Te he traído esto.

La mano estaba cubierta por elegantes guantes negros y por la puntilla blanca que asomaba del interior del traje. De ella colgaba una limosnera de seda negra bordada y un cesto trenzado, del que la muchacha sacó unos dulces y una pequeña botella de cazalla.

—Es la costumbre en mi tierra —aclaró ella—. Seguro que os ayudará.

—Gracias. —Pablo, sinceramente conmovido por el detalle, tomó un vaso de barro cocido para servirse el anisado. Se lo bebió de un trago ante ella, que le miraba seria, pero tranquila. Con ese aire supraterreno que siempre la acompañaba y que, a causa de su belleza carnal y morena, la hacían parecer una pintura de Romero de Torres—. Disculpe, que no la he convidado…

—Tú lo nesesitas más.

Pablo contuvo una sonrisa. Le hacía gracia cómo sonaba aquel verbo en boca de la joven.

—Aun así…

Él le tendió el vaso vidriado y ella posó brevemente sus labios en él. Fue un contacto tan fugaz que Pablo hubiera jurado que no había bebido nada, excepto por la huella brillante que había quedado en sus labios de clavel.

—Ahora iré a resar con las mujeres. Y a consolarlas. A menos que tú lo nesesites más.

Pablo bajó la vista y esbozó una media sonrisa turbada. No estaba muerto, después de todo. La vida le había pasado por encima como un carromato, pero no le había dejado completamente insensible.

—Estoy seguro de que es así.

Justo alargó la mano y arrancó la más grande de las camuesas amarillas que cargaba el manzano de los Blasco. Así es como estaba acostumbrado a hacerlo todo: veía, deseaba y tomaba. Pero Carmen no estaba resultando tan generosa como su huerta.

En pleno febrero, aquel era el único árbol que rebosaba de vida. El camueso iba siempre por delante de los demás, desafiando al clima: cuando los otros estaban aún arrugados, soñando con sus brotes y sus pimpollos, él ya se exhibía, fragante y luminoso, haciendo gala de su fertilidad desvergonzada.

Justo frotó la piel de la camuesa contra su pecho, para limpiarla y abrillantarla, y su fragancia le embriagó. Era el mismo perfume de Carmen, puesto que Teresa envolvía juntos los vestidos y las frutas para así impregnarlos de su olor. Otras muchachas olían a lavanda y a romero, a hojas de espliego... todas a hierbas aromáticas, todas iguales. Pero Carmen era la única que llevaba el olor dulzón de la camuesa. La fruta atrevida, la que no temía ni siquiera al invierno.

No se había querido acercar a la familia desde la muerte de Braulio. Había enviado a Amelia, el ama de llaves, para que aceptara la invitación al entierro. Debía asistir para no despertar ninguna sospecha, pero lo cierto es que le repugnaba estar allí.

Cuando recordaba la pelea con Braulio sentía náuseas, como si todo aquello estuviera envuelto en un velo de confusión. Deseaba ardientemente olvidarlo, pero no podía. Los pensamientos de violencia, el forcejeo, la sensación de pánico y de peligro... regresaban constantemente a él.

Aquella misma noche había tenido un sueño en que todo ello se repetía. La presencia invisible de Carmen entre ambos hombres, su deseo frustrado de tenerla. La cerrazón inexplicable del viejo. Los vuelos de la fusta y el sonido del cuero al golpear la carne. Y después, el terror. Braulio haciendo lo imprevisible, lo impensable. Revolviéndose contra él con su corpulencia de campesino. Atacándole y aprisionándole las piernas. Y él, revolviéndose agitado.

No podía permitir que le pegara. Aquello era lo que siempre le había aterrado desde niño: que un día la oscuridad dejara de acechar a su madre y se volviera contra él mismo. Así que tomó lo primero que su mano podía agarrar para salvar la vida: alzó la piedra para dar el golpe mortal. Pero cuando se asomó a aquel charco de sangre, que era como un abismo para su alma, no encontró el rostro abotargado del jornalero. Aquellos rasgos malditos eran los de su padre, don Rafael, quien tenía los ojos muy abiertos, tan verdes como la hierba en la cual se estaba convirtiendo.

Justo contempló horrorizado cómo de los miembros del cadáver brotaban largos haces de plantas, juncos y enredaderas, que se movían buscándole las botas de caña, intentando enredarse y atraparle, tirarle al suelo, para después arrastrarle con él a las profundidades de la tierra. Al infierno.

No podía vivir en aquella falta de control. Debía recuperar las riendas de su vida, empezando por Carmen. Todo aquel fatídico episodio había sucedido por culpa de ella, porque las cosas no estaban saliendo como debieran, por su empecinamiento. «Se supone que una labriega no rechaza una oferta de matrimonio de un potentado. Eso va contra la ley natural.» Todo se había torcido y no debía de haber sido así. Ahora tenía que arreglarlo. Ello le libraría de sus pesadillas, de sus demonios. Cuando tuviera a Carmen, su alma volvería a estar en paz.

—Justo, ¿estás ahí? ¡Justo!

Era la voz de Antonio, aquel obtuso petimetre.

Justo se adentró aún más entre los árboles frutales, buscando sus sombras y su oscuridad. Allí podría devorar a gusto la camuesa. La mordería en secreto y sin prisas, deleitándose con su sabor, en un acto que le resultaba de una intimidad inconfesable.

—¿Por qué lo del cementerio? ¿Por qué...?

—¿Puedes sujetarme la silla, por favor? —Lucía interrumpió a Pablo y le señaló el asiento de mimbre. Estaban en la entrada del pequeño almacén donde habían apilado todo el mobiliario para despejar el comedor.

La muchacha se puso de espaldas a la silla hasta que rozó el borde con el gemelo, de forma que ya tenía una referencia. Después separó cuidadosamente los bullones cruzados de seda negra que formaban la parte de atrás de la falda, para no arrugarlos. Por último, buscó a tientas los alambres del polisón y los fue reuniendo en sus manos, plegándolos uno tras otro por encima de su cadera, de manera que pudiera sentarse con delicadeza en el borde de la silla. A Pablo le maravilló su práctica. Siempre se había preguntado cómo las señoras de posibles podían tomar asiento con semejante armazón. Soltó el respaldo y cogió otra silla para él. Lucía apenas se apoyaba en el mimbre y el respaldo le era innecesario porque no podía recostarse, pero cruzó despacio los botines y el volante tableado de la falda se estiró por completo ante Pablo.

—¿Qué me decías?

—¿El qué?

Pablo no se acordaba ya de sus propias palabras. Toda aquella situación le parecía surrealista y fuera de lugar. Aquella muchacha se le antojaba tan exótica como un ave de las Antillas. Con la piel morena y los ojos de turquesas. Y estaba allí, en su casa, hablando con él de tú a tú. Cierto que era el único al que conocía de la familia y que se habían saludado un par de veces en la finca, pero...

—Me hablabas del entierro...

—Se quedó usted al final.

Pablo quería preguntarle, en realidad, por la mirada al féretro, cuando lo habían abierto un instante antes de bajarlo. Pero no quería poner a la muchacha en evidencia. Había sido un momento de curiosidad morbosa, nada más.

—Ah, eso...

La joven apoyó las manos en la rodilla y se inclinó ligeramente hacia delante para hablar en confidencia. Sus pendientes colgantes se agitaron. No eran una simple imitación de ebonita, sino del azabache más puro que hubiera visto nunca la joyería de luto. Ambas piezas exquisitas enmarcaban el óvalo color canela de su rostro, que parecía descansar sobre el algodón rizado del cuello en pico de su traje.

Al inclinarse, a Pablo le embriagó el perfume a agua de rosas que impregnaba aquel algodón. La tela ascendía como un ribete desde el pecho de la joven hasta sus clavículas y luego rodeaba su nuca, como si fuera un brote de espuma blanca estallando desde la roca, oscura y brillosa por la humedad, en un mar de sedas negras.

—Antonio me dijo que tu padre murió de improviso, sin tiempo para la confesión.

A Pablo le invadió el pesar y la resignación. Era cierto. Braulio se había marchado de este mundo sin recibir los santos óleos. Su asesino le había quitado aquella posibilidad y ahora tendría que purgar sus pecados en Dios sabe qué limbo.

—Quería resar una saeta por él. Es un poema de la pasión de Nuestro Señor, una saeta de los frailes. Ayuda a preparar la confesión.

A Pablo se le humedecieron los ojos debido a la emoción. Que una extraña, una forastera, hubiera reparado en aquel detalle era un verdadero gesto de amistad a la familia. No todos los ricos eran unos egoístas malnacidos ni todas las ricas unas arpías. Lucía había hecho algo hermoso por su padre, algo que no podía comprarlo el monís. Las cosas más valiosas no salían de la limosnera, sino del corazón.

—Y... ¿cómo era?

Ella dudó un momento, algo turbada. No era mujer de muchas palabras. Pero se trataba de su padre y tenía derecho a saber.

—Es la saeta del pecado mortal, de fray Diego de Cádis. Hoy en día la cantan los cofrades durante la Semana Santa, pero todas las saetas fueron orasiones antaño.

Quien perdona a su enemigo
a Dios gana por amigo.
En asco y honor acaba
todo lo que el mundo alaba.
Dios vengará sus ofensas
el día que menos piensas.
El deleite pasó, luego
y sin fin durará el fuego.

Pablo se estremeció ante aquellas palabras tan terribles que, más que religiosas, parecían sacadas de una maldición gitana. Instaba a su padre a perdonar a su asesino, sí, pero también hablaba de venganza, de ira. De castigo eterno. Pablo apretó los puños y se dio cuenta de que la pena omnipresente había ahogado hasta ahora aquella emoción. Las palabras de Lucía no la habían creado de la nada. Solo la habían despertado.

—Esto no quedará así. Tengo que buscar al alguacil. La muerte de mi padre no ha de quedar impune, aunque tenga que remover la tierra toda. Y no será Dios quien reparta justicia, sino el garrote.

Carmen acudió al amparo de la sombra de los árboles frutales buscando cobijo. La humilde casa estaba repleta y se sentía asfixiada, no por el calor, sino por la pesadumbre que se respiraba dentro. Todo el tiempo recibiendo los pésames, atendiendo a las visitas, como representante de la familia mientras Teresa, su madre, languidecía indispuesta y Pablo hacía mutis por el foro. El pesar y las obligaciones la estaban agotando. Sabía que la gente se pasaba por allí con toda su buena intención, para presentar sus respetos, pero solo deseaba que por fin cayera la noche y que todos se marcharan. Que se quedaran solo los familiares más cercanos: su madre, su hermano, Miguel.

Se apoyó levemente sobre el manzano, cargado de camuesas dulces. Era el árbol más querido que tenían, el preferido de la familia. Braulio lo había plantado cuando se casó con Teresa para que ella tuviera manzanas deliciosas y aromáticas con las que hacer sus tartas. Era el símbolo del amor de su padre hacia su madre y siempre le había tenido un cariño especial. Aspiró su fragancia envolvente y acarició la fruta. Manzano era el apellido de Isabel. Siempre le había parecido muy bonito.

De repente sintió cómo alguien, desde atrás, la rodeaba por la cintura y la estrechaba hacia sí. Miguel había venido a reconfortarla. Al fin se había hecho cargo de cuánto le necesitaba.

El cansancio se le vino de pronto encima y se permitió el descanso, apoyándose sobre el cuerpo de él. Era sólido como el tronco de aquel manzano. Sus brazos de herrero, fuertes como gruesas ramas que la acogían y la resguardaban de la desgracia.

El muchacho se inclinó hacia delante y acarició con su mejilla el rostro de Carmen. Entonces a ella le vino a la mente una imagen muy concreta, la de un árbol alto y sólido, una conífera: el corazón de los jardines de la Real Fábrica de Paños. Muchas veces había saltado con Isabel y Pablo la valla para colarse en aquellos laberintos barrocos de setos y rosales. Allí habían jugado juntos a las carreras, al escondite y a los Reales Sitios de Aranjuez y de La Granja, haciéndose los turnos de reyes y criados. Y en lo más profundo de aquellos jardines encantados, con su corte de cipreses, se hallaba un cedro imponente, de gran altura y frondosa sombra. Su tronco de casi cincuenta metros de alto desprendía un perfume único y característico. El cedro, decía el señor Marquina, era el árbol de las guitarras y de los lápices. Y, sin embargo, aquel cedro era un árbol que siempre había atemorizado a la Carmen niña. Bajo él, que tenía tantas ramas y tan cargadas, el prado se cubría de oscuridad. Sus agujas de pino se le habían clavado en los dedos en ocasiones, sacándole sangre. Era también la madera de los sarcófagos, del ataúd de su padre. El árbol siniestro al que llamaban «vida de los muertos».

Carmen abrió los ojos tanto como pudo cuando sintió la áspera barba frotarse contra su mejilla. No era la caricia del suave vello de Miguel lo que experimentaba. Aquella barba era como agujas de cedro, arañándole la piel. El salmo del cura resonó en su cabeza: «El justo florecerá como la palmera; crecerá como cedro en el Líbano».

—¡Justo! —Se sacudió, apartándole de un tirón.

Allí estaba ante ella, con la impecable levita negra que lo seguía como una sombra. Su rostro de joven dueño, blanco de mausoleo, con el acento nublo de sus gruesas cejas y su barba completa de hombre, alrededor de la boca. La boca que le había buscado los labios tantas veces ya.

—Para ti *don* Justo —aclaró él—, hasta que el cura te ponga en tu sitio.

—¿Y qué sitio es ese, si puede saberse?

Justo sonrió por toda respuesta, con aquella mueca tan pagada de sí misma que suscitaba entre las mujeres adoración y repulsa a partes iguales. Era atractiva, llena de seguridad. Pero Carmen la aborrecía. Él lanzó a los pies de ella el corazón de una camuesa agostada.

—Esa fruta no le pertenecía —le recriminó la muchacha—. No le tenía a usted por ladrón...

—¿Cómo puede uno robar lo que ya es de su propiedad? Esa fruta está en mis tierras —interrumpió él, malhumorado—. Y es mía, como todo lo demás que hay en ellas.

La tomó del brazo, pero ella se zafó.

—Ese camueso lo plantó mi padre —insistió—. La semilla era suya y la lluvia, de Dios.

—Pero sin la tierra no hay nada. No hay vida. Ese manzano maldito depende de mí, como dependéis todos los zarrapastrosos de tu familia. Ahora que tenéis un jornal menos solo os aguardan el frío, el hambre y la penuria. Pero yo podría ayudaros a cambio de...

—¡A cambio de nada! Váyase usted a otro perro con ese hueso...

—Ni huesos tendréis pronto para comer.

Volvió a agarrarla, aún más fuerte, y ella no pudo soltarse esta vez.

—¿Quieres saber dónde está tu sitio? En mi casa. —Se aproximó a ella, hasta verter su aliento caliente sobre el cuello y las mejillas de la joven—. En mi cama...

Carmen forcejeó, pero Justo la empujó contra el manzano, levantándole las faldas y buscándole los muslos.

—¡Basta! ¿Es que no respeta usted nada? ¡Ni a los muertos respeta! ¡Ni a la mujer de otro!

Pero los ojos verdes de Justo relampagueaban por el deseo. Su excitación parecía llevarle por un camino irracional, donde solo podía ver y escuchar lo que quería.

—Ladrón me llamas por comerme unas manzanas… —La besó en el cuello, por la fuerza—. A mí, que me has robado el seso. Necesito que me lo devuelvas, Carmen. Necesito…

En ese momento sintió que le arrancaban de Carmen, hacia atrás, como un golpe de mar. Estaba aturdido, como si le hubiera dado un calambrazo. En la confusión pudo ver cómo la muchacha se separaba del manzano y corría hasta abrazar a Miguel, interponiéndose entre ambos.

—No te líes a palos, Miguel —le suplicó—. No en el funeral de mi padre. Por favor…

El muchacho apretó los puños y los dientes de furia, clavando en Justo su mirada de rencor. ¿Qué defensa le quedaba contra un hombre como aquel, que campaba a sus anchas, creyéndose dueño del mundo entero? No había yugo ni vallado ni barrotes suficientemente anchos como para contenerle. ¿Cómo podía detener una corriente de agua cenagosa? ¿De humo, de hollín? ¿De sombra trapacera?

Justo, por su parte, tomó en aquel momento la decisión de derribar el único obstáculo que veía en su camino, el que frustraba una y otra vez sus deseos. Si quería conseguir a Carmen y recuperar la paz de su espíritu tenía que acabar la pelea que habían comenzado hacía ya más de una década. Tenía que librarse de Miguel.

—Dígame que ya sabe algo, por lo que más quiera…

Pablo no había tenido que ir a buscar al alguacil porque él mismo acababa de llegar a casa de los Blasco a presentar sus respetos. La propia Lucía le había visto pasar, con su uniforme abotonado y sus botas militares, por detrás de Pablo mientras conversaban.

—A mi padre le asesinaron con una piedra. La encontraron ensangrentada junto a su cuerpo. Un endriago, un malnacido tuvo que hacerlo… algún demonio con forma de hombre.

—Estamos trabajando en ello. Hablando con los vecinos para comprobar si alguien pudo ver algo. De hecho, ahora mismo estaba hablando con…

—Tiene usted que darse prisa —le interrumpió Pablo, presa de los nervios—. Para que ese mengue no pueda huir y quedar sin castigo. ¿Han encontrado ya algo? ¿Tienen alguna sospecha?

—Aún no puedo confirmarlo, pero últimamente andan por los pueblos vecinos unos ladrones que buscan aperos, para revenderlos o fundirlos. Cometen todo tipo de tropelías y no tienen respeto por nada, ni por la vida. De la sierra de las Carolinas vienen y hacen ataques puntuales para luego refugiarse como alimañas.

—Entonces ¿saben dónde están? ¿Por qué no van ustedes mismos a buscarlos?

—La Guardia Civil ha enviado ya a varios destacamentos para apresarlos, sin éxito. Nosotros no podemos hacer nada.

—¿Cómo que no pueden hacer nada? ¿Qué es lo que me está diciendo?

—Cálmate, Pablo... —Isabel se adelantó y le tomó suavemente el brazo, temiendo la escalada de tono, pero él se soltó.

—¿Que esos randas, esos... miserables... pueden hacer y deshacer sin consecuencias? ¿Que pueden llevarse a sus montañas la vida de un hombre sin que nada les pase? Porque eso es lo que han hecho, alguacil. A mi padre no le han robado ni aperos ni zarandajas. ¡Sino la vida, que era lo único que tenía!

—¡Cállate, Pablo! —La voz amarga de Teresa se escuchó en la puerta del dormitorio. Se había levantado solo para aquello y su figura se imponía al marco, cubierta completamente de luto, incluyendo el velo, para que no se le viera el rostro. Firme y trágica, se adelantó hasta el alguacil. Todos callaron ante su presencia y a ella no le tembló la voz—. Ya te ha dicho que no pueden hacer más. Deja que se vaya y así podrá continuar con su trabajo, que es lo que verídicamente necesitamos. Sin demora.

El alguacil entendió que su presencia no era deseada allí y respetó el duelo de Teresa. Sin duda resultaba desagradable tratar unos detalles tan macabros en una casa mortuoria. Se quitó el sombrero, asintió con la cabeza y marchó a la puerta.

—Quede usted con Dios.

Una vez estuvo fuera pasaron unos segundos de silencio. Vecinos y familiares esperaron expectantes, alrededor de Teresa, aguardando cuál sería su reacción.

—Nosotros quedamos con Dios, pero esperemos que Dios también quiera quedar con nos —susurró—. Pablo Blasco, no vuelvas a perder las formas nunca ante la autoridad. Eres el único hombre que le queda a esta casa. Y en cuanto al asesino de tu padre, no guardes esperanzas. A nadie le importa quién haya matado a un pobre.

9

LANAS

Aquel día, Pablo caminaba hacia el cortijo de don Antonio más inquieto que de costumbre. El sendero flanqueado de espliego y de aulaga, la sospecha de las culebras serpeando entre las rocas, el sonido de los guijarros bajo sus pies... y hasta el cernícalo solitario que le acompañaba, a muchos metros sobre su cabeza. Todo era igual que siempre, pero él se sentía como si el mundo fuera nuevo y lo estuviera haciendo todo por primera vez.

Estaba aún aturdido aún por la muerte de Braulio, como si le hubiera pasado una carreta por encima y, de la noche a la mañana, hubiera tenido que ponerse de nuevo en danza por los caminos del mundo. Miraba al suelo constantemente para no tropezarse, pero en cuanto las piedras le daban un respiro colgaba su mirada de las siluetas de las aves, que se mecían en el cielo. Así era también su vida: el constante faenar, atado al terruño, y el breve respirar de un sueño, a lomos de un caballo.

Olivica, olivica,
te voy cogiendo,
para media fanega
me falta medio.

Morenita resalada,
dicen los aceituneros.
Otra vez que me lo digan
tengo que irme con ellos.

Era la voz de Isabel, en la cuesta de los olivos. Se acompañaba bien, la moza, de su propia voz.

—Hola, resalada.

—¡Pablo! ¡Susto me has dao, rediez! Un ánima semejas con esas mañas. Que pareciera que, en vez de pisar, vinieras volando…

—Perdona, ya me iba.

—¡No! Espera… ¿Cómo estáis?

—Mi madre anda muy desconsolada. No ha vuelto a llorar desde el día del funeral, pero yo sé que por dentro está hecha pedazos. No habla y no hay manduca que quiera probar.

—Tu madre tiene muchas tragaderas, Pablo. Seguro que consigue salir adelante.

—Eso es lo que más me preocupa. Que piense que tiene más tragaderas que un jenízaro y que al final todo el dolor se le atragante en el buche. Es una mujer con mucho arrojo, pero hay un momento…

—En que uno se agosta —completó Isabel.

—Así es. Mi madre se piensa que es de granito, pero

lo que yo creo es que el granito era mi padre. Y que ella solo se le agarraba.

—Lo importante ahora es que encuentre un nuevo asidero. Carmen… y tú.

—Pues pa sujetar a nadie estoy yo.

—Mira, Pablo, esto de los duelos es como… Como uno de esos muros de cuerda seca, donde una piedra se apoya sobre las otras que están debajo. Y estas, otra vez encima de otras muchas. Y así hasta que pare de contar el cuento… Quiero decir… que una piedra en el aire no se pué apoyar. Y que no pues estar tú solo tó el día, dándole al magín… Así que ya sabes, que si necesitas pegar la hebra un rato o que te haga algún recao pa tu madre o que os resuelva algún sopicaldo pues… que aquí tienes a tu piedra.

Pablo sonrió ante la chispa de Isabel. La muchacha se había estado retorciendo con el dedo la punta de la trenza durante toda la perorata.

—¿Una piedra?

—Sí, un pedrusco, vamos. O un ripio, al menos, de esos que se cuelan pa rellenar huecos. Que yo conozco a la Carmen desde que no levantábamos las dos ni un palmo del suelo.

El rostro de Pablo se ensombreció de nuevo ante la mención de su hermana. Ella estaba incluso peor que él. No solo tenía que sobrellevar la pérdida de su padre, sino que además su cumpleaños había quedado marcado por la desgracia. Había tenido que aplazar su compromiso. El que debía de ser uno de los mejores días de su vida se había convertido en un calvario. Y para colmo la tensión, la amenaza y la sombra de Justo sobre ella. Debía de tener el alma hundida.

—Carmen es quien más ayuda necesita. Es mejor que seas su piedra y no la mía.

Se alejó entonces hacia la casa. «Podría ser la de los dos —pensó Isabel—. Si tan solo me dejaras.»

La última vez que vi a Lanas fue en el entierro del que, hasta entonces, había sido su amo. Dicen que el perro es el mejor amigo del hombre y yo no sé si tal cosa es cierta. Lo que es seguro es que, para Lanas, no había más sol ni más luna que mi padre. Permaneció junto a su cuerpo durante todo el tiempo que lo mantuvimos insepulto y, cuando vio que descendía al hoyo y que ya no podía consolarse en su contacto, se dejó caer junto a la tumba. Mi familia y yo estábamos tan destrozados que nadie reparó en que el pobre animal se había quedado allí, tirado en el camposanto como si aquel fuera su lugar.

—Lo vi ayer mismo, vagando entre las tumbas como un ánima en pena. La lluvia le ha calado los pelos blancos hasta dejarlos grises.

Con las indicaciones del sepulturero, salgo a buscarlo. Ese animal está, verídicamente, muriendo de pena. Necesita que lo llevemos a casa y le demos cuidados.

Me enfrento de nuevo a la imagen del camposanto, todo piedra y grisura, vacío y silencio. Acudo junto a la cruz sencilla que le hemos puesto a mi padre, apenas dos brazos cruzados, finos y sin talla alguna. La de una tumba pobre. No deja ninguna palabra escrita y cuando Pablo y yo faltemos, quién sabe si quedará alguien que le recuerde. Si permanecerá alguna marca de que estuvo aquí, pisando y removiendo con sus manos esta misma tierra. «La vida es corta», dice siempre mi madre, «y lo que queda es un santo que no tiene novena».

—¡Lanas! —le llamo, entre las lápidas del camposanto pobre, el que está en la parte baja del castillo.

En la parte alta, junto a los muros, es donde están las capillas, los forjados y las esculturas de mármol. Hasta después de entregar la pelleja, ricos y pobres vivimos en mundos diferentes. Hasta entonces se nos recuerda cuál es nuestro sitio y cuál será por los siglos de los siglos.

—¡Lanas! ¿Dónde estás? —grito desesperada, en este lugar de paz. Sé que no es respetuoso, sé que lo perturbo, pero me puede el desánimo. Siento cómo el dolor se apodera de mí.

Finalmente, agotada de que solo el viento me devuelva mis palabras, me siento frente a la tumba de mi padre, junto al barranco desde el que se contempla todo el valle. Me tiendo en el suelo y doy rienda suelta a mi llanto, no puedo evitar que se me vaya la vida en lágrimas. Todos tiramos los unos de los otros hacia las entrañas de la tierra, como agarrados a una cuerda fatal. Primero mi padre, después Lanas. Ahora yo.

La inquietud de Pablo creció a la vista del imponente caserón de don Antonio Cordero. No entendía por qué sentía aquella extraña aprensión. La morada del señorito andaluz nunca le había intimidado antes.

Se dirigió a las cuadras y le sorprendió encontrar amarrada a la entrada a una espléndida purasangre. Entre el resto de los alazanes, tordos y ruanos de la cuadra, aquella ejemplar destacaba como una perla negra.

—¿Y este prodigio? —preguntó a uno de los mozos.

—Un monumento como la catedral de Zevilla. Esta misma mañana la trajo el zeñor Núñez. Pa bordarla en zeda está.

—¿Don Justo la trajo?

—Azimizmo. Parece que es hija del Moca... y de otra purazangre que es una hermozura. ¡Y campeona! El zeñor Antonio va a ganar carreras a puñaos con ella.

El mozo se fue y dejó a Pablo con la yegua, que aún no tenía nombre. Era un momento privilegiado, el de nombrar a un nuevo animal. Sin duda Justo ya le habría puesto uno, quizás don Antonio fuera a conservarlo... Pero para él, de momento, era tan solo lo que veía ante sus ojos: los huesos fuertes, como las ballenas de acero de un corsé; la musculatura marcando la silueta, como un polisón cuyos alambres se pliegan gentilmente, como por arte de magia, para permitir el asiento; el pelaje brillante como un mar de sedas negras. Naturaleza pura.

La yegua tenía una pequeña marca blanca en la testuz, lo que llamaban la estrella, que cuando era más grande se denominaba lucero. Lucero era un nombre habitual y muy bonito, tanto para caballos como para yeguas. Pero, al intentar pronunciarlo en su mente, a Pablo solo le venía otro: Lucía, Lucía, Lucía...

Cerró los ojos y le pasó la mano por el lomo a aquella criatura espléndida. Se notaba que la habían acicalado aquella misma mañana, para la presentación ante su nuevo dueño, y el pelaje estaba limpio y lustroso. La mano de Pablo se deslizaba sobre él, suavemente, palpando por debajo la dureza de su cuerpo, la estructura ósea. Dejó que aquella sensación de dulce abandono le poseyera por completo.

El mar de sedas negras regresó a él, arrastrándole, y en sus profundidades brillaban huesos de ballena apuntalando el corsé de un exquisito traje de modista. Abrazando el cuerpo de Lucía. Huesos de ballenas lejanas y desconocidas, cantando en un idioma indescifrable.

—Pablo...

Abrió los ojos y ella estaba ante él, no soñada ni imaginada, sino radicalmente física y real. No iba de luto, como la última vez, sino que ahora vestía con entredoses de encaje y tul, completamente blancos, luminosa como un cisne que fuera negro, pero que por obra de algún ardid, se hubiera vuelto blanco.

—Has vuelto al trabajo.

—Ya ve. Hay que continuar viviendo... Aunque algunos ya no puedan acompañarnos.

—Esa es la verdad del cante. En mi tierra se dise «el muerto al hoyo y el vivo al bollo».

Pablo se sonrió de escuchar una frase como aquella en los labios de Lucía, de los que solo brotaba un acento dulce y musical, pero suave. Casi el susurro de un arroyo, de tan discreto. La muchacha acompañó el dicho de un golpe teatral de su abanico, jugando. Primero se cubrió el rostro con él plenamente desplegado, mostrando la magnífica pintura de gardenias que adornaba el país.

Después cerró la baraja y apoyó con gracia el remate de encaje sobre su mejilla derecha. Por último, volvió a desplegarlo y pasó visiblemente los dedos por la rígida tela, como si quisiera hacerle cosquillas.

A Pablo le quedó claro que era el complemento perfecto para su traje, pero solo pudo preguntarse qué pintaba un accesorio como aquel en pleno invierno y en aquella región de páramos, con unos golpes de viento que tiraban para atrás.

—Ven conmigo, que es bollo de San Ildefonso —siguió ella, señalando hacia el caserón con el accesorio—. Yo te convido…

—Pero, señora…, si aún ni empecé la faena… —contestó Pablo, turbado.

—Sevilla está atada y no se va a escapar.

Así que ese era el nombre que le habían puesto a la potranca. Sevilla…

—Pero, señora, yo…

—Solo es tu primer día después de perder a tu padre, Pablo. Es menester que te lo tomes con calma. Nesesitas consuelo y yo… Mi esposo marchó con don Justo de mañana y la casa parese un sepulcro.

Pablo miró a su alrededor y se dio cuenta de la soledad que debía de experimentar Lucía en aquel cortijo. Todo el servicio estaba atareado en sus quehaceres, obsesionado con dar cumplimiento a sus tareas. Las mujeres recogiendo las aceitunas o bregando con la colada y la cocina. Los hombres, tratando con los caballos y preparando el aceite. Y mientras la muchacha, arrastrando el volante de raso de su vestido exquisito por aquella tierra polvorienta que no estaba hecha para él. Yendo y viniendo como una aparecida, sin quehaceres ni afanes ni divertimento, con unos pasos que no dejaban huella ni sonido, sin encontrar su lugar. Miró la puerta del caserón, frontera prohibida, con su oldabón de bronce que era como un imán. No podía resistirse a la atracción que ejercía el mundo de aquella mujer.

—Está bien. Lo probaremos.

Al cruzar el umbral sintió que se estaba adentrando en un territorio desconocido y extraño, como uno de aquellos exploradores del África cuyas aventuras tanto les había descrito el profesor Marquina. En busca del «humo que truena» de las cataratas Victoria. En busca de las fuentes del Nilo y de las Montañas de la Luna.

Lucía era una mujer habitualmente silenciosa. «Una mujer prudente tiene menos posibilidades de errar», eran las palabras que siempre le había repetido su madre, hasta el día de su muerte. Desde niña le había enseñado que la perfección solo podía lograrse siendo discreta. Que una mujer era esclava de sus palabras y que, a cada sílaba que dijera, menos perfecta parecería a los demás. Había crecido con un solo lema a fuego: que el silencio era su aliado en sociedad. Mientras lo conservara sería como si continuara recién bautizada, en un silencio incólume e inmaculado. Pero cada frase podía convertirse en un pecado, una mancha en el blasón. La madre había fallecido hacía casi una década, por lo que aquella parte de su educación había quedado congelada en el tiempo y no había evolucionado. En términos sociales, seguía viviendo con aquellas reglas que habían sido concebidas para una niña de diez años y no para una mujer de diecinueve.

Por eso, cuando Pablo le preguntó por el féretro de su padre, ella examinó sus propios sentimientos y se enfrentó a una contradicción: la pregunta quizás no era apropiada, la respuesta tampoco, pero por una vez no le importaba ser sincera.

Con aquel mozo no tenía tantos reparos en hablar como con los jóvenes que eran de su misma clase. Al fin y al cabo, él siempre iba a estar por debajo. No tenía por qué preocuparse de sus juicios ni de lo que pensara de ella. No tenía que hacer cálculos en términos sociales. Sentía que con él podía relajarse y que las palabras ya no eran cadenas en su garganta.

—Disculpe, pero es que no puedo quitármelo de la cabeza. —Pablo le hablaba en confidencia. Sabía que no estaba bien indagar así, pero la sinceridad de sus ojos le conmovía. Le estaba preguntando desde lo más profundo de su ser. Sentía estrecharse el espacio entre ambos—. Cuando usted se adelantó para darle un último adiós a mi padre, antes de que lo cubriéramos…

—No fue tal cosa —le interrumpió ella—. Solo quería asegurarme…

—¿De qué? —Pablo se preocupó. Le invadió una sospecha—. ¿De algo relacionado con su muerte? ¿Con su asesinato?

—De que no tenía las manos crusadas… Cruzadas.

El muchacho se echó hacia atrás hasta apoyarse en el

damasco de seda color salmón que daba respaldo a la silla. La luz fría que entraba por el ventanal, junto al que habían dispuesto la mesa con el té y los bollos, le iluminó el rostro.

—¿Y eso por qué?

—Dicen en mi tierra que si las manos están cruzadas el alma no puede entrar en el cielo. —Puso un especial énfasis en corregir su seseo andaluz. Desde que había llegado a Brihuesca se había esforzado en integrarse, como una más, imitando el habla local. Por un momento temió que Pablo fuera a tomarla por una supersticiosa y eso le obligaba a explicarse. Y ya que tenía que hacerlo, mejor esmerarse en la corrección—. Yo no sé si eso es cierto, habría que preguntarle al cura. Y tampoco sé si el buen hombre aspiraba a tal cosa. Pero por lo poco que te conozco me barrunto que sí.

Pablo bajó la vista y sintió que el pecho se le inflamaba con aquellas palabras de la muchacha. Hacía apenas unos días no era más que la señora distante y bella de la casa, la esposa del afortunado don Antonio. Y ahora aquella chica no solo tenía nombre, sino que se estaba enseñoreando de sus pensamientos, aproximándose poco a poco al corazón. ¿Qué sabía ella de él? ¿Qué sabía de si él o su padre eran buenos hombres o no? ¿Qué podía haber visto, si él no era más que un mozo insignificante y un don nadie? Qué inocencia esforzarse en marcar las zetas y las ces, cuando a él su seseo le resultaba tan delicioso como un azucarillo.

—No. No era un mal hombre en absoluto. Así que, si algo tuvo usted que ver con su entrada en el cielo, se ha ganado usía el título de ángel. Porque ángeles son los que se ocupan de tales menesteres. —Le gustó cómo había quedado aquella deducción. Ahora podía adularla sin que pareciera un requiebro, amparado por la bondadosa acción de la muchacha—. Es usted un ángel, señorita Lucía. Un ángel de verdad.

La muchacha bajó la vista y sonrió, satisfecha. Pablo, sin darse cuenta, la había llamado señorita, en lugar de señora. Le señaló la bandeja de bollos.

—No has probado bocado aún. Ya sé que son de San Ildefonso, pero te aseguro que no tienen ni dos semanas. Me los trajeron ayer mismo del Coso…

—Estoy seguro de que están estupendos, pero es que aún no tengo apetito. Aún ando… con el estómago revuelto.

Lucía se hizo cargo de su tristeza y no insistió más. Se levantó y dio un par de vueltas por la amplísima, aunque mal iluminada, sala de estar. Sus ligeros pasos se deslizaron sobre el oscuro y costoso entarimado, por delante de todo un muestrario de muebles de lujo: mesillas gemelas de nogal con encimera de mármol, un aparador lacado con motivos chinos en pan de oro, y finalmente una consola extraordinaria frente a la cual se paró. Era de pino trabajado con marquetería, con incrustaciones de maderas amarillas —acebo, limoncillo y boj— y tiradores sobredorados. La había hecho traer de la misma Sevilla, alquilando un carruaje solo para ella. Abrió un par de cajones y rebuscó hasta encontrar lo que buscaba. Con el libro en la mano, descorrió de un tirón el cortinaje que se había descolgado sobre el ventanal para que entrase la luz. Las nubes se habían abierto y una mancha de sol iluminó un espléndido cuadro al fondo de la sala. Era un retrato a carboncillo de mujer.

—Puedo leer un poco para quitarte esa pena.

Leer en alto era un recurso con el que Lucía se sentía especialmente cómoda. Le permitía ocupar tiempo de conversación sin recurrir a sus propios pensamientos, a sus propias palabras. Estaba segura de que, con textos ajenos, no podía errar. Que nadie podría juzgarla ni saber verdaderamente de ella a través de las palabras que habían escrito otros hombres, más sabios y locuaces. La voz que era exigua al traducir sus propios pensamientos se convertía entonces en un torrente, se liberaba, como un lebrel que llevara tiempo cautivo y estuviera deseando campar a sus anchas. Lucía se sentía segura con aquellas voces prestadas, que no eran la suya. Se relajaba entonces y dejaba que los monólogos, los diálogos y las reflexiones de otros hombres la ocuparan por completo.

—Es de los Álvares Quintero, de Sevilla… —explicó a Pablo sin poder contener el seseo cuando se refería a algo tan propio—. Algún día Serafín y Joaquín serán muy grandes, ya lo verás. Esto se llama *Gilito*. Es un juguete cómico.

—Solo sus nombres ya tienen su gracejo… —Sonrió Pablo—. Serafín y Joaquín…

—Hablan Gilito y don Juan —le interrumpió ella, deseosa de comenzar—, que es su futuro suegro, el pintor malhumorado.

Lucía abrió el tomo y se concentró en pronunciar adecuadamente, alternando ambos personajes. Al interpretar a don Juan miraba hacia la derecha y al hacerlo con Gilito, hacia la izquierda, como si estuviera manteniendo una ficticia conversación.

—Y en la exposición de pinturas del año 87, ¿no presentó usted ningún lienzo?

—Sí señor, expuse uno. *Muerte de César en el Senado de Roma.*

—¡Digo! ¡Pues si lo leí en *La Correspondencia*!

—¿*La Correspondencia*? ¡Buen desatino decía acerca de mi obra!

—¿Qué dijo? No recuerdo…

—Verá usted: «…El cuadro de la *Muerte de César*, de tal y tal de don Fulano de Tal, aparte de estar hecho con valentía, inspiración, talento… y tal y tal, incurre en un defecto que le perjudica notablemente; y es que la figura de César no tiene mucha vida». Y es lo que yo digo: ¡cómo ha de tener mucha vida… si lo están matando! ¡Demasiada tiene!

Lucía se había esforzado no solo en los acentos, sino también en la entonación. Cuando llegó al final, después de un momento en que permaneció seria, comenzó a sonreír y acabó por estallar en carcajadas, mientras Pablo la observaba impávido.

—Demasiada tiene… —repitió la joven, cubriéndose con la mano para mantener el decoro. Estaba al borde de las lágrimas—. ¿No te parece que es brillante?

—Es… chisposo, sí —mintió Pablo. No había conseguido entender el chiste. Mientras Lucía hablaba, él había tenido que estar atento a demasiadas cosas: su rostro gesticulando, su voz musical, la presión de sus delicados dedos sobre la piel curtida del tomo, la vaporosa tela que parecía flotar en las mangas globo de su traje. Había prestado atención a todos los detalles, a excepción del significado del texto.

—Es excepcional —lo calificó ella.

—Su voz sí que lo es...

Lucía se sintió algo desconcertada. Desde siempre había pensado que era mejor que su voz no se escuchara. El silencio era su aliado. Era preferible no hablar. De repente recordó su lugar y se sintió turbada.

—No debí desir tanto. El silensio es la mayor virtud de una mujer.

—No diga usted algo tan cruel... Sería pecado negarle al mundo una voz como la suya, con su acento y todo, que la envidiaría hasta una calandria. —Pablo se sorprendió a sí mismo de sus osadas palabras. ¿De dónde estaba saliendo todo aquello? Debía de haberlo oído en alguna zarzuela... pero no se detuvo—. Por no hablar de lo bien que interpreta, que hasta podría ser actriz y todo.

—No te rías de mí, Pablo.

—En absoluto... —Pablo sintió miedo de repente. La había ofendido—. Discúlpeme, señorita Lucía.

Lucía se retrajo, seria. Bajó el libro y recogió las manos sobre el regazo. Se replegó como una flor que se cierra y volvió a parecer una señora, compuesta y envarada, en lugar de una amiga.

—Ninguna mujer de bien se daría a ese faranduleo. Sueños de criadas son esos.

Pablo sintió físicamente su frialdad. Notó cómo se

alejaba de él e interponía una distancia. Aunque él no lo sabía, había conseguido dar con una herida en su ánimo y ella solo la estaba protegiendo. Por respeto a su madre fallecida y a sus enseñanzas, la muchacha había acabado por reservarse sus pensamientos. Pero cuando estaba en privado, frente a un espejo, sus lecturas en voz alta cobraban una dimensión aún mayor. Allí era donde podía huir y convertirse en otras personas: vivir en una corte francesa, pasear por las playas habaneras como si fuera criolla, recorrer la China junto a Marco Polo. Allí era donde se disfrazaba y jugaba a ser María, Nieves, doña Mariquita y Ana de Austria. Allí, donde nadie pudiera verla ni escucharla, era donde podía renunciar definitivamente a sí misma.

—Será mejor que te marches, Pablo. Seguro que tienes faena pendiente.

Pablo sintió como si las palabras de ella le bajasen de pronto de un escabel. Habían estado a la misma altura por un instante, como en una fantasía, pero solo por un momento fugaz, que no podía prolongarse. El mundo separaba al muerto del vivo con la misma certeza que al pobre del rico. El muerto al hoyo y el vivo al bollo, había dicho. E, igualmente, el pobre a su faena y la rica... a sus soledades y a sus silencios. A lo que fuera que hiciese todo el día en aquel lugar maldito. Perdido de la mano de Dios.

—Carmen... Carmen, ven aquí.

Pablo se dejó caer sobre el barro, junto a la tumba,

para abrazar a su hermana. Nada más salir del cortijo se había enterado de lo de Lanas y había ido a buscarla.

Ella estaba sin fuerzas, con el rostro embotado de tanto llorar. Solo Dios sabía cuántas horas llevaba así, a la intemperie, víctima del desconsuelo. Hasta entonces la había visto fuerte, aguantando por Teresa, por dar la cara en la casa frente a los visitantes. Pero ahora el fracaso de la fiesta, la distancia de Miguel, los atropellos de Justo, habían caído a plomo sobre ella y la habían vencido. Los sollozos y las quejas de dolor no le permitían hablar.

—Tenemos que ser fuertes, Carmen. Hay que hacerlo por madre.

—Yo ya no puedo, Pablo. Ya no puedo más.

—No digas eso. El hierro más duro es el que más golpes recibe en la fragua. Y tú eres fuerte como una montaña. Siempre lo has sido.

—Es que… es que no sé qué he hecho para merecer todas estas desgracias.

—Tú no has hecho nada. Esto lo ha hecho alguien sin escrúpulos y sin corazón. Y tarde o temprano lo tendrá que pagar.

Carmen se balanceó levemente entre los brazos fuertes de su hermano, hacia delante y atrás, aceptando su consuelo.

—Tenemos que volver a la casa —pidió él—. Aquí te vas a enfriar.

—Hay que encontrar a Lanas. Ha desaparecido.

—Ya volverá.

—Dice el sepulturero que estaba aquí. Pero no lo he encontrado.

—¿Te acuerdas de aquella mañana en que se te escapó a la era? Detrás de aquel conejo maldito...

—Pues claro que me acuerdo.

—Pensaste que lo había atropellado el tren correo.

—Porque le gustaba mucho tumbarse sobre los raíles calientes del sol...

—Shhh... No hables en pasado. Te dije que, si tenías fe, volvería. ¿Y qué pasó?

—Que volvió a la tercera noche.

—Así es. Lleno de barro y apestoso. Los perros son muy listos y saben dónde está su hogar.

Carmen asintió, más reconfortada, y aceptó levantarse y acompañar a Pablo.

Durante los días siguientes retomó sus quehaceres y no volvió al cementerio. Pasó el segundo día y un tercero y un cuarto.

Pero Lanas no regresó.

10

Por un clavo se perdió un reino

—Pablo, tenemos que hablar.

El muchacho se sintió como si le entraran los siete calambres al escuchar aquellas palabras por boca de don Antonio. Quizás había llegado a sus oídos que había desatendido la faena de la semana anterior. Y lo que es peor, que había entrado en su casa por invitación de Lucía.

Paró de desanudar la cuerda, que se había enredado en sí misma. Ojalá el nudo de su garganta pudiera deshacerse con tanta facilidad. Se quitó la gorra, humilde, bajó la cabeza y procuró que la voz no sonara tan temblorosa como lo estaba su alma.

—Usted dirá.

—Se trata de Miguel.

Era lo último que el muchacho esperaba escuchar. Su cuerpo se había estado preparando para lo peor: el estómago del revés, las manos sudorosas, la espalda rígida... pero ahora solo podía experimentar sorpresa.

—¿De Miguel? ¿Se refiere a... Miguel Molino?

—El mismo. Anda arrejuntao con tu hermana, ¿no?

—Son novios e iban a prometerse...

—¿Y qué sabes tú del tal Miguel?

Pablo no entendía a qué venía tanto interés y tan repentino por el mozo. Los señoritos no solían meterse en las cuitas de los pobretones. No sabía que don Antonio conociera a Miguel más que de vista.

—Pues a mí me parece que es decente...

—Corre la vos de que no es nada honrao y de que rebaja todos los metales de lo que vende. Un amigo mío asegura que le entregó una pulsera vieja, pero de buen oro, para que se la fundiera y que lo que le vino de vuelta pesaba menos. Lo mismo se quedó el resto para haserle un anillo a esa hermana tuya... para la pedida.

Pablo no sabía qué decir. Estaba sin habla. ¿Miguel en tales mañas? No era posible.

—Y que el otro día se presentó en la taberna, se puso siego de lo que quiso, y que luego pagó con una moneda más falsa que la palabra de un Iscariote.

—¡Jesús! ¿Qué está diciendo? Ya sería de otro la fechoría...

—Quillo, te veo más perdío que el barco del arró. Que en la fragua puede uno forjarse lo que quiera. Y que la moneda era de aluño y no de vellón, y bien chapusera, de cuño poco fino, pero que allí en lo penumbroso se la coló al tabernero... En fin, que ándate con ojo. Porque no sé yo si te conviene un cuñado carajote que se acuña su propio parné. Que puede sonar muy bonito, pero al final todo se sabe.

Don Antonio marchó entonces al interior de su casa, dejando a Pablo con una cuerda enredada en las manos y la cabeza con un enredo aún mayor. Tenía que estar equivocado.

—Te aseguro que le vi dar hasta dos vueltas en el aire al corneado antes de que se lo llevaran en volandas, todo mareao y sin saber ni dónde estaba...

—Pues menos mal que las vacas salieron enfundadas, que no te digo yo si no dónde estaría el lipendi...

Justo se sirvió otro vaso de aguardiente intentando abstraerse de aquellas absurdas conversaciones de los parroquianos. Del encierro era de lo único que se hablaba, como si no hubiera nada más que hacer en el pueblo. Y eso que no era más que un ensayo porque el encierro bueno, el de verdad —el que llevaba celebrándose desde el siglo XVI y era el segundo más antiguo de España—, no tocaba hasta el 26 de agosto. Faltaban aún meses y, mientras tanto, toda aquella panda de vagos nada más que pegando la hebra y sin dar un palo al agua. «¡Y luego se quejarán de que son pobres!»

El burdel no era el mejor lugar para pensar, pero también tenía sus ventajas. Allí le trataban según su clase y privilegios, procurándole los licores más puros y de mayor calidad, que el tabernero reservaba con candado bajo el mostrador. Las muchachas siempre guardaban una sonrisa para él y se paseaban muy ufanas con sus vestidos multicolores y sus adornos de plumas. Solo hacía falta que chasqueara los dedos y tendría a cualquiera de ellas a sus pies, presta a satisfacer hasta el más mínimo de sus deseos. Siempre reservaban un habano de lujo con que despedirle. Allí le trataban como lo que era: el propietario. El amo.

Sin embargo, aquella tarde estaba encendido, pero de rabia, más que de deseo. Y necesitaba pensar.

Se había precipitado con Carmen, de eso estaba seguro. Se había dejado llevar como un colegial, era absurdo. Había perdido el control. Y no hay nada que odiara más que aquello.

Tener a Carmen una sola vez no le iba a dar la paz que buscaba. Sería un único instante de imponerse, de satisfacción, sí, de placer. Para caer después en el descontrol más absoluto.

Había sido testigo de lo que había sucedido con su padre y con Candela. ¿Para qué había servido eso? Después de la afrenta, la muchacha había huido lejos, para volver después a los pocos años y dejar el nombre de su progenitor en entredicho, en boca de todos, con el borrón del rufián haciéndole sombra. Un rumor que no iba a ningún sitio, pero que, aun así, apestaba. Y luego la odiosa consecuencia del tal Miguel. Una piedra en la bota en cada paso que daba. Un sarpullido en su alma.

¿Para qué había servido aquel acto tan torpe y zafio, propio de un perro más que de un amo? Absolutamente para nada. Él mismo había sufrido en primera persona la soledad que se había comido el caserón desde los cimientos. La oscuridad que se había adueñado de los pasillos como si fueran manchas viejas que ya no se podían lavar. Los solados silenciosos de las grandes estancias, que tantas veces le habían devuelto su misma voz de niño. Sin respuesta.

Su madre había muerto y don Rafael, en lugar de casarse de nuevo, en lugar de buscar a quien resucitara la casa y le diera una mano femenina, había preferido el aquí te pillo, aquí te mato. Andar a lo rápido y fácil, emponzoñando el buen nombre de los Núñez, haciéndolo todo de una manera retorcida e irrespetuosa, como el malnacido que había sido siempre.

Él no cometería ese mismo error. Carmen estaba rompiendo su mundo, cruzando y violando constantemente sus límites. Pero cuando estuviera a su lado, él recuperaría la paz mental. Estaría a su lado, pero no solo una vez, como víctima de sus arrebatos, sino para siempre, como su esposa. De forma recta y decente, haciendo las cosas bien. Él no era como su padre y nunca lo sería.

Carmen iluminaría la casa de nuevo, sí, los límites volverían a estar en su sitio y nadie volvería a desafiarle ni a cuestionar lo que verdaderamente era: el dueño y el señor. Él no se quedaría solo otra vez. Carmen no le abandonaría.

—Al fin he conseguido llegar. ¡Qué manera de dar vueltas!

El alguacil se desplomó por fin en un taburete al lado de Justo, al que le dio la impresión de que lo que le daba vueltas era la cabeza, más que otra cosa. El guardia ya se había echado un par de vinates al coleto y la peste a alcohol le precedía. El terrateniente le hizo una seña al tabernero para que sirviera un vaso de aguardiente, por si no llevara la lengua lo suficientemente suelta.

El alguacil se lo bebió de un trago y, abusando de la confianza, hizo un gesto con el dedo al tabernero para que le rellenara el vidrio de nuevo. Justo comenzaba a impacientarse. Nadie le hacía esperar de aquella forma.

—Me han dicho que hubo jaleo en casa de los Blasco. ¿Qué fue lo que les dijiste?

—Fue ese arrapiezo, el tal Pablo. Se lió a hacer preguntas sobre su señor padre. Que si sabíamos algo… que si había pistas. Que si el asesino podía escaparse y blablablá.

«Maldita sea.»

—¿Y qué fue lo que les dijiste? ¡Habla!

—Nada… Nada, lo que usted me dijo. Que eran los bandidos de las Carolinas. Nada más.

—Al tal Pablo ya le podría ir saliendo algún billete para fuera del pueblo…

—¡Ja! El problema es que los pobres no se pueden permitir vacaciones.

—¡Escucha! —Justo estaba ya harto de los desvaríos de aquel estúpido—. Y apréndetelo muy bien porque no lo voy a repetir más veces. Tienes que dejar bien clarito que esos bandoleros son los únicos culpables. No solo ante el tal Pablo, sino ante todo el pueblo, ¿me has oído bien? Todas las pistas conducen al mismo sitio.

El alguacil levantó las manos en señal de tregua.

—A mandar…

Justo apartó el aguardiente de la sucia mesa de roble, llena de manchas de humedad, que daba servicio en la taberna. Aquel alcohol era de los de candado y bastante había desperdiciado ya con aquel botarate. Recorrió con la mirada el atestado local y entre las nubes de humo de los cigarrillos hizo una señal a un par de muchachas para que se acercaran. Al llegar, sentó a una de ellas en las piernas del alguacil, que se derramó por encima el poco alcohol que le quedaba en el vaso. A la otra la tomó de la cintura y se la llevó a un aparte. Se lo merecía, después de soportar tanta necedad. Qué trabajoso era poner a cada uno en su sitio en aquel mundo que le había tocado en suerte.

Miguel acercó por enésima vez la herradura al fogón para verla bien y le pasó los dedos a la inscripción. Nada, solo tenía el sello de la fragua: Fabián e Hijos... Estaba en la Olmeda y aquello era como no tener nada. Todos los señores y señoritos iban allí a equipar sus caballerizas. No solo tenían un acero impecable, sino que se habían hecho con sus propios curtidores y contaban con un artesano de manos fuertes como las de un marino. Daba gusto verle con sus agujas de media luna, cosiendo a mano los arneses con un cuero del grosor de un pulgar.

Solo había dos posibilidades: que alguno de los señores hubiera estado con Braulio el día de su muerte... o bien que se tratara de un caballo robado. De todos era bien sabido que los malhechores aprovechaban la complicidad de la noche para asaltar los establos y hacerse con las monturas. Las necesitaban para cometer sus tropelías y poder ir y venir de la sierra sin dificultad. Tratándose de los bandidos de las Carolinas, estaba claro que el ejemplar de aquella herradura era un animal hurtado en alguna finca.

Volvió a meter la herradura en la bolsa, con la certeza

de que nada más podía hacer, aparte de entregársela al alguacil. Pero, por una razón o por otra, aquel hombre no le daba confianza. Decían que había amparado un motín hacía unos años, con su correspondiente saqueo. Y su reacción en casa de los Blasco había sido de mero cumplimiento.

Se apoyó sobre la mesa de trabajo y se cubrió la cabeza con los brazos. Ahora que no estaba el patrón necesitaba refugiarse un momento. Estaba cansado y le dolían los músculos de tanto trabajo.

Pensaba que ya no iba a volver a experimentar aquella sensación: la de las agujetas, la del dolor de brazos, que en sus inicios de aprendiz había sido tan constante. Pensaba que ya estaba hecho a todo y que, por más que tuviera que alimentar el fuego con piezas y más piezas, lo podría aguantar. Pero lo cierto es que, desde que la fiesta de pedida se transformara en funeral, apenas salía de la fragua.

En el fuego no solo quemaba el mineral de hierro, sino que allí consumía también su preocupación, su ansiedad y sus frustraciones. Había estado preparando aquel momento durante más de un año, imaginando la expresión de Carmen cuando por fin anunciaran, juntos, el compromiso. Al fin podrían hacer público lo que ya, desde hacía tanto tiempo, era un secreto a voces: que ambos eran novios, que se querían, que iban a pasar la vida entera juntos. Al fin podría desterrar aquel miedo que tenía dentro y del cual Isabel le había advertido tantas veces: «Vigila a la Carmen porque no se le caen los anillos cuando provoca a don Justo». Tenía que protegerla a toda costa, como había hecho ella con él, cuando había llegado al pueblo completamente solo.

La sospecha y la responsabilidad a veces no le dejaban pegar ojo. Le había pedido a Carmen que no fuera nunca sola. Ni a los Pilarcos, que era donde estaban los lavaderos, ni al Coso, ni tampoco por los caminos. Que se pegara a Pablo cuando fuera del pueblo a su casa labriega y al contrario. Que no se descuidara. Estando allí, cautivo en la forja, era imposible vigilarla y asegurarse de que estuviera bien. Él permanecía atado junto al fuego, mientras que Justo tenía caballos capaces de recorrer cualquier distancia en minutos.

El último encontronazo frente al camueso de los Blasco le había dejado claro el peligro en el que Carmen se encontraba y los pocos escrúpulos de Justo, que se atrevía a ofenderla hasta en una casa mortuoria, en pleno duelo, aprovechándose de la debilidad de todos.

Era cardinal para él que su futura esposa no se convirtiera en otra Candela. Que no siguiera el mismo destino torcido que su madre. Bien había padecido él su soledad, su desamparo, los constantes rumores y los cambios de un pueblo a otro... Y todo podía cambiar en un solo instante, por una decisión ajena, simplemente porque Justo lo decidiera. Su futuro era tan frágil que podía rompérsele entre las manos como un metal mal templado. ¿Qué iba a hacer si Justo decidía tomar lo que no era suyo? No habría justicia a la que pudiera recurrir... Tendría que conformarse y dejar que la vida pasara, frustrado para siempre, enfermo de rabia e impotente. No hacer nada, huir, traicionando así a la persona que siempre le había defendido y había estado a su lado. Traicionando también a Candela, cuya infamia, en su día, había quedado tan impune.

O bien... tendría que vengarse de Justo él mismo y seguir con ello una senda de ruina, apartado definitivamente de Carmen, huyendo del garrote. Tendría que convertirse en fugitivo, en bandolero. Vivir del saqueo. Unirse a los maleantes de las Carolinas. Entonces ya no habría diferencia alguna entre los asesinos de Braulio y él mismo.

—¿Es que hay alguien que todavía trabaje en este pueblo del demonio? —Miguel escuchó voces afuera, junto a la puerta—. ¿Atiende alguien o está esto más vacío que el estómago de un menesteroso?

Miguel salió por ver quién era el cliente y se encontró de bruces con Justo. Apretó los puños, intentando apartar de su cabeza los pensamientos bullentes que le rondaban. Tenía que hacer el esfuerzo de tratarle como a un cliente, como a uno más de los que pagan bien, con los reales por delante. Estaba solo en la forja y era su deber. El terrateniente torció el gesto nada más lo tuvo delante.

—¿Dónde está tu patrón?

—No está aquí. Marchó a la cantera bien de amanecida. A regatear el mineral.

—¡Maldita sea! ¡Poco me importan a mí vuestros trapicheos! ¿Es que hoy nadie está en el sitio que le corresponde, rediez?

—Su sitio, hoy, es la cantera.

A Justo le soliviantó que le contestara. Aquel pordiosero que no tenía dónde caerse muerto y cuya madre había estado suplicando a la puerta de su casa. ¿Cómo pudo imaginarse que él, don Justo Núñez, iba a compartir ninguna herencia con el mengue de su hijo?

—Tu patrón es el único que le pone las manos encima a Moca. Lo tiene que herrar él, personalmente.

—Pues si no quiere que le haga el trabajo nadie más, tendrá usted que venir otro día.

Justo resopló, procurando no perder la paciencia. Aquello era un fastidio, pero el caballo cojeaba y temía que se fuera a resentir de una pata. Al fin y al cabo, era su favorito. Y si no le tenía amor, si no sentía por él la devoción que algunos dueños tienen por sus mascotas, sí que al menos le tenía aprecio. Como quien se sabe dueño de una joya y está acostumbrado a exhibirla y a sacarle brillo.

—Está bien. No puedo estar perdiendo el tiempo entre idas y venidas. Algunos no podemos pasarnos el día a la sopa boba…

—Acérquelo al potro de herrar. Que bien sé que el suyo es un animal fuerte y con temperamento.

—Como debe de serlo un purasangre.

Miguel sacó el cubo de las herramientas, que provocaba un estruendo de mil demonios metálicos en cuanto lo movían, y rebuscó dentro hasta que encontró el pujavante. Luego tomó un taburete y lo situó junto al animal.

—Lo conveniente es hacer las manos y las patas a la vez, ya lo sabe. Para que quede equilibrado… Y, además, así se asegura de reforzar el resto. Que por un clavo se perdió un reino, dicen…

—Sí… sí… sí… —le interrumpió Justo, exasperado.

¿Es que aquel impertinente no podía callarse de una vez? Menuda la charleta que le estaba dando para sacarse unos cuartos de más—. Haz lo que tengas que hacer, pero sin demorarte. Hala, arreando.

Miguel se aplicó primero en recortar el casco que se había quedado sin protección. Estuvo desvasándolo con firmes pasadas hasta que quedó uniforme y luego tomó la lima y se la pasó con fuerza. Pasó un cepillo y sopló. Ya podía colocar la herradura nueva.

Tomó el martillo y le dio la vuelta para desclavar así el resto de las herraduras. Enseguida le llamó la atención el sello brillante que se leía en el centro: Fabián e Hijos. Una herradura perdida. No podía ser casualidad: Justo había estado con Braulio, en la era, el día de su muerte. Aquella sospecha le paralizó y le hizo palidecer. Levantó la vista y clavó sus ojos verdes en otros muy similares, hermanos, que le observaban desde un rostro enemigo.

—¿Qué te pasa, lerdo? ¿Es que no has entendido aún que tengo prisa?

Miguel asintió y se concentró todo lo que pudo en su tarea. Era un proceso mecánico: desclavar la herradura, recortar y limar el casco hasta sanearlo y poner el metal nuevo. No permitió que sus pensamientos invadieran su mente y le distrajeran. Lo hizo todo de un tirón hasta acabar con las cuatro extremidades.

—Me han dicho que ya no te casas, ¿no es cierto? —Le provocó Justo, antes de marcharse.

—El compromiso ha sido aplazado, nada más —contestó con firmeza—. De bien nacidos es respetar el luto.

Justo le dirigió una media sonrisa ante la pulla que le había dedicado, por su falta de respeto en la casa mortuoria.

—Celebro entonces que no haya una fecha.

—La fecha es lo de menos. El resto sigue igual.

—Sin Braulio, lo dudo.

Justo dejó un puñado de reales sobre la mesa de herramientas y se alejó sin despedirse.

Miguel apretó los puños e intentó contener la tensión. No podía obsesionarse. Solo pensando no lograría nada, aparte de consumirse en dudas, sospechas y angustias. Tenía que actuar y probar lo que en su mente ya había tomado una forma definida: que Justo estaba relacionado con la muerte del campesino.

El alguacil no era el mejor aliado posible, pero era el único que había. «Alguien tiene que hacer algo.»

Lucía observó con detenimiento las holandas y las irlandas que le acababan de llegar de Sevilla. Las había traído una diligencia a primera hora. Era difícil y caro, pero no imposible, conseguir que de vez en cuando le llegara alguna fruslería a aquel recóndito lugar en el que no existía sino el olvido. A su marcha se había llevado el mensajero una veintena de epístolas para sus amistades, siempre correctas y alegres, que no manifestaban su verdadero estado de ánimo: que se sentía apagarse como una llama expuesta a los vientos crueles de aquella intemperie que era Castilla. Que tenía una sed de sol que le reblandecía el alma.

Las delicadas piezas eran menudas, apenas suficiente género como para adornar un tapete, rematar un canesú de bebé o bien... Lucía alargó la mano y desplegó parcialmente su abanico de gardenias para examinar los daños. Un enganchón traicionero había desgarrado la noble factura de aquella maravilla, que había sido de su madre. No tenía arreglo, era un destrozo. Quizás había llegado el momento de darle una nueva vida, con un remate nuevo.

El abanico era un compañero del que jamás se desprendía. A través de él podía expresarse, sin que nadie lo supiera. Había memorizado su lenguaje en todas sus variantes y había creado movimientos y expresiones propias, hasta tejer una completa red de gestos con los que poder hablar sin necesidad de abrir la boca. Poco importaba que los demás no los entendieran, como Pablo. A ella le permitían desahogarse, siquiera de forma simbólica. «Sígueme cuando me vaya», «sí», «tenemos que hablar». Todo aquello le había dicho al muchacho durante su último encuentro, sin que él lo advirtiera. En Sevilla cualquier joven de su misma alcurnia hubiera sabido interpretarlo. Pero a ella le daba una secreta satisfacción el poder decirle a Pablo todas aquellas expresiones indecorosas sin quedar comprometida.

Se sonreía pensando en sus inocentes travesuras cuando levantó la vista hacia el gran ventanal y vio que pasaba Pablo con la nueva yegua. Se sujetó las faldas y salió a escape por las dobles puertas del salón.

—¡Isabel! —La muchacha estaba a la puerta de la casa, con un sacudidor y arrastrando una alfombra que pesaba mucho más que ella—. Acude a buscar a Pablo y que espere en el salón.

—Sí, señora.

Isabel se preguntaba para qué necesitaría Lucía ver a Pablo otra vez. Siempre aprovechaba para llamarle cuando no estaba el señor en la finca y Pablo desaparecía dentro del caserón por toda la tarde, desatendiendo sus afanes. Ya era la segunda vez que lo hacía.

—Pablo, has de ir a la principal. Te requiere la señora.

—¿Ahora mismo? Justo iba a darle cuerda a la yegua...

—Tú sabrás. Yo, a mandar.

Pablo dejó la yegua al cargo de uno de los mozos, se lavó las manos y se refrescó el rostro y la nuca, se peinó con la mano y se caló la gorra. Un leve cosquilleo había anidado en su estómago. Al mirar los imponentes muros de la casa sentía aquella extraña mezcla de aprensión y deseo, y la fachada le repelía con la misma fuerza con que la puerta, aquella mágica grieta, tiraba de él.

Cruzó el umbral y abrió bien los ojos para no perderse nada de aquel maravilloso universo, medio en penumbra, que era el de Lucía. Cuando entró en el salón estaba desierto y en absoluto silencio, impoluto y perfectamente dispuesto como si nadie viviera allí.

Deambuló junto a las paredes para observar de cerca los dibujos de la exquisita porcelana cartuja: bandejas en las que se representaban ciudades completas, con sus ríos llenos de cisnes, sus fuentes con amorcillos, sus palmeras, sus cipreses... con los bordes festoneados de guirnaldas.

De pronto, llamó su atención el cuadro que había en mitad de la sala y que presidía el salón, enmarcado por la colección de pistolas antiguas de don Antonio y sendos abanicos de inmensas proporciones. Era el retrato que a veces quedaba iluminado por la mancha de sol de la ventana. Ahora podía distinguirse el rostro en carboncillo de una mujer, con los ojos grandes y muy negros, pestañas frondosas y párpados de leve y sensual caída. Llevaba ladeado un sombrerito cordobés y un mantón filipino que era apenas un esbozo.

—Es de mi madre. —Lucía acababa de entrar por la puerta. Olía a agua de rosas y el leve rosicler de sus mejillas revelaba la presencia de afeites. Su boca era el corazón puro y secreto de un clavel—. La pintó Ramón Casas antes de que muriera. Yo tenía diez años.

Pablo guardó silencio ante aquella revelación. Él había perdido a su padre, sí, pero por lo menos le había tenido a su lado durante más tiempo. Lucía, en cambio…

—Es un retrato fetén.

—Eso es difícil saberlo sin haber conocido a la original.

—Ciertamente… —Dudó Pablo, sin saber qué más decir. Se sentía torpe. ¿Cómo iba él a opinar de arte ni de nada? Y seguro que aquella señora, para Lucía, era mucho más bella que aquel retrato. Temía meter la pata otra vez.

—Pero sí, es un cuadro hermoso. El maestro Casas es un buen pintor. Aquí tengo más obras de él.

Lucía se levantó y regresó a la misma cómoda de maderas amarillas donde parecía guardar sus tesoros y de la que sacó un portafolio adornado con marco y tipografía modernistas. Se lo tendió a Pablo y le señaló la primera de las láminas.

—Este de aquí es Erik Satie, un compositor. Tocaré algo de él.

Se dirigió a la pianola, a la izquierda de la sala, se sentó y comenzó a tocar.

Pablo se quedó mirando aquella lámina azulada y brumosa, a aquel hombre que le miraba desde el papel, sobre un suelo de nieve, con su chistera y sus gafas de bohemio. Su imagen era como sacada de un sueño. El hombre era real, pero el suelo blanco, el bosque evanescente de sombras celestes, la atmósfera neblinosa y aquel molino fantasma, que no era amenazador sino que parecía más bien un pensamiento, una alucinación... Pablo nunca había visto un paisaje como aquel. Era como ser partícipe de un viaje a un lugar lejano, donde todo podía ser. Donde los pensamientos salían de la cabeza de uno y se aparecían en el paisaje. También él tenía sueños. También él deseaba rodearse de ellos, arroparse en ellos y envolverse como en un lienzo. Los caballos, la velocidad, una chimenea bien cargada, Lucía.

La muchacha dejaba caer una tras otra las notas melancólicas de Satie, como gotas de lluvia que aliviaran su corazón, evocando sus días de estudio a la sombra de una Sevilla abrasadora y, sin embargo, adorada. La música era tan calma como el Guadalquivir. Un espejo acariciado tan solo, levemente, por los dedos de la joven, haciendo brotar las ondas aquí y allá con cada pulsación. Sin alterar el discurrir de las barcas, lánguidas, que seguían su camino.

Pablo la observó entre los bronces patinados y los relojes de mesa que adornaban el instrumento, el cual parecía destilar cada nota con el sentimiento de nostalgia que abrumaba a la joven. Ella estaba con los ojos cerrados, por completo entregada a su ejercicio. Tanto como medía sus palabras y tan desmedida que era con la música. Con ella no podía refrenar su expresión. La desbordaba.

Continuó mirando el portafolio: un hombre junto a su bicicleta, dos hombres retratándose mutuamente, una mujer merendando al aire libre, mirando de nuevo al molino envuelto en brumas. Y después, una visión que le resultó chocante en el alma y que le dejó paralizado.

La lámina representaba a una muchacha desnuda, de piel clarísima y largos cabellos negros, tirada en el suelo, indolente. Sus núbiles pechos tenían un volumen suave, la dulce curva de su cadera proyectaba una sombra que delimitaba el perfil, al igual que los muslos. A su alrededor, docenas de rosas deshojadas. Un exceso de pétalos blancos y rosados para realzar aún más la blancura de su cuerpo.

Sintió que le tomaban de la mano y se sobresaltó. Era Lucía. Ni siquiera se había percatado de que había dejado de tocar. Tan absorto estaba en la contemplación de aquella lámina prohibida.

Alzó la vista y vio que ella sonreía. Un rubor escandaloso acudió a las mejillas del muchacho, como si se hubiera visto sorprendido en la mayor de las felonías. La mano de Lucía estaba caliente y él se percató de que, por primera vez, no llevaba guantes. Era la piel de ella la que estaba en contacto directo con la suya. Su piel desnuda.

La muchacha tomó la lámina con la otra mano y llevó la mano de Pablo hasta ella.

—Toma. Quédatela. Como recuerdo.

Recogió el resto en el portafolio y lo depositó de nuevo en la cómoda. Y luego se marchó.

Pablo miró la lámina sin poder contener sus contradictorias emociones. Sentía un vértigo que le mareaba. Lo que tenía en las manos no podía ser más que pecado mortal, y más viniendo de ella.

Se sacó la zamarra y envolvió la lámina, cuidando de no dañarla, para salir luego a escape de la casa, con su trofeo clandestino y de matute.

«Como recuerdo.» ¡Y cómo, en mil años, iba a poder olvidarlo!

Mientras bajaba las escaleras principales escuchó la canción de Isabel, por debajo de los golpes del sacudidor. Era de *La verbena de la Paloma*, toda la soleá de la cantaora.

> *¡Ay! En Chiclana me crié;*
> *que me busquen en Chiclana*
> *si me llegara a perder.*

> *Los arroyos y las fuentes*
> *no quieren mezclar sus aguas*
> *con mis lágrimas ardientes.*

> *Si porque no tengo madre*
> *vienes a buscarme a casa,*
> *anda y búscame en la calle.*

Que me dijo mi madre
que no me fiara
ni de tus ojos, que miran traidores,

ni de tus palabras.

11
EL CASTILLO DE
LA PEÑA BERMEJA

Cuentan que en Brihuesca hubo dos princesas, de parecido nombre y con desigual fortuna: la primera se llamaba Elima y la segunda Elisa.

Elima era la hija del moro Al-Mamún de Toledo, que vivió en tiempos de Alfonso VI. Era hija de una esclava cristiana y fue gracias a su madre y a un criado llamado Ponce y apodado Cimbre, que conoció la fe verdadera.

La princesa Elima, soñadora y dulce, contemplaba en las noches estivales los campos alcarreños desde las almenas de su castillo, escuchando las aguas del Tajuña y dando gracias a Dios por cada una de las estrellas del cielo. Tal era su devoción que una noche, a la luz esplendorosa de la luna, la Virgen María la premió con una visión que a muy pocos está reservada: en la oquedad de una roca estaba ella, la Virgen de la Peña, con su hijo en brazos.

Mandó a los servidores a que bajaran hasta el lugar exacto y allí apartaron los matorrales y las hierbas hasta encontrar una pequeña imagen, que es la que se conserva en la iglesia de Santa María, junto al castillo de la Peña Bermeja, que se construyó sobre aquella misma roca.

La Virgen de la Peña se convirtió en patrona de la villa y cada año se honra a la princesa Elima durante la procesión de la cera, donde se pasea un gigante con la forma coronada de la muchacha. Su nombre va asociado a la buena fortuna, a una historia luminosa, la que explica cuál es el origen del castillo.

Pero no todos los cuentos son felices y cada cara tiene su propia cruz. Existe otra historia para el castillo de la Peña Bermeja, la de la princesa Elisa.

Una historia triste, que es también la de otras muchas mujeres. *Yo no soy bonita ni lo quiero ser...* Mejor que no se fije en ti nadie. A veces la belleza es una maldición.

Pablo contempló desanimado cómo, pese a sus esfuerzos, el suelo de la cuadra volvía a llenarse de charcos. Llevaba toda la mañana sacando el barro a paladas, achicando por cubos, pero siempre ocurría lo mismo: cada vez que llovía en gordo, el suelo de la cuadra se convertía en un lodazal. No había nada peor que aquello, no solo para el buen lucir de la caballería, sino por la salud más básica de las patas. Los mozos habían probado a construir pequeños diques de ladrillo que frenaran el agua de alguna manera, pero todo sin resultado. Aquella era la más obstinada y destructora fuerza de la naturaleza, así como la más incontenible. Después de que el episodio se repitiera varias veces, Pablo empezaba a barruntar dos opciones: o bien el agua procedía de algún otro lugar, como una tubería rota, o bien la cuadra del señor Antonio se había levantado en el lugar menos apropiado de la finca, donde algún desnivel la estuviera perjudicando.

—Mira, Pablo, qué beldad más grande.

Don Antonio llevaba por la brida a una potrilla oscura, parecida a Sevilla.

—¿Es hermana de la otra?

—Veo que cada vez te vuelves mejor observador. Una auténtica alhaja es.

—Qué gran noticia que al final don Justo aceptara venderle sus yeguas. ¡Parecía que ese día no iba a llegar nunca!

—Es terco como demonio, pero todo tiene un presio.

—Sus santos cuartos le habrá costado…

—Menos de los que él hubiera querío, que para eso uno viene de familia negosiante. Y a propósito, que de negosios quería yo hablar, porque hay algunos que son más probos que otros.

Don Antonio se acercó aún más a Pablo y este temió por un momento que le fuera a proponer algún asunto turbio. Los señoritos siempre se traían muchos tejemanejes. Estaba próxima una carrera… ¿le habría conseguido comprar don Justo? ¿Eran aquellas yeguas el precio para organizar el tongo? De buena tinta sabía que en las apuestas se movían las leandras por miles.

—Pues usted dirá… —dijo tomando aire y sin convencimiento. Temía lo que podía venírsele encima. Al final, los fatales resultados de aquellas componendas acababan pagándolos los criados.

—Se trata otra ves de Miguel.

Pablo suspiró profundamente. Aliviado por un lado,

pero por el otro enojado. Acabáramos. Qué encono le había entrado con el muchacho. Pero no tenía más remedio que escuchar lo que su patrón tuviera que decir.

—¿Más reales falsos?

—Peor. Aseguran que el mineral de hierro anda escaso por la región y que en la fragua ya no tienen con qué fabricar ná de ná. Así que están fundiendo aperos viejos para forjar otros nuevos.

—¿Y qué tiene eso de raro? Que yo sepa, eso lo llevan haciendo en la fragua desde los tiempos de María Castaña. Lo de refundir las cosas rotas, digo...

—Sí, pero no las robadas.

Pablo se quedó sin habla. No podía imaginarse que aquel muchacho al que creía conocer a fondo hubiera llegado a ser tan ruin. Solo porque el trabajo en la fragua le hubiera dado poder para ello.

—¿Está usted insinuando que no es más que un randa? ¿Un descuidero?

—No, por Dios. Los herreros tienen una profesión de la que vivir. No iban a meterse en tales cuitas. Ya se manchan de sobra las manos en el fogón. No, lo que yo digo es que es un oportunista. Que los que roban son otros, pero luego tienen que colocar el género. Y el único lugar donde se puede colocar sin que los siviles se enteren es en la fragua. En el mercao se les pillaría enseguida, pero si se funden... otro es el gallo que canta porque una ves fundíos se les pierde la pista. Piensa, Pablo, en los bandoleros esos que bajan de las Carolinas. ¿Qué iban a haser con tantos aperos si no tuvieran a alguien a quien colocárselos?

A Pablo le palideció la faz. Aquellos eran los bandidos a los que había mencionado el alguacil. Los que aparecían como culpables por la muerte de su padre.

—Me deja usted volado…

—Que yo no digo que el chico sea el que ha montao todo este asunto. Que estos visios son propios de su gremio y lo mismo andan todos allí apañaos, entre el patrón y los ayudantes, porque para llevar a término estas cosas tienen que estar todos a una. Pero que el Miguel anda metío, eso seguro.

—¿Y cómo lo sabe usted?

—A él es al que han visto hasiendo los tratos…

—Arrea…

—Es cosa de enjundia, vaya. Que si se enteran los guardias se acabó la fragua entera. Mi deber es avisarte para que andes con tiento. No vaya tu hermana a acabar casada con semejante mengue.

Pablo se quedó un momento en silencio, con la mirada perdida, rumiando todo aquello que le habían dicho.

—¿Le importa si hoy salgo un poco antes? Necesito arreglar algunos asuntos.

—En absoluto, quillo. Lo que te haga falta.

—Agradecido, don Antonio. Es usted de ley.

—Anda, ve con Dios.

—A escape voy.

Don Antonio vio partir a Pablo, que avanzaba a largas zancadas, la mirada fija y la gorra bien calada. Luego dirigió su mirada a la potrilla cuya brida sujetaba. Era una hermosa zaina, de buena raza, que seguro que le iba a reportar muchas alegrías. Y lo mejor de todo era el precio que había pagado por ella. Nunca un animal le había salido tan barato. Apenas un puñado de palabras le había costado.

Aquella tarde Pablo salió enfurecido de la finca de don Antonio. Le bullía la sangre por dentro, de pensar que pudiera haber algo de verdad en las palabras del patrón. ¿Cómo era posible que Miguel se hubiera metido en semejantes lodos? ¿Por conservar la faena? Que supiera que en la fragua se estaban haciendo tales enormidades, acuñando moneda falsa, rebajando el oro de los clientes y ahora… contrabando de la peor calaña con unos asesinos. Es verdad que, si le echaban de la fragua, ¿de qué iba a vivir? Tenía que ayudar a su madre y, ahora que iba a casarse, mantener su casa y a Carmen. Pero ¿era la pobreza una excusa para caer tan bajo?

Él mismo se había encontrado en una tesitura parecida aquella misma tarde. ¿Qué hubiera hecho de confirmarse la propuesta deshonrosa de don Antonio? La de la carrera amañada. ¿Se habría negado? ¿Habría encontrado la fuerza de voluntad suficiente como para decirle «no» al patrón y soportar sus amenazas? Poco podían hacer los aprendices y criados cuando su señor les echaba encima semejantes trampeos, aparte de aguantar la losa que suponían. Pero los bandidos de las Carolinas… al pensar en ellos se le llevaban los demonios.

Don Antonio tenía razón, era gracias a herreros como ellos que aquellos bellacos podían seguir con sus felonías. Si no tuvieran a nadie que comprase el fruto de sus crímenes bien pronto se acabarían sus escaramuzas. La muerte de su padre había sido una tragedia alimentada por aquel infame intercambio. No tendría que haber pasado. Quien trata con malhechores no puede decirse mejor que ellos.

Estaba decidido a averiguar la verdad. No podía seguir prestando oídos a don Antonio sin hacer nada. Tenía que saber si la fragua se había convertido en aquel pozo de inmundicia que decía. Y, en caso necesario, dar la alerta a la guardia y quitarle la careta al farsante de Miguel, para que no volviera a acercarse ni a tres pasos de su hermana. Estaba seguro de que, a través de los herreros, se podía llegar a los bandidos y hacer por fin justicia.

Entró a la fragua en tropel, con la gorra calada hasta las cejas y el ceño tan prieto que le dolía la cabeza. Solo había allí uno de los ayudantes.

—¿Sabes dónde está Miguel?

—Hoy ya no volverá. Salió antes y parecía apurado. De hecho, con las prisas se dejó aquí su bolsa. Me parece que hoy no tendrá qué yantar. Es donde suele traerse el almuerzo…

—Tenía que darme la llave de mi casa —mintió Pablo.

—Mira dentro, a ver si la tiene.

—Agradecido.

Pablo se arrodilló en el suelo y rebuscó en el fondo del zurrón. Esperaba encontrar algo que le confirmara todo lo que don Antonio le había estado contando. Una moneda mal acuñada, unos dineros sospechosos. Solo había dos cosas aparte del bocadillo: una de ellas era una herradura de buena factura, con unas inscripciones que no sabía leer. Nada raro para alguien de su oficio. La otra era un paquetito muy bien envuelto en muchas capas de papel y una cajita de cartón. Pablo lo desenvolvió con mucho cuidado: era una alianza.

Aquel día Miguel había salido de la fragua con antelación. Sus sospechas acerca de Justo le roían las entrañas. Necesitaba contárselo a Carmen. Ya no podía más.

Cuando estaba a medio camino de su casa se dio cuenta de que, con las prisas y el desasosiego, había olvidado su bolsa en la fragua. Enseguida le recorrió el cuerpo un calambre de vértigo, de pensar que se había dejado en su interior prácticamente lo único que poseía de valor: el anillo que tantos meses de jornal y de privaciones le había costado. Ni un barquillo se había comprado durante todo aquel tiempo. Si lo perdía, no veía la manera de reemplazarlo por otro.

De inmediato dio media vuelta y se puso a desandar sus pasos, intentando tranquilizar sus pensamientos mientras recorría el camino flanqueado de hierbajos. Había un silencio abrumador de valle en aquellas latitudes, que tan solo era interrumpido por los gritos ocasionales de algún ave rapaz. Pero él casi podía escuchar sus propios pensamientos: quién podía barruntarse que llevaba nada de valor en aquel zurrón lleno de migas. Quién iba a imaginarse que la cajita de cartón pudiera esconder un tesoro.

Al llegar a la fragua se abalanzó sobre la bola y comprobó que todas sus pertenencias estaban intactas. A la cajita del anillo de Carmen se le habían caído algunas capas del papel, pero eso era todo. La herradura seguía allí y el bocadillo de jamón de su madre le supo a gloria bendita. Así no tendría que hacer de nuevo todo el camino en ayunas.

Cuando llegó hasta la casa labriega se la encontró completamente en silencio. Pensaba que no había nadie hasta que se asomó al interior y se encontró a Teresa sentada en la mecedora, con la mirada ausente. Tenía a su lado la labor de punto, pero no la estaba atendiendo. Se la veía como paralizada, sin hacer nada, con las manos inmóviles sobre el regazo.

—Señora Teresa…

Al principio no contestó. Era como si estuviera lejos, en un viaje interior hacia lugares remotos, o más bien hacia atrás en el tiempo. A tierras distantes donde Braulio aún estaba vivo y sonreía, la tomaba del brazo con sus dulces requiebros. Y así, detalle a detalle, puntada a puntada, cosía el cañamazo de su matrimonio, llenándolo de color, dándole vida, hasta hacer un tapiz rico y precioso de él.

—Señora Teresa, ¿está usted bien?

Teresa le miró entonces, pero no pudo contestarle. ¿Cómo podía estar bien alguien a quien arrebatan la columna de su espalda? Le habían quitado aquello que apuntalaba su existencia. No, no estaba bien.

—¿Qué quieres, Miguel? ¿Qué haces aquí?

La voz era tan fría y tan cansada que pareciera que la sacara de sus entrañas con una pala de sepulturero.

—Estaba buscando a Carmen. Quería hablar con ella.

—Pues no deberías. No me parece bien que andéis ya de amoríos estando la sangre de mi marido aún tan caliente.

Miguel se sintió amedrentado por aquella voz tan dura y su disculpa fue apenas un susurro desde el umbral.

—Solo quería decirle una cosa...

—Sea lo que sea, puede esperar —le interrumpió Teresa—. No es decente que la molestes aún. Que andéis de encuentros y de charletas... Esta es todavía una casa mortuoria y lo va a ser aún por mucho tiempo. Ahora vete y cierra puertas y ventanas. No quiero que me molesten.

Miguel se dio cuenta de que era aún muy pronto para exigirle cordura a aquella mujer. Demasiado temprano como para que mirase de nuevo con los ojos de los vivos. Era como si llevase unos anteojos oscuros que le daban una pátina de muerte a todo lo que veía. Estaba claro que de lo único que deseaba seguir hablando era de la misma muerte. En aquel momento Teresa solo deseaba que el mundo se paralizara con su dolor: que los ríos dejaran de fluir, que los brotes dejaran de crecer y que el sol dejara de salir. Cualquier gesto de vida o de alegría era un insulto a la memoria de Braulio, una ofensa al luto. Deseaba convertir el mundo en una sepultura y, en aquellos días, nadie tenía derecho a la felicidad. Su amargura se extendía a su alrededor como una mancha y Miguel solo deseó que aquella vocación trágica no fuera a arrastrar también a su hija. Ella era demasiado joven para renunciar. Ambos se merecían también su oportunidad.

Tenía que respetar su dolor y, si era lo que ella quería, dejar a Carmen en paz. Quizás también para la propia

Carmen era importante el descanso y el sosiego, la calma para asimilar lo que había sucedido. No podía importunarla con sus sospechas y con los contubernios sobre la muerte de su padre.

—Mis disculpas, señora. —Se retiró hacia atrás con suavidad, sin apenas hacer ruido con sus pasos. Procurando no perturbarla aún más. Se sentía como si hubiera invadido su espacio sagrado, su templo del dolor. Como si hubiera pisoteado su paz—. Quede con Dios.

No podía hablar con Carmen ni con Pablo, pero tampoco podía quedarse callado. Había tomado la resolución de hacer algo con lo que sabía y no debía echarse atrás. Se dirigió hacia la Cárcel Vieja, esforzándose por no flaquear y agarrando con fuerza la herradura en el interior de su bolsa, hasta dejarse blancos los nudillos.

Pablo era el último en cerrar la comitiva de monturas cuando pasaron el arco de piedra de la Puerta de la Guía. Por encima de él, desde una hornacina con tejadillo, le miraba desde las alturas la Virgen de la Peña y Pablo se persignó antes de pasar con los caballos.

La puerta, según les había contado el señor Marquina, no tenía ni un siglo y había sido abierta en la muralla para tomar el castillo de la Peña Bermeja, al que ahora se encaminaba la comitiva. Marquina, que siempre había hablado maravillas de un tal Victor Hugo, les había contado que el padre de este, general, era el que había abierto el arco durante la guerra de la Independencia. No dejaba de ser antipatriótico que el maestro relatara con tanto entusiasmo cómo el francés les había hecho un agujero de semejantes proporciones en el patrimonio de la villa.

Una vez en el prado de Santamaría se rompió la fila y Pablo pudo ver a Lucía, con su camisa vaporosa rematada de encajes, su larguísima falda de talle estrecho y su sombrero adornado de pensamientos tricolores, en malva, blanco y corazón negro. Se acercó hasta ella para ayudarla a desmontar.

Le ofreció la mano, pero ella ignoró el gesto y no le dio el privilegio del roce de sus guantes. Simplemente se agarró a la silla, bajó del lomo y pasó de largo sin ni siquiera mirarle. Él lo entendía, en parte. No solo estaba allí don Antonio, sino también Justo y dos señoritos más. La joven era correcta y no deseaba incomodar a nadie. El que el propio Pablo estuviera incómodo no era más que la consecuencia natural de su posición: la de un muchacho que no pertenecía a aquel mundo, que estaba allí solo para controlar a los caballos, para atárselos alrededor de las manos como si fuera una posta que ni siente ni padece.

Los cuatro terratenientes se dirigieron a pie hacia el antiguo convento de alcantarinos, que ahora se había convertido en Hospital de la Villa para las gentes de posibles —en contraposición al hospital de los pobres, en la calle de San Miguel—, y dejaron a Pablo y a otro mozo al cuidado de los animales.

Mientras permitía pastar libremente a los caballos, el muchacho se acercó a la tumba de su padre, a presentarle sus respetos. Desde allí, se deleitó con las magníficas vistas y paseó la mirada por aquel territorio inmenso.

Decían los terratenientes que aquello era suyo, pero se equivocaban. Aquella extensión maravillosa e infinita no podía pertenecer a nadie, ni a Dios siquiera. Hacía suficiente frío como para tener que subirse el cuello de la zamarra, pero el sol brillaba en un cielo azul y luminoso, como solo podía hacerlo en España en pleno invierno. No había ni una nube que pudiera empañar aquella visión majestuosa y Pablo se permitió deleitarse completamente en ella. «La belleza —pensó— es un regalo que Dios nos hace a todos, ya seamos pobres o ricos.»

El fondo de la estampa era un discreto telón plomizo, de montes poco elevados, pintados en un gris denso e imponente. Más cercanas, las cuestas del valle lucían pardas y ocres, regadas de extensos arbustos verde oscuro y matorrales de monte bajo que parecían descender hacia el interior como una avalancha detenida en el tiempo. En las lomas y cuestas era donde los señores habían puesto sus viñedos y olivares, que se alternaban con el amarillo incontrolable de la aulaga salvaje. Ya en el propio valle, el resguardado interior mostraba un espléndido manto de verdes vivos, cultivables y fértiles, bordado con cúmulos de pinos y limitando con el encinar.

Pablo siempre había mirado con envidia aquellos cultivos de regadío que parecían tan agradecidos. Las vegas y sotos en distintos tonos de verde, como si fuera una manta hecha con retales de primavera. Allí la tierra resultaba amable, fácil de remover y de arar. Las tierras que su familia cultivaba para Justo, en cambio, estaban en mitad del páramo y allí solo sembraban cereales. Eran tierras parduzcas a las que había que clavarles los dientes del arado con saña para arrancarles fruto. No eran en absoluto como aquellas.

Lucía, que siempre le había parecido cercana y amable, se había cubierto de una leve penumbra durante los últimos días. Pablo entendía que don Antonio ahora estaba más en casa y que eso era lo que la había hecho distanciarse, pero por otro lado… A ella no le había importado sentarse frente a él en la casa mortuoria, la primera vez que habían hablado y se habían conocido de verdad. Allí no se había preocupado de habladurías por que la vieran juntarse con un don nadie como él. Lucía no era así. Solo había actuado movida por la compasión y no por los prejuicios.

Pero lo de don Antonio era distinto. Él era su dueño, su marido. Y ella solo intentaba ser una correcta esposa. Los momentos que habían tenido hasta entonces habían sido robados, nada más. Aprovechando la ausencia del legítimo.

Durante sus últimos encuentros ella le había evitado la mirada y el saludo, había intentado distanciarse, quizás para evitar adentrarse en algo que les estaba vedado. Pero ¿quién podía negarse a sentir?, se preguntó Pablo. Si ella sentía algo también, entonces…

Su rechazo de los últimos días solo le había servido a Pablo para constatar cuán prohibido resultaba todo aquello. Cuando estaba con ella, en el gran salón, asomándose al interior de su mundo mágico, no se había preocupado tanto por lo que era real y lo que no. Tan solo se había dejado llevar por la sensación de que era maravilloso acompañarla, de que se sentía bien a su lado, de que, simplemente, solo deseaba estar allí y en ningún otro lugar.

Y últimamente se topaba demasiado a menudo con el muro de la realidad.

Empezaba a desear que don Antonio hiciera más viajes y se marchara cada vez más lejos. Para simplemente estar junto a Lucía, sin esperar futuro, sin albergar esperanzas. Tan solo para estar con ella en el presente, acercarse al corazón de su mundo. Liberar sus manos de aquellos amados guantes y poder sentir la piel tibia y suave de sus manos de rica una vez más.

Inmerso en sus preocupaciones, no se dio cuenta de que una de las monturas se había apartado de los pastos y había desaparecido. Se trataba de un hijo de Moca, el caballo de Justo. Si se extraviaba, el réspice del amo se iba a escuchar en las Quimbambas. Se sobresaltó al percibir la ausencia.

Preocupado, tomó al resto de los animales por las riendas y se encaminó hacia el hospital. Se barruntaba que el animal podía haber seguido los pasos del dueño.

Pasó por delante de la iglesia de Santa María, que permanecía abierta, pues estaban repintando uno de los pasos de Semana Santa.

—Solo falta un mes para la procesión y hay que dejarlos fetén. Tengo que estar muy concentrado —se excusó el pintor—. Creo que si tu caballo hubiera pasado por aquí ni me habría dado cuenta.

Pablo dio media vuelta y se asomó entonces a lo que fue el antiguo patio de armas del castillo y que ahora era el cementerio de arriba, el de los pudientes.

Era más pequeño y estaba sembrado de lujosas lápidas de mármol y cruces de forja, farolillos y altorrelieves, con capillas dedicadas a distintos santos y las paredes repletas de nichos. En ellos se leían las distintas profesiones: notario, médico, teniente..., mientras que los ricohombres ocupaban las tumbas más voluminosas y ornamentadas. A pesar de todos sus dispendios, se respiraba el mismo olor a flores mustias y se sumía en el mismo silencio que cualquier otro camposanto. Sin embargo, se abría al valle magnífico a través de un inmenso arco y era como si el paisaje mismo entrara dentro del recinto, lo inundara con su sensación de paz y de grandeza. Aquello era lo más valioso que tenía: que allí, en aquellas alturas, uno estaba realmente alejado del mundo. Como si, al fallecer uno, ascendiera verdaderamente y su cuerpo quedase en un plano que no era ni cielo ni suelo, sino una tierra elevada, sagrada. A los ricos los habían enterrado más cerca de san Pedro que a los pobres.

El caballo negro había encontrado su camino hasta las manos enguantadas de Lucía, que ya le acariciaba la testuz, confundiendo el pelaje oscuro con los encajes que le envolvían los dedos. Cada caricia era un camino de negro sobre negro, una vía abierta en un mar nocturno.

—¿Cómo está el amigo de los señores? —preguntó Pablo, intentando ser cortés.

Al principio ella no respondió. Siguió tomándose su tiempo en peinar al semental, concentrando en él su mirada azul verdosa. La suave corriente invernal que entraba por el arco, desde el valle, agitaba los cabellos negros que se le habían escapado del moño trenzado. Pablo pensó: «¿Qué lugar hay más apropiado para un ángel que un camposanto?».

—Ya sabes cómo son las fiebres tercianas —dijo finalmente la muchacha, apartando la vista del caballo. Pablo pensó que estaba más seria y mucho más pálida que la última vez. El color natural de su piel no era canela, como le había parecido al principio. Solo estaba morena del sol que le había dado en su tierra. A Pablo le sorprendió el cambio—. A veces van y a veces vuelven. Como los ojos del Guadiana.

Las últimas palabras las dijo con el amargor de quien sabe con certeza que ha perdido algo que amaba.

—Yo me he venido para que puedan hablar de sus cosas —continuó—. Entre hombres.

—Espero que se recupere pronto.

—Le están dando quina, pero es costosa y difícil de traer.

—Y está más mala que un demonio, según dicen.

Lucía no contestó. El sentido del humor de otras ocasiones, el que le había descubierto con los Álvarez Quintero, había desaparecido. Estaba fría como la piedra de aquel castillo de moros que se derrumbaba a sus espaldas.

Pablo se dio también cuenta de que ya no seseaba como antes. Había dicho «tercianas» y «difícil» en un perfecto castellano. Se preguntó si no se estaría convirtiendo, como le ocurría a muchas mujeres por el deber de su casamiento, en alguien que no era. Y se le encogió el corazón de pena.

En un arrebato le tomó la mano con fuerza.

—Lucía, no puedes… no puede usted seguir así. —Se miraban a los ojos con una intensidad desconocida hasta entonces. Él nunca había estado tan cerca de ella—.

Se está usted congelando por dentro, lo noto. Hasta la color del rostro se le está volviendo de escarcha. Es por su nostalgia del sol... y de Sevilla.

La mirada azul turquesa de la muchacha temblaba ante la mezcla de sentimientos. La tristeza, el orgullo, algo de temor... Luchaba por contener las lágrimas y sus labios se torcieron en un rictus amargo. No podía permitirse aquello.

Justo apareció por un lateral del cementerio y Pablo, alarmado, intentó soltar la mano de Lucía, pero ella le retuvo. El muchacho no entendía. «Si Justo nos ve, no callará ante don Antonio.» Sentía temor, pero ella se mantuvo firme hasta hacerle daño. Solo cuando el terrateniente llegó a la altura de ambos y ella estuvo segura de que los había visto, aflojó la presión y le liberó la mano. Pablo se retiró a un segundo plano, avergonzado. Lucía se quitó los guantes.

—¿No ha terminado aún mi marido?

—Pienso que el enfermo le necesita más que tú.

Señaló a Pablo y ella le dedicó una media sonrisa. La muchacha había mudado de la incontrolable desazón a la sonrisa irónica en un santiamén. Al mozo le asustó tal versatilidad. Estaba claro que Lucía se movía en los juegos de máscaras de la alta sociedad como pez en el agua. Mucho mejor de lo que él había sospechado, en todo caso.

—Quería contarle a Antonio por qué este castillo se llama de la Peña Bermeja. Me lo ha relatado un pintor que me he encontrado en la iglesia...

—¿Y qué es lo que te ha dicho? —indagó Justo.

—Que fue en la Peña Bermeja, donde se asienta este castillo, que la Virgen se apareció a la princesa Elima, la hija del rey Al-Mamún de Toledo. Y que todo esto sucedió en tiempos de Alfonso VI.

—Entonces te ha contado la versión que se relata a los niños. Es de entender, puesto que eres mujer.

Lucía adoptó una pose desafiante.

—¿Y cuál es la auténtica, si puede saberse?

—Te la contaré. Dicen que vivía en Brihuesca un noble llamado don Alonso y que tenía por hija a una muchacha que, no se sabe si por desgracia o por suerte era bellísima... y pretendida por todos los mozos de la región. Se llamaba Elisa. Tal era su irresistible encanto que incluso el alcalde y guardián del castillo, Abul, quedó prendado y decidió acercarse a ella para conocerla y cortejarla. La joven, sin embargo, rechazó todos sus acercamientos y le pidió que no volviese a importunarla. Una decisión poco juiciosa porque con ella dejó sellado su destino. Un día en que se estaba bañando en el Tajuña, el moro bajó para tomar por fuerza aquello que ella no quería darle por matrimonio. La muchacha se revolvió y luchó contra él hasta que el moro, enojado, sacó su espada y ensartó su cuerpo allí mismo, dejándola desangrarse sobre una enorme piedra.

Lucía jadeó y se cubrió la boca, horrorizada ante el cruento relato.

—Don Justo, le recuerdo que está usted hablándole a una dama —intervino Pablo, molesto por lo macabro de la narración y el efecto que había causado en la joven.

—Eso deberías decírtelo a ti mismo. Y una dama casada, además. —La pulla voló como un dardo—. Ya le advertí que no estaba hecho para oídos femeninos, pero ella se empeñó. Es lo que pasa cuando las mujeres no saben estar en su sitio. Como tu hermana Carmen, sin ir más lejos.

—Deje en paz a mi hermana, que no ha hecho nada para merecerse su inquina.

—Inquina ninguna. Y claro que no ha hecho nada. Solo nacer bonita, como le pasó a Elisa, y rechazar a quien le ha propuesto matrimonio de bien.

El golpe del metal sobre la mesa del cuartelillo atrajo la atención de los guardias. Miguel retiró la mano, blanca de la tensión, y reveló la herradura que había estado protegiendo durante todo el camino como si estuviera hecha de oro puro.

—¿Dónde está el alguacil?

—¿Quién le busca? —preguntó uno de ellos.

—Tengo un asunto de enjundia que solo a él le incumbe. Es sobre el crimen de los Blasco.

—Aguarda aquí, que iré a buscarle.

—Miguel, hijo mío, ¿me harías un favor?

El muchacho tardó unos segundos en reaccionar. Estaba enfocado a lo que tenía que hacer para no permitirse ningún otro pensamiento que pudiera alterar su decisión. Había repetido obsesivamente las palabras justas que debía decirle al alguacil para no equivocarse. No quería que su nerviosismo le traicionara y le hiciera aparecer torpe en su acusación.

Por eso permaneció confuso unos instantes antes de darse cuenta de que la voz suplicante venía del calabozo, allí donde él mismo había dado con sus huesos no hacía tanto tiempo. Un hombre le había acompañado entonces, en aquellas horas de encierro solitario y penumbroso, a través de una carta y sus desvelos amorosos. Y aquel hombre se encontraba precisamente allí, languideciendo a la sombra de las piedras. El brazo del señor Marquina asomaba por entre los barrotes.

—¡Madre de Dios!, ¿qué hace usted aquí? —Se alarmó el muchacho.

—No te angusties. No es más que una confusión. De gente que vive en la ignorancia, nada más.

El otro guardia le miró con desdén.

—No te acerques al preso —advirtió a Miguel.

—¿De qué se acusa a este hombre?

—No estoy seguro. Algo que tiene que ver con unos libros…

—Eso es lo que pasa cuando se desprecia lo que no se entiende —se defendió el señor Marquina.

Miguel respiró aliviado al ver que el maestro había sido respetado y no tenía ningún golpe. Ni siquiera se habían despeinado sus cabellos canosos.

—¿Qué libros son esos, señor Marquina? ¿De qué habla este hombre?

—Tan solo son eso: palabras impresas, tinta que no daña ni mata a nadie, sino al contrario. Libros maravillosos que ahora, por fin, he podido pedir a Francia y que hablan de pasiones, de miserias, de maravillas. Mas poco me ha durado el disfrute, que en este pueblo las noticias corren como la pólvora y el propio cartero es el chivato oficial.

—¿Y por unos libros le pueden meter en el calabozo?

—¡Por supuesto que no! ¡Estoy aquí de forma completamente injusta! ¿Dónde se ha visto esto? Pero no sabían qué hacer conmigo y mira...

—El cura ya está en camino y él sabrá qué hacer —se excusó el guardia—. Mientras tanto, aquí estás mejor, sin que perdamos ojo de lo que haces...

—El cura parece que viniera en una mula con reúma. ¿Y qué iba yo a hacer? ¿Salir volando? ¿Adónde iba a ir? Mal vamos en este país si a uno le enchironan por leer *Los miserables* o *Nuestra Señora de París*...

—Pero ¿le van a excomulgar por tener esos libros? —intervino Miguel preocupado. Bien sabía que a los excomulgados los apartaban completamente de la vida social, una parte importante de la cual se hacía en la iglesia. Se les miraba como apestados. Su propia madre podría haber caído en ese riesgo de confirmarse por varias veces la supuesta «inmoralidad» que siempre sobrevolaba su cabeza. Pero la actitud de Candela siempre había sido intachable y nunca había dado pábulo al más mínimo rumor.

—¡Quia! No pueden. Ya no. Es lo que estoy tratando de explicarles desde hace horas. Que ni el alguacil ni el cura ni el mismo obispo tienen ya nada que decir aquí. Es de ley que tenga esos libros, ante Dios y ante la Virgen. No hace ni un mes que salió la encíclica de León XIII dándome el permiso, pero algunos no se enteran de que ya estamos en 1897 y de que no hay sambenito que valga. Capítulo cuarto, y cito textualmente: «Los libros de autores clásicos, ya sean antiguos o modernos, aunque estén desfigurados con la misma mancha de indecencia son, por su elegancia y belleza en la dicción, permitidos solo a aquellos que están justificados por su deber y función de enseñar». Es decir, ¡al menda!

No era la primera vez que el señor Marquina se ponía en contra de la Inquisición, su censura y sus absurdos. Una vez, en el aula, les había contado que solo en Francia se habían celebrado hasta sesenta juicios contra animales. Que una cerda había sido declarada culpable del asesinato de un bebé y vestida como una campesina, además de torturada, mutilada y sacrificada a pesar de que no confesó frente a ninguno de los curas durante los nueve días de juicio. Y que otra cerda mató a un niño de cinco años… ¡y aquella vez sí se obtuvo una confesión! Cuando los cerdos cometían los crímenes en viernes de vigilia, las penas que se les imponían eran todavía mayores. Por ingratos, sin duda, que a quién se le ocurre convertirse en delincuente justo el día en que ha sido indultado… ¡Cómo se habían reído con todas aquellas historias!

—Con la Iglesia hemos topado… —sentenció Miguel.

—No entiendo cómo a los degenerados que leen esas cosas se les permite dar la lección a nuestros hijos —protestó el guardia, despectivo—. Deberían suspenderte de oficio.

—Ha salido en todos los periódicos —se defendió Marquina, ignorando el comentario—. Pero cómo vas a pedir a estos zopencos que lean periódicos, si apenas se saben las letras de su nombre…

—¿Y qué es lo que quería pedirme?

—¿Andabas buscándome? —preguntó el alguacil, que acababa de entrar.

—Vengo luego a verle, señor Marquina, que esto es cardinal para mí —se disculpó Miguel, dejando al maestro con la palabra en la boca.

—Se trata del crimen de los Blasco.

—Eso ya me lo han dicho, muchacho.

Miguel deslizó la herradura sobre la mesa hasta ponerla frente a él.

—Encontré esto en el lugar del crimen. Junto al cuerpo del campesino.

—Ya. Son las herraduras más utilizadas por cualquiera que pueda permitirse un buen caballo. ¿Y qué más? Venga, muchacho, apura que no tengo todo el día.

Miguel estaba algo apocado por el tono agresivo de aquel hombre. Quizás le había pillado en un mal momento y por eso se mostraba tan poco colaborador. Dudó de si volver más tarde, pero no sabía si podría reunir de nuevo el valor de hacer tan grande acusación y contra alguien tan principal.

—Como usted sabe yo trabajo en la fragua… Y hace poco vino don Justo Núñez a poner una herradura que su montura había perdido. Las otras tres eran exactamente iguales a esta.

—Don Justo es un hombre de posibles y se puede permitir las herraduras de ese taller. No deben de ser tan buenas si se caen tan a menudo. Como te decía, todos los animales de buen género en esta región tienen dos pares de esas…

—Pero en este caso eran exactamente iguales —insistió Miguel—. Las letras se leían bien, tenían el mismo desgaste por el borde derecho, hacia el que tiende el animal... ¡Le aseguro que eran las mismas!

Al alguacil le conmovió la estupidez del muchacho.

—Bien. Resulta que don Justo da la casualidad de que es, bueno, mejor dicho que *era*, el rentista de Braulio. Y tiene todo el derecho de pasearse por las tierras de su propiedad cuando le plazca. Seguramente esa misma mañana habló con él. O el día anterior. O la semana anterior. Y la herradura se quedó allí tirada. Eso y nada es lo mismo.

Miguel sintió cómo un escalofrío le recorría el espinazo.

—Mira, muchacho, vamos a hacer una cosa... guardaremos esa herradura y ya veremos...

Hizo ademán de agarrarla, pero Miguel, en un acto reflejo, la cogió y volvió a meterla en su bolsa, de donde —ahora lo sabía— nunca debió salir.

—Escucha, sé que estabas unido a esa familia —siguió el alguacil—, pero esas elucubraciones absurdas no te van a hacer ningún bien. No se puede ir ensuciando el buen nombre de alguien como don Justo con una mera fantasía, sin pruebas y a la de Dios. Será mejor que te calles, por tu bien.

—Tiene usted razón —dijo Miguel, midiendo cada una de sus palabras—. Ha sido una imprudencia y una necedad. Le ruego me disculpe. No sé en qué estaba pensando...

El muchacho salió aturdido del lugar, con un batiburrillo de emociones golpeándole el pecho. Estaba claro que no había manera de que pudiera demostrar nada. Se trataba tan solo de sospechas, nada más. Igual que sospechaba que en Brihuesca las influencias de don Justo alcanzaban hasta donde se ponía el sol.

No fue hasta que llegó a su casa, bien entrada la noche, que se acordó del señor Marquina.

—¿Qué dices que dijo? —Justo descargó un puñetazo sobre el imponente escritorio de caoba e hizo retumbar hasta el último de los vasos y copas de La Granja que se mostraban en las vitrinas—. Que un hombre de mi posición tenga que soportar tales infamias...

Era la primera vez que el alguacil le veía ocupando el despacho de don Rafael. Siempre se habían encontrado en pleno campo, en la taberna, en el burdel... a veces le parecía que Justo aborreciera su propia casa y la evitara. Pero el asunto del que trataban ahora gozaba de tal enjundia que merecía un privado. Así que el antiguo despacho de don Rafael se había convertido, por fin, en el despacho de don Justo.

—Tal y como le digo, el muchacho me vino ayer mismo con el cuento de la herradura junto al cuerpo del labriego y de que usted había necesitado una nueva. Naturalmente le hice callar, le advertí de que no andara con semejantes andróminas y le amenacé como correspondía a tamaño embuste.

—Es menester que mantenga el pico cerrado.

—Descuide, patrón, que se lo dejé más claro que un

arroyo de monte y estoy al quite de lo más mínimo. Ese no es de los que levantan la liebre... Mucho tiene que perder y muy poco que ganar.

—Aun así. Ese muchacho es un completo estorbo. Está siempre en el busilis, complicándome la vida. Algo tengo que hacer para quitármelo de la vista...

Justo concedió unos segundos al alguacil hasta que este hizo por fin lo que pretendía: sugerirle su ayuda.

—Escuche... Estoy seguro de que hay algo que sí se puede hacer. Con ello se lo quitará de en medio y sin demasiados quebraderos.

—Eres hombre de buenas entendederas —le aduló falsamente—. Sabes que te quedaré agradecido de cualquier ayuda que puedas prestarles a mis cuitas.

—Pues en breve toca hacer el sorteo de mozos. Y no será difícil concederle al muchacho el privilegio. En dos semanas estaría camino de Cuba, como soldado del ejército español. Y usía ya no tendría que soportar ni una patraña más.

Justo asintió, valorando la propuesta. Era impecable. Le dejaba libre el camino y no dudaba de que convencería a Carmen una vez que el tal Miguel estuviera allende los mares. El alguacil siempre le había parecido un cabeza hueca, pero por una vez había tenido una buena idea.

—Quién iba a decir que semejante paleto acabaría conociendo mundo...

—Al final incluso le vendrá bien. Esas experiencias en ultramar curten mucho el carácter, convierten a los críos en hombres. Yo creo que incluso podría estarle agradecido.

Justo esbozó una media sonrisa ante el exceso de adulación y de esmero que ponía aquel hombre. Todos sabían que, de Cuba, las más de las veces se volvía en una caja de pino y con los pies por delante. Eso, los que lo hacían, porque muchos cuerpos se quedaban allí, directamente, a saber en qué condiciones de sepelio.

—Creo que no conoces aún mi última cosecha...

Se levantó y se dirigió a la vitrina, en donde dudó por un momento entre varios recipientes. Después de unos segundos apartó la vista de las copas más valiosas, grabadas con el apellido Núñez y delicadas encinas, y tomó de los últimos estantes dos vasos más bastos. Aunque, como toda su cristalería, también habían sido soplados con buen oficio en la Real Fábrica, estos estaban tallados a rueda. Luego cogió una botella de color cardenalicio y le quitó el corcho.

—Verás que se trata de una añada excelente. Y auguro que la del próximo año va a ser todavía mejor.

—No lo dudo.

—Y sin embargo...

Mantuvo el vaso un instante en el aire, sin llegar a dárselo al alguacil, que ya tenía la mano esperando.

—Dígame, don Justo.

—Veo necesario que le cerremos la boca a ese gaznápiro hasta que le llegue la hora de la marcha. No puedo permitir que vaya arrastrando el buen nombre de mi familia por ahí.

El alguacil asintió y solo entonces Justo le permitió beber.

12

EL SECRETO DE MIGUEL

La casa donde vivían Miguel y Candela estaba en la parte más baja del pueblo, al final de todas las cuestas y las lomas. Cuando habían llegado hacía unos años, con tan solo un puñado de reales en el bolsillo, se habían encontrado con que las cerca de mil cien casas brioscenses estaban todas ocupadas o bien tenían un coste que ellos no podían asumir. Casi todas disponían de tres alturas y en ellas vivían familias extensas que incluían varios chiquillos, hermanos, primos y abuelos. Ninguna era apropiada para solo dos personas.

Entonces les ofrecieron la zona que estaba en obras de reconstrucción, en donde la inundación del 77 se había llevado hasta una hilera completa de viviendas. Candela la aceptó. ¿Qué probabilidad había de que se produjera una nueva inundación en los próximos veinte años? Dios no enviaba tan seguidas las catástrofes.

Ellos siempre habían sido una familia especial, apartada del resto. Un solo hijo y ningún padre. Desde muy niño, Miguel se dio cuenta de que su situación no se parecía en nada a la de los demás.

Candela siempre intentó protegerle, temerosa de los insultos, los rumores y las malas lenguas. Por suerte, no estaba completamente sola y sus hermanos, los tíos de Miguel, ponían a los chiquillos en su sitio cuando venían hostigándole armados con piñas y palos, profiriendo toda clase de enormidades. En cuanto escuchaban el griterío, los tíos del muchacho salían al empedrado armados con sus cayados y amenazando a diestro y siniestro con no dejarles ni un solo diente en la boca.

Miguel aprendió pronto de sus tíos y desde muy niño tuvo que espabilar, imponer respeto y salir cortando cuando detectaba una encerrona. Tenía un sexto sentido desarrollado especialmente para ello, como una pequeña alarma que se le encendía en el cerebro. La actitud de un superviviente.

En su casa, con su madre, pronto dejó de ser el protegido para convertirse en protector. Cada uno de ellos era el sostén del otro, mucho más desde que se habían mudado a Brihuesca. Una vez allí, la madre solo tenía al hijo y el hijo, a la madre... y también a Carmen.

Fue aquel sexto sentido el que le indicó que estaba en un problema cuando vio que Justo Núñez se interponía en su camino. Era tarde y no venía solo. Fausto, su antiguo compinche, estaba con él. Cuando quiso darse la vuelta para retomar la cuesta se dio de bruces con el alguacil.

—No tengas tanta prisa, que solo queremos hablar —dijo Justo.

Antes de que pudiera resistirse le habían reducido entre el alguacil y Fausto.

—Yo no tengo nada que hablar con usted.

—¿No tienes nada que hablar conmigo pero sí tienes algo que hablar *sobre mí*? ¿Qué es esa falacia que vas contando de que encontraste algo mío junto al cuerpo del muerto?

Miguel miró al alguacil con reprobación. Poco había tardado en irle con el cuento al señor.

—¡Mírame a los ojos, estúpido!

Justo le agarró de las solapas y le obligó a fijar la mirada, pero él mismo se sintió confuso al descubrir en los ojos muy abiertos de Miguel los suyos propios. Los mismos iris del color de las aceitunas. A veces se olvidaba del parentesco que los unía, pero en aquel momento se le había hecho evidente. Eran los ojos de su padre los que le estaban contemplando. Miguel era un Núñez, tanto como él, aunque fuera solo de sangre y no de nombre.

—Escucha, palurdo. Vas a mantener cerrada esa boca tuya, hasta que...

—¿El qué? ¿Qué vas a hacerme? —Le retó.

Justo miró un momento al alguacil, pero decidió callar. No era prudente aún revelar la trampa que estaban preparando para él. Aquel mengue era capaz de dejar que otro yunque le cayera en un pie solo para librarse del servicio en Cuba y permanecer junto a Carmen.

—A ti nada, pero están tu madre y los Blasco. A los que tanto aprecio les has cogido.

Aquel hombre le pareció a Miguel verdaderamente peligroso. Ya no le quedaba la menor duda de que había asesinado a Braulio. No temía a la ley, a la que tenía comprada, ni tampoco a Dios, cuyos designios interpretaba según le convenía. Seguramente no temía ni al mismo pateta. Y un hombre que no teme se convierte en un loco capaz de cualquier cosa.

—Así que ya sabes, chitón. ¿Entendido?

—Claro me queda, descuide.

—Con esto te acordarás mejor... —El alguacil le dio un golpe en el estómago que le dejó doblado, de rodillas y tosiendo.

Cuando se fueron, Miguel recogió su bolsa, que se había caído al suelo. La alianza se había salido de la caja de cartón y había rodado hasta deshacer el papel. Miguel la tomó en la mano y volvió a envolverla con sumo cuidado antes de guardársela otra vez y tomar el camino de la fragua. El trabajo era lo único que podía distraerle ya de todos los desvelos provocados por aquellos lobos a los que tenía que enfrentarse.

—¡Oooolé! ¡Oooolé! —El Coso resonaba con cada golpe de muleta y don Antonio estaba enardecido—. Ni el mismo Cúchares, que ponía a toda Sevilla en pie, se hasía una faena semejante. Ni una corná le dieron desde que nasió hasta que se lo llevaron las fiebres. Cuántas veces no habré visitao yo su tumba en la parroquia de San Bernardo...

Don Antonio estaba tan nervioso que no paraba de hablar. Era la primera vez que veía a sus caballos en el arte del rejoneo, después de haberlos enviado, por medio de un socio suyo, a la Escuela de Tauromaquia de Madrid para que se los entrenasen. La mezcla de euforia y de angustia por que todo saliera bien le estaba ahogando. Había invertido mucho dinero en criar y formar a aquellos caballos. No quería que los dañaran y tampoco que le dejaran en evidencia. Tenía que hacerse un nombre si pretendía que le contratasen más corridas.

Aquella era la fiesta de primavera, que solía celebrarse en abril, pero que aquel año se había adelantado a finales de marzo para que no coincidiera con la Semana Santa. Era la corrida que abría la temporada y la ganadería se jugaba los contratos de todo el resto del año. Además de que aquellos festejos, por su importancia, eran prácticamente lo único que se reseñaba de la villa en los diarios nacionales. Tan importantes eran que algunos años el alcalde había privado a sus vecinos de alumbrado público, tan solo para poder sufragar el espectáculo y homenajear así a la Virgen de la Peña. Si sus caballos destacaban como rejoneadores, de seguro se mencionaría en la crónica y le pedirían encargos desde todas las plazas de España.

Pablo estaba medio colgado sobre una de las barreras de madera que se habían instalado en círculo en el Coso, que era llamado así por el pueblo llano, pero que en realidad se llamaba plaza de la Constitución. Cuando había corrida, se ponían las barreras unas junto a otras hasta llenar el espacio y en cuanto se terminaban los festejos se desmontaban.

El muchacho esperaba con emoción el momento en que tuviera que cederle el caballo al rejoneador. Entretanto, no le quitaba ojo a la faena del diestro, mientras que a su alrededor abundaban los pitidos y se agitaban los pañuelos. Junto al alcalde presidía la corrida la imagen de la Virgen de la Peña y Pablo pensó que aquella era la Virgen de todo el pueblo excepto de Teresa, su madre, cuya devoción por la Guadalupe no tenía comparación.

—Escucha, Pablo, ¿has pensado en irte alguna ves a la siudad?

—¿De visita, quiere decir usted?

—Quiero desir a faenar.

—¿Permanentemente?

—Sí, muchacho. Quiero desir a quedarte allí.

A Pablo le pareció extraña aquella sugerencia.

—Pues… no lo había pensado nunca, la verdad. Tampoco sé si alguien me daría faena.

—Lo digo porque este amigo mío, el que trabaja en la Escuela Taurina… a lo mejor podría darte algo.

Pablo no sabía qué decir de aquello. ¿No estaba contento don Antonio con su trabajo en el cortijo? ¿O bien era al revés, que de tan contento que estaba había decidido darle una mayor responsabilidad? Quizás quería convertirle en su hombre de confianza en la capital. Dejarle al cargo allí de los caballos que se estaban preparando para la plaza.

Una vez se hubo terminado la fiesta nacional, Pablo se fue con otros mozos a celebrarlo a la taberna, sin que las palabras de don Antonio se le fueran de la cabeza. La comitiva de los que salían de la plaza se había bifurcado a medio camino y la mitad habían seguido a la taberna y la otra mitad a la iglesia, entre «vivas» a la Virgen y encabezados por el matador, que había salido a hombros y quería ofrecerle a la patrona las dos orejas y el rabo.

Nada más llegar a la tasca se encontró Pablo con que el alguacil estaba apostado en la barra y que, por su aspecto, ya se había trajinado media botella de aguardiente él solo.

No le gustaba aquel hombre. Todos sabían en el pueblo que la fuga nocturna de presos que había tenido lugar hacía tan solo cuatro años había sido auspiciada por él. Y que había sido beneficiario de buena parte de los robos y atropellos de aquella noche.

Estaba contándole algo al dueño de la cantina, que seguía limpiando la barra, como si no le escuchara. Pablo no tardó en darse cuenta de que, fuera lo que fuese lo que le estaba diciendo, el nombre de Miguel aparecía una y otra vez.

Con cautela y aparentando ser otro cliente cualquiera, Pablo tomó asiento a una distancia prudencial. Entre el batiburrillo de incoherencias balbucidas por el beodo, el muchacho pudo distinguir el nombre de su padre, Braulio. Se caló la gorra del todo para que el alguacil no le reconociera y se acercó un poco más, con la máxima cautela.

—¿Qué le pongo, joven?

Pablo señaló con la cabeza la botella de aguardiente del alguacil, evitando hablar para que su propia voz no le delatara.

—Y entonces es lo que le decía —siguió el guardia, visiblemente borracho—. El busilis de todo está en la herradura. ¿Quiere usted saber quién mató al campesino? Pregúntele a la herradura y ella se lo explicará.

A Pablo la mención de la herradura se le cruzó como un rayo por la mente. Recordó enseguida la bolsa que

Miguel se había dejado en el taller y cómo en ella escondía la prueba incriminatoria. Él había tenido aquella herradura todo el tiempo. Sabía quién o quiénes eran los asesinos. Seguramente los bandidos de las Carolinas, que utilizaban aquellos caballos tan caros, robados a los señores, equipados con aquellas herraduras de lujo. Ya le había advertido don Antonio de que en la fragua tenían negocios con ellos. Y Miguel no solo lo había sabido todo el tiempo sino que, además, los había estado protegiendo. Los había encubierto.

—¿Cómo puedes decir eso? Pablo, ¿tú te estás oyendo? —Carmen no podía dar crédito a lo que escuchaba de labios de su hermano. Miguel implicado en el asesinato de su padre. Cómplice de los asesinos—. ¡Si hemos crecido juntos! ¿Cómo iba a hacernos eso?

—Carmen, es la única explicación. ¡Yo también he tenido que darle una y mil vueltas al magín, pero es que no tiene otra! La herradura es la clave, lo dijo el alguacil. Miguel fue quien encontró el cuerpo de padre y está claro que se la guardó sin decírselo a nadie. La tiene en su bolsa, lo he visto con mis propios ojos.

—El alguacil puede equivocarse. ¡O ser un embustero, directamente!

—¿Y qué hay de los tratos de la fragua con los bandidos? Don Antonio me aseguró que tienen un chiringuito montado de agárrate y no te menees. Que se están haciendo de oro con lo que roban los ladrones. Se lo compran a bajo precio, lo funden y adiós muy buenas. Es un negocio redondo, ¿es que no lo ves? ¡Robaron a padre para quedarse con los aperos! ¡Para que el propio Miguel y sus compinches pudieran fundirlos y luego venderlos! ¡La vida de padre valía menos que sus trapicheos!

—¡Calla, Pablo! ¡Cállate, que no quiero oír esas enormidades que dices! ¿Cómo va a ser Miguel parte de semejante bajeza? ¡Ay, que me sangra el corazón de solo pensarlo!

—Vamos a preguntarle pues, y a ponerle las pruebas delante de los ojos. Que no podrá negarlo delante de ti si tiene el más mínimo de hombría en su cuerpo.

—Vamos. Y quiera Dios que nada de lo que has dicho tenga ni una miaja de cierto.

Encontraron a Miguel en la fuente Blanquina, cargando los cubos para la poza de la fragua. Al verle, Carmen sintió como si se le clavasen alfileres. Llevaba el corazón en un puño.

Pablo fue el primero en adelantarse. Le quitó la bolsa y blandió la herradura brillante ante su rostro.

—¿Quieres explicarnos qué es esto?

Pablo sabía que la sorpresa y la contundencia eran las dos bazas más importantes que tenían para que el muchacho confesara su fechoría. Él no había podido matar a Braulio, no estaba hecho de esa pasta. Tampoco era culpable de servir de correveidile si solo protegía su trabajo. Pero aquello no le excusaba. Se trataba de Braulio, un hombre inocente. Su padre, que había sido más bueno en vida que un pan en tiempos de guerra.

—¿Es que no tienes dignidad ni sangre en las venas? ¡Contesta! ¿Por qué no dijiste nada?

Pablo hervía de furia y el silencio avergonzado y derrotado de Miguel no ayudaba a disculparle. Estaba claro que era culpable y que había sido sorprendido en la falta. No hacía ni siquiera el esfuerzo de defenderse.

—Eres un cobarde, Miguel. En esta vida hay que saber dar un paso al frente cuando toca. Hay que distinguir lo que se puede permitir de lo que no. ¡Y esto es intolerable!

—Miguel, por Dios, ¿es que no vas a decir nada? —exigió Carmen, cada vez más alterada. Las dudas habían dejado de corroerla para dejar paso a una decepción mayúscula. Sentía como si su cuerpo se estuviera haciendo de plomo—. Di algo ya o desaparece de nuestra vista y no vuelvas por aquí.

Miguel entonces levantó la mirada del agua y la enfrentó con la de Carmen. Estaba triste y cansado.

«Es lo que les sucede a quienes se arrepienten de lo que han hecho —pensó Pablo—. Pero ya es tarde. Esta falsedad es demasiado grande. Demasiado impía.»

—No puede, Carmen —sentenció su hermano—. No hay quien defienda esta fechoría. Esta… iniquidad. Me das asco, Miguel. Ojalá nunca hubieras entrado en nuestra casa.

—Basta, Pablo. —Se defendió por fin el muchacho, dolido de soportar tantos insultos delante de Carmen—. Esto no es lo que piensas.

—¿Y qué es, entonces? —preguntó Carmen. Deseaba desesperadamente creer en él, pero ya no sabía si podría. Estaba demasiado claro como para engañarse.

Su reacción, su silencio... Pablo tenía razón: Miguel era un cobarde. Había callado y prefería pensar que era por miedo (a perder el trabajo, a su patrón y a sus compañeros, a los bandoleros mismos) que por avaricia. Pero había callado igualmente en un asunto tan capital para ellos. La cobardía no se la quitaba nadie—. ¡Habla! Habla y defiéndete si puedes porque no te va a defender nadie más. Y voy a tener que darle a Pablo la razón.

Carmen estaba al borde de las lágrimas y el sufrimiento de ella se sumó al que el propio Miguel arrastraba en soledad, cargando sobre sus hombros y su silencio las incontables amenazas. Al verla así, sintió que el corazón se le hacía pedazos en el pecho.

—Carmen, yo... Me comen por dentro las ganas de hablar, pero no puedo. —Apretó los puños y su voz sonó frustrada, rabiosa—. No puedo, y que me trague la tierra entera si miento. Estoy condenado a soportar la hiel de cada una de mis palabras porque cada una es un demonio y si hablo se me escaparán. Se me escaparán y te harán daño como me lo están haciendo a mí. Te demostraré que soy inocente. Te lo demostraré. Pero todavía no puedo... no puedo...

—Pues búscame entonces, cuando puedas explicarte, y ese día volverás a estar vivo para mí. Porque los que están mudos son los muertos. ¡Como mi padre! ¡Que él sí que no podrá volver a hablar nunca!

Carmen estalló en lágrimas y tomó el camino de su casa. Pablo dedicó una mirada furibunda a Miguel antes de correr junto a su hermana. Y se llevó consigo la maldita herradura.

13

EN EL BATÁN

Solo tengo ganas de llorar. Nada está pasando como lo esperaba. Es como si mi padre, con su esperanza y sus fuerzas, hubiera sido los cimientos de mis sueños y, ahora que él ya no está, se derrumban sin remedio.

El real que eché aquel día en el pilón de la feria se ha vuelto contra mí. Aquel deseo de que Miguel y yo estuviéramos juntos.

Solo tengo ganas de llorar, sin salir de mi cuarto, pero la faena no puede esperar.

Madre está como alunada, ida del todo desde el entierro. No deja de hablar de padre y, cuando se enteró de que yo había discutido con Miguel, solo me dijo que era mejor así. Que mirlo blanco solo hubo uno y que el resto de los hombres no valía la pena. Está convencida de que nadie podrá ser jamás tan feliz como lo fue ella. Yo tampoco.

Pero nuestra desgracia no puede ser excusa para caer en la desidia. ¿No dicen que la limpieza es el lujo del pobre? Pues si ese tiene que ser nuestro único lujo, sea.

No he querido ir al lavadero de La Boquera. Está al

lado de la fragua y prefiero no encontrarme con Miguel. Además, allí habrá muchas mujeres, que me harían preguntas. No quiero que me vean llorar.

He preferido venir al viejo batán, que se construyó para la fábrica de paños y tiene un buen lavadero de lana. Siempre me ha gustado mirar sus sembrados de tinturas: amarillos, con las espigas de gualda azafrán, los pétalos redondos y chillones del pastel y las estrellas doradas de la rubia.

Mientras froto las ropas en el lavadero observo la noria del batán, dando interminables vueltas en el río. Como mi vida, sin detenerse, como una caprichosa rueda de fortuna.

Observo sus enormes mazos prensando los paños y siento como si mis mismas entrañas estuvieran en el sufridero de esas cubas. Estrujadas y aplastadas bajo los mazos de la vida, contra los que nada puedo hacer.

No tendría que haber discutido con Miguel. Él era mi única miaja de luz en esta tormenta tan grande. Mi yesca y mi chispa, mi pedacito de fuego.

Él no puede ser cómplice de algo tan horrible. Pablo y yo le acusamos, directamente, y ni tan siquiera le dejamos explicarse.

Ay, Miguel, tenemos que encontrar la manera de arreglar esto…

A Miguel le temblaban las manos alrededor del vaso de vino. Nunca bebía, a excepción de las fiestas muy contadas, porque prefería ahorrar cada real que tenía y porque un trabajo como el de la fragua exigía estar siempre avispado. El patrón le había dicho que el vino, mejor bien lejos y así lo había hecho él toda la vida de Dios. Lo último que necesitaba era volver a fracturarse un pie o, aún peor, una de las manos.

Pero en esta ocasión sentía que necesitaba hacer algo que le calmase, aunque fuera un poco. Estaba viendo cómo su propia vida descarrilaba sin poder hacer nada.

No podía cargar a su madre con el peso de sus cuitas, que cada vez eran mayores. Había perdido la confianza de Pablo que, junto con Paco, el hijo del carnicero, era su único amigo. Y no podía soportar la distancia de Carmen. Había aceptado callar delante de Justo para protegerlos, pero la carga estaba resultando demasiado aplastante. Que aquellos a los que más amaba le miraran con aquel desprecio, que le consideraran cómplice de la muerte de su padre… Tenía que aclarar las cosas, al menos con Pablo. Dejarle patente que él no tenía nada que ver en eso.

Dio un trago largo al vaso y apuró al menos la mitad. Se limpió la boca con el dorso de la mano. No se sentía mejor, estaba claro que necesitaba más. Sin pensarlo, se empinó la otra mitad.

—Bien mohíno tienes que estar para dejarte caer por aquí. —Sintió una mano amiga en el hombro. Era Paco, el tablajero. Su padre le habría dado la tarde libre en la carnicería—. Tú, que no entras en una taberna ni borracho perdido. Aunque esto tampoco tendría mucho sentido, claro.

Miguel no respondió a la broma. Las manos tensas se cerraban alrededor del vidrio vacío.

—Arrea, pues sí que estás triste. Es por la Carmen, ¿verdad? Por lo del no casorio...

—Pues será por eso, sí. —Se encogió de hombros.

—Pues, hombre, no te amostaces por eso, que todo acaba llegando y, a falta de pan, buenas son tortas. No te creas que una vez casado todo el monte es orégano. Aprovecha que aún estás libre y pásate más por aquí, vente con la cuadrilla, que últimamente no te vemos el pelo.

—Había mucha faena en la fragua...

—Bueno, ya sabes que nosotros no nos vamos a ninguna parte. Y si quieres echarte un mus morisco, ya sabes dónde estamos.

—Hablando de eso, precisamente... Me gustaría pedirte un favor.

—A mandar.

—Pero no le digas nada a nadie. Y menos a Pablo y a Carmen.

A Pablo lo que más le gustaba del Coso era que toda la plaza olía a pan. El aroma que venía de la aledaña calle de los Panaderos era embriagador y muy reconfortante después de la larga jornada de faena.

Le gustaba darse una vuelta por allí justo después de llegar del cortijo de don Antonio y antes de dirigirse a la casa labriega. El pueblo estaba a medio camino entre ambos y él se daba sus buenas caminatas. Siempre le venía bien hacer un descanso, sentarse un rato a la sombra de los soportales, comer algo de pan y reponer la sed en los caños.

Aquella tarde se encontró con la plaza tranquila, apenas un puñado de chiquillos correteando. Junto al ayuntamiento, observando la torre del reloj, estaba Miguel. Pablo intentó alejarse por el frente opuesto, pero no lo consiguió.

—¡Pablo! —le llamó.

El muchacho cerró fuertemente los ojos. Una discusión era lo último que deseaba tras un día tan largo de faena.

—¿Qué es lo que quieres, Miguel? Deberías estar en la fragua, que parece que es lo que más aprecias en este mundo. Fundiendo aperos, para más señas.

—¿Qué aperos? ¿De qué estás hablando?

—Y todavía tendrás el cuajo de negarlo. Los aperos que roban los de las Carolinas a la gente honrada como mi padre. Los que les cuestan la vida a los jornaleros. Y que luego vosotros fundís bajo cuerda para sacar unos reales, como si no pasara nada.

—Pablo, escúchame porque no sé de dónde has sacado esa historia tan burda, pero te juro por mi madre... por mi madre, ¿me oyes? Mi madre que es lo más sagrado de mi vida... que eso no es más que una sarta de embustes. La fragua está limpia, Pablo. Mi patrón es hombre de primerísima ley. Lo que fundimos es el mineral que viene directamente de la cantera o piezas viejas que nos traen los mismos campesinos y que les pagamos honradamente. Te abro el almacén y lo compruebas tú mismo cuando quieras.

—No te creo, Miguel. No intentes liarme. Que no es posible otra explicación.

—¿Por qué? ¿Por qué no me crees?

—¡Pues por la dichosa herradura! Porque la encontraste junto al cuerpo de mi padre y te la metiste en la saca y no dijiste ni media. ¡Por eso! Pero el alguacil lo sabía y se fue de la lengua. Estáis todos en el ajo.

—Pablo, yo… —Miguel no sabía cómo explicar aquello sin mentir y sin revelar que era Justo quien estaba detrás de todo.

—¿Niegas que tenías la herradura de esos malnacidos? ¿La misma que te puse frente a las narices el otro día? ¿Niegas, acaso, que la bolsa fuera tuya? Habla, que estoy in albis…

—Eso no. Lo que sí te niego es que yo sea cómplice de asesinato. Y que tenga tratos con esa gentuza, sacando tajada. ¿Cómo has podido creerte algo así? No hay contrabando en la fragua, te lo puedo asegurar. Si callé fue…

—¿Por qué?

—Por protegeros. Únicamente por eso. A ti y a Carmen. Incluso a Teresa.

—¿Protegernos de quién?

En aquel punto, Miguel tuvo que callar. Pablo no podía enterarse de quién era el verdadero asesino o los pondría a todos en peligro. Tenía que seguir con la farsa si no quería traicionar el pacto mezquino que había hecho con Justo: su silencio a cambio de que respetara a aquellos a quienes quería.

—De esos bandidos sin escrúpulos. —Mintió—. Todavía estaban allí cuando llegué y descubrí el cuerpo de tu padre. Eran varios y no podía hacer nada contra ellos. Créeme que me hubieran matado como a un perro si les llego a hacer frente. Sabían quién era yo y sabían bien quiénes erais vosotros. No sé cómo, pero lo sabían. Me amenazaron con acabar con toda la familia si los acusaba. Cuando por fin se marcharon, vi que se habían dejado la herradura y me la guardé, por si servía de algo. Durante mucho tiempo la llevé conmigo y me atormentaban las dudas sobre lo que debía hacer. Pero al final no me atreví a denunciarlos. El miedo me pudo.

Pablo respiró profundamente, mientras analizaba las razones de Miguel.

—Tampoco creo que hubiera servido de mucho. —Se resignó Pablo—. Ellos están ya lejos, en sus refugios de las montañas. Y allí, según el alguacil, nada se puede hacer. Es como si estuvieran en sagrado. Así que no te lamentes por algo que no tiene remedio.

—Tienes que creerme, Pablo. Yo nunca os haría daño ni me aprovecharía de vuestra desgracia. Solo soy un pobre muchacho enamorado de tu hermana. Y dispuesto a hacer lo que sea por protegerla.

—Descuida. Hablaré con ella.

Al otro lado de la plaza, un hombre alto y moreno, de larga levita, había presenciado la discusión en silencio. Al ver que Miguel se quedaba esperando junto al reloj, decidió ocultarse. Comenzó a darse pequeños golpes con la fusta en el cuero de las botas de caña alta. Como siempre que le tocaba esperar.

14

LAS CUEVAS ÁRABES

Cuando Carmen se abrazó a él, Miguel sintió como si un fuelle le hubiera insuflado el aliento otra vez dentro del cuerpo. Aquellos minutos en la plaza se le habían hecho de una angustia eterna. Miró a Pablo y asintió, agradecido porque la hubiera traído hasta él.

El muchacho había ido a buscar a Carmen a la casa y se la había encontrado tendiendo la ropa que acababa de traer del lavadero.

—Te aseguro que Miguel es inocente y que en ningún momento estuvo implicado. Deja ya de asaetearme a preguntas, que te pones más cabezota que una aragonesa...

—No sé, Pablo. ¿Y si al final...?

—Si te vas a empeñar en algo, mejor empéñate en ser feliz. Te digo que ese muchacho es pasta de ángel. Y que además te quiere, así que corre a por él.

La resistencia de Carmen había caído pronto. En el fondo, lo único que deseaba era creer de nuevo en él, encontrar cualquier excusa que pudiera derribar las barreras. Abrazarle y besarle igual que antes, cuando aún no había desgracias que lamentar. Cuando estaban a un paso de prometerse. Que fuera todo igual que antes.

Ambos se reencontraron en un abrazo intenso, apasionado, que apenas podía contener las emociones que durante tanto tiempo se habían estado guardando, prohibidas por el luto y amarradas por la desconfianza. Ahora ya no había barrera ninguna y se entregaron a los besos con una vehemencia tal que hizo que Pablo tuviera que apartar la vista.

Sin embargo, lo que vio le llenó de preocupación. Entre los soportales vislumbró la inconfundible figura de Justo, que tenía los ojos clavados en los amantes.

—Shhh… Siento tener que molestar, pero es menester que os ocultéis.

Les señaló al lugar donde estaba Justo y Miguel sintió una punzada de aprensión. Los había visto, estaba seguro. Pero él no les había dicho nada a ninguno de los dos hermanos, así que había cumplido su parte del odioso pacto.

—A la carnicería, rápido —los espoleó Pablo.

Miguel le miró fijamente y asintió. Había comentado su plan con él. No esperaba llevarlo a cabo así, tan precipitadamente, pero no quedaba otra.

Tomó a Carmen de la mano y ambos entraron en la carnicería, hasta el fondo, donde estaba la trastienda. Justo cruzó la plaza, dispuesto a seguirlos.

Paco, el hijo del carnicero, abrió el cajón de la mesa y sacó una antorcha, a la que prendió fuego antes de entregársela a Miguel.

—¡Es que no pensaba que ibas a venir tan pronto!

—Cambio de planes —se excusó él—. Venga, rápido, que nos persiguen.

—Pasa, pasa...

En la trastienda descorrió una cortina, abrió una puerta de madera y, tras de ella, una reja secreta. Más allá se adivinaba un laberinto de grutas. Eran las cuevas árabes.

—No sabía que se podía entrar desde la carnicería... —dijo Carmen, asombrada.

—Muy poca gente lo sabe —repuso Miguel.

La única entrada que todo el mundo conocía era la que estaba en el propio Coso y nadie podía acceder a ella porque las llaves las tenía el alcalde.

—Te dejo todas las llaves, para que podáis salir por la tienda cuando queráis —dijo Paco—. Otra antorcha. Y más fósforos.

—¡Atiende alguien aquí! —Era Justo, que gritaba en la entrada.

—Hala, arreando. Ya me encargo yo.

—Gracias —le dijo Miguel antes de que la puerta se cerrara.

Pronto ambos amantes se encontraron protegidos por la intimidad de las cuevas, cuyos largos pasillos se proyectaban en todas direcciones, iluminados tan solo por la antorcha que llevaba Miguel en la mano. Carmen le tomó del brazo.

—Tranquila, me conozco muy bien esto.

—¿Y cómo?

—Bueno, no pensarías que voy solo de la fragua a mi casa. Paco y sus hermanos bajan aquí de vez en cuando.

Es como… su reino particular. Y necesitaban un cuarto para el mus, así que…

—Qué calladito te lo tenías.

—Es un secreto. Pero les pedí que me dejaran compartirlo contigo.

Anduvieron unos pasos y Carmen se apoyó en la pared de piedra porosa, que estaba húmeda y muy fría.

—¿A qué huele?

—Es el espliego. Lo conservan aquí hasta la siembra para que la humedad lo mantenga vivo.

A medida que avanzaban Carmen pudo distinguir las enormes tinajas de barro, tan antiguas como las propias cuevas, que contenían el espliego.

—No nos perderemos, ¿verdad?

—Tranquila. Confía en mí.

—¿Qué manera es esta de tratar a tus clientes? ¡Nunca había tenido que dar voces para que me atendieran!

Paco se lavó las manos en el barreño y se las secó en el delantal.

—Usted dirá. Me han traído pata de la buena esta misma mañana…

—Lo que quiero es pasar a tu trastienda, gañán.

Paco levantó ambas manos y se apartó.

—Pase usted. A ver si encuentra allí alguna carne que le guste más.

Justo entró enfurecido y recorrió a grandes trancos el almacén del carnicero, pero no encontró nada aparte de jamones colgados, cajones con mollejas y casquería, cubas de aceite y ristras de ajos.

—¿Dónde están? —bramó.

—¿Quiénes?

Estaba delante de la cortina que ocultaba la puerta secreta. Paco se esforzó por apartar sus ojos de ella.

—Los dos que acaban de entrar.

—Aquí no estoy más que yo. Registre usted lo que quiera...

Justo le sostuvo la mirada un momento, amenazante. Esperaba que el muchacho diera su brazo a torcer.

—¿Está seguro de que han entrado aquí? —disimuló Paco—. Mire que son muchas las puertas que tiene esta plaza y están todas muy próximas. Lo mismo están en la tienda de abastos o en la pescadería.

Justo se caló el sombrero hongo, sabiendo ya que el tablajero no revelaría una palabra.

—Ya hablaré yo con tu padre, cuando tenga ocasión.

Salió entonces de la carnicería y se dio de bruces con Pablo, que estaba esperando para asegurarse de que todo había salido a pedir de boca.

—Contigo quería yo hablar —le increpó—. ¿Qué es lo que te estaba contando ese mengue de Miguel?

—No es de su incumbencia. Miguel es casi de mi familia, el novio de mi hermana —recalcó—. Así que puede decirme lo que le dé la real gana.

—¿Qué es lo que te ha contado? ¡Habla!

Justo necesitaba sonsacar a Pablo. Tenía que comprobar si Miguel estaba cumpliendo con su parte del trato o si bien se había ido de la lengua.

—¿Qué fue lo que te dijo de la herradura? —aventuró, temerario.

A Pablo le escamaba que Justo tuviera tanto interés en saber del asunto. ¿Estaría compinchado con el alguacil? ¿Sería posible que tuviera algo que ver en todo aquello?

—Lo que ya sabe todo el pueblo. Que esa herradura la encontraron junto al cuerpo de mi padre muerto. Que la perdió el que fuera su asesino. Lo mismo usted puede decirme algo más…

Justo guardó un silencio que hizo sospechar a Pablo. Los bandidos de las Carolinas eran los asesinos, estaba claro, pero ¿y si su caballo no había sido robado? ¿Y si Justo les había proporcionado las monturas? Miguel había mencionado algo que le había parecido muy extraño: «Sabían bien quiénes erais vosotros. No sé cómo, pero lo sabían». Era inconcebible, no tenía pruebas, pero la actitud de Justo le incriminaba por completo. Empezaba a sospechar que pudiera estar detrás de aquel espantoso ataque.

—Lo mismo usted puede aclarar mejor lo que pasó aquella tarde… —insistió, suspicaz.

Justo se dio por vencido y se subió el cuello de la levita. Antes de cruzar la plaza le dedicó una última advertencia.

—Ándate con ojo, muchacho. Que nada bueno sale de rumores sin fundamento.

Pablo subió toda la cuesta hasta San Felipe con la sangre bulléndole en las venas. Sentía por un lado la euforia de que Miguel y Carmen hubieran burlado a Justo y de que hubieran conseguido escaparse. Pero, por otro, la conversación con el infame aquel le había llenado de frustración.

Estaba harto. Harto de humillarse y de estar en una posición tan indefensa. Se veía obligado constantemente a callar lo que pensaba, a comulgar con ruedas de molino, a mantenerse detrás de la barrera. Como si fuera un cobarde. Y no lo era. Tan solo era pobre, una maldición que parecía que le iba a estar persiguiendo siempre.

Allí estaba Justo, en cambio, haciendo y deshaciendo en las vidas de los demás. Creyéndose dueño del pueblo entero. Si de verdad había tenido algo que ver en la muerte de Braulio, si tenía tratos con aquellos malhechores… Todo aquel tiempo había considerado a Miguel cómplice de aquella fechoría, cuando en realidad el cómplice había sido Justo. ¿Por qué? No podía ser por unos reales. A la gente como él no le hacía falta enfangarse las manos por tan poco. ¿Habría sido una venganza? ¿Un escarmiento que se fue de las manos? ¿Un pago que su pobre padre no había podido hacer a tiempo?

Le hervía la sangre de la impotencia. De tener que comerse siempre las ganas de decir o de hacer, por puro temor a los señores y a sus represalias. La libertad no era más que una ilusión que cabalgaba y que se deshacía en cuanto ponía el pie en el suelo.

Al culminar la cuesta de San Felipe apenas quedaba ya gente en el parque de la Alameda. Hacía casi quince minutos que habían llamado a misa y todo el mundo ocupaba las bancadas. Pero cruzando el parque, rezagada, distinguió la inconfundible silueta, esculpida por la fuerza de los alambres y los nudos, de la bella Lucía.

La muchacha llevaba el paso ligero por la tardanza. Con una mano sostenía delicadamente el abanico cerrado y con la otra se sujetaba las faldas del vestido de paseo, dejando al aire los elegantes borceguíes blancos. Una esclavina corta parecía flotar detrás de ella, al igual que las lilas de su sombrero. Pablo corrió y le salió al paso, sobresaltándola.

La muchacha estaba tan sorprendida que se quedó sin habla y él, en un arrebato, la abrazó y la besó en los labios.

Había alcanzado su límite, había llegado el momento de actuar. Quizás no podía hacer nada sobre Justo o sobre la muerte de su padre. Sobre las carreras de caballos o el cambiar su sino pobre. Pero con Lucía no pensaba resignarse, con ella no. La quería en sus brazos y lo demás... —sus ropas caras, su posición social, su don Antonio—, lo demás le daba igual.

Lucía se zafó de él y miró asustada alrededor. Estaban en mitad del parque, expuestos a los ojos de todos. Aunque ya no quedaba nadie allí. Todos estaban en misa.

—Pablo, ¿es que te has vuelto loco?

—Loco por ti es lo que estoy. Que desde que te vi no te me vas de las mientes...

—Pablo, déjame pasar...

Pero él volvió besarla con pasión y ella le abofeteó.

—¡Basta! Llego tarde a la iglesia.

Pablo se quedó en la alameda confundido, sumido en sus pensamientos. Acompañado tan solo por el rumor del agua corriente que salía de los dos grandes pilones. Preguntándose qué había pasado exactamente.

—Así que aquí es donde jugáis a ese... mus de los moros.

Miguel había conducido a Carmen hasta un rellano frente a una pared donde se apilaban las botellas de vino, tumbadas en soportes circulares de cerámica roja. Una pequeña bodega.

Ante la pared había una mesita y cuatro tocones de madera. Miguel le tendió la antorcha mientras se esforzaba en encender una docena de velas. Sacó pan, queso y dulce de membrillo, que tenía allí guardados, y sirvió dos vasos de vino.

—¿Esta es tu idea de una cena romántica? —Sonrió ella. Él le devolvió la sonrisa.

—¿Te gusta?

—Es la mejor de mi vida.

Ella se acercó y le besó y él le devolvió el beso, a la luz de las velas.

Las viandas estaban sobre la mesa, pero ninguno deseaba comer. Solo estar el uno en los brazos del otro.

Se sentaron sobre la tierra, en otro rellano amplio que se hallaba junto a la mesa, guiados tan solo por el rumor del deseo mutuo, que parecía no tener final.

Aquella intimidad era segura y protegida, los amparaba por completo, y ambos tenían ganas del cuerpo del otro desde hacía ya demasiado tiempo.

Miguel sentía cómo la pasión alimentaba sus venas,

bombeando desde su corazón acelerado hasta las puntas de sus dedos, que ya trabajaban para darse satisfacción, buscando la piel de Carmen bajo la falda. Ella tampoco quería detenerse, más que varando su carne junto a la de él, que era el único puerto seguro en aquella tempestad del deseo.

Sus bocas anhelaban el respiro en aquel deshacerse en besos. Sus lenguas se encontraron, anticipando la entrega última, en aquel umbral que solo les pedía un paso más.

—Carmen… —Miguel se separó un instante y tomó aliento como un buceador que acaba de asomar la cabeza fuera del agua. La pasión le tenía de rodillas—. Carmen, espera…

Ella también se sentía arrastrada por aguas invisibles. Solo deseaba volver a sumergirse con él en aquel abrazo de Caribdis que parecía engullir todas las razones. Volver a unirse a él.

—Carmen, podemos esperar… Volvamos a poner fecha y casémonos. Si estás preparada, si tú lo quieres… podemos dejar el luto atrás y estar juntos como marido y mujer. Te he respetado hasta ahora. Puedo esperar un poco más.

Carmen le besó de nuevo.

—Yo soy tuya, Miguel. Eso es lo importante…

Pero Miguel luchó por mantener el control.

—Para mí eso es también lo más importante, pero no lo único. Siempre hay otras cosas.

Estaba serio y Carmen adivinó que todo aquello podía tener que ver con lo que le había pasado a Candela. Había cuestiones con las que le gustaba ser escrupuloso para separarse lo más posible de otros hombres, que hacían las cosas completamente al revés. Asintió.

—Será solo como tú quieras.

Así que se estiraron las ropas, se sentaron a la mesa, comieron y brindaron por su felicidad.

Don Antonio se sentó en la silla de damasco asalmonado, a la vera del ventanal, y se sacó del bolsillo el reloj de leontina. En la carilla interior de la tapa había hecho que le colocaran la miniatura de la bella Lucía, con sus ojos azul turquesa, sus pendientes de perlas colgantes y los bucles del cabello oscuro cayendo sobre los hombros descubiertos. Era consciente de que se había llevado la flor más bonita de toda Sevilla, descendiente de las sangres más poderosas de Al-Ándalus. Siempre, desde niño, la había considerado una princesa. Una auténtica alhaja que estaba perdiendo brillo por momentos al lado de un torpe como él.

Nunca había tenido una novia, no se le daban bien las mujeres. Siempre le habían dado ataques de timidez delante de ellas y la única a la que podía hablar sin miedo era a su madre. A Lucía siempre la había tratado con el más estricto decoro, sintiéndose dichoso tan solo con verla, en las reuniones familiares, siendo como era su primo segundo.

Llevaba meses casado con ella y aún no se lo creía. Cómo aquella mujer, en la que todos los hombres de Sevilla habían puesto sus ojos, había acabado junto a él.

Sabía que la niña tenía sus caprichos, nunca los había

ocultado a sus ojos. Su mayor excentricidad hasta entonces había sido lo del carruaje entero solo para llevarse su preciosa cómoda de marquetería amarilla. ¡Aquello le había parecido un auténtico despropósito! Pero él la adoraba tal y como era y sabía que su padre la había mimado igualmente en Sevilla, con la madre ausente y todo eso. Que estaba acostumbrada a las flores y los encajes y los libros costosos. Y él se había propuesto hacer como el padre y no permitir que le faltara fruslería alguna.

Y sin embargo, había llegado ahora un capricho que le dolía. Que todos podían ver. Uno que no podía permitirse.

—La culebra tienes merodeando por tu finca. Los vi juntos en el castillo, mientras tú estabas a dos pasos. De la mano la tenía el tal Pablo y ella se negaba a soltarle.

Las palabras de Justo habían sido como un jarro de agua fría, que no por esperado era menos hiriente. El primer rumor le había llegado de un mozo: que ella invitaba a Pablo a su casa y se pasaba las tardes con él. «La muchacha tiene que distraerse», la había disculpado. «Está aquí muy sola, la pobre», excusas para no reconocer que aquello era indecoroso por completo.

Pero una cosa eran los rumores y la intimidad del cortijo y otra muy distinta era la exhibición pública. Y las palabras de Justo, que era un igual y un competidor, le habían humillado. Cordero era su apellido, pero no iba a ser cordero y cornudo, además.

Había sido una decepción. La constatación de que él no era suficiente, como ya se temía.

Con el primer rumor ya había hecho sugerencias al joven para que se alejara. En la corrida de toros le había hablado de la Escuela de Tauromaquia de Madrid y de que necesitaba a alguien en la capital que le preparara los caballos para el rejoneo. Había sido eso, una sugerencia.

Pero ahora Justo le azuzaba:

—No puedes permitir esto. Serás el hazmerreír. Tienes que conseguir que el tal Pablo se marche de aquí.

Don Antonio estaba seguro de que no era por su bien que Justo se lo decía. A él le importaban tres pimientos las burlas que le pudieran caer. Tenía algún interés en quitarse a Pablo de en medio, eso no lo dudaba.

Pero en sus palabras no conseguía encontrar nada más que la amarga verdad.

Aquella mañana el Coso era, más que nunca, la plaza de la Constitución. Lucía más patriótica que nunca, engalanada con las guirnaldas de banderitas rojigualdas. En el ayuntamiento, la fachada estaba también surcada por una enorme banda con los colores patrios y en la torre el reloj ya marcaba la hora señalada.

Todos los muchachos jóvenes del pueblo se encontraban allí. Muchos habían llevado vino para celebrar, bien una despedida o bien que no les hubiera caído en suerte la papeleta.

El alguacil trajo los cántaros con las bolillas de madera que abrazaban las cédulas enrolladas y los puso frente al alcalde, que estaba flanqueado por su escribano, el párroco de Santa María y el médico del pueblo, que tenían a su lado una mesa llena de bandejas de yemas y otros dulces recién llegados de las Jerónimas. Había dos niños, de seis y ocho años, a los que habían traído para que repartieran la suerte y que no pudieron evitar meter la mano en los dulces, siendo reprendidos por el propio alcalde con sendos manotazos. Con las manos aún pringosas, tomaron sus palillos y los metieron dentro de los cántaros, sacándolos a la vez. Al más pequeño le tocaban los nombres, pero como no sabía leer se los daba al alguacil para que él lo hiciera. El mayor exclamaba: «blanco», así hasta una veintena. Hasta que, de repente, el alguacil leyó la cédula de Miguel Molino y el niño, a su lado, desenrolló el papel y cantó «soldado».

Todos le miraron y Miguel se sintió desconcertado por un momento. ¿Él? ¿Cómo? ¿De verdad aquello estaba pasando?

Avanzó unos pasos para cruzar la plaza, ante la atenta mirada de los otros muchachos. Pablo apretó los dientes y cerró los ojos con fuerza. Era el último mazazo que le faltaba por soportar a su hermana. «Las desgracias nunca vienen solas.»

Intentando no flaquear, Miguel subió los escalones hasta la tribuna del ayuntamiento. El alcalde le ofreció el vino y los dulces, pero él estaba aún aturdido. Pensaba que no le incluirían en el sorteo por ser hijo único de viuda, que era una de las exenciones, pero si lo pensaba bien, Candela no era tal. Simplemente se hallaba en el limbo de las madres solteras. Y, por otro lado, estaba por casarse con su prometida, pero la fiesta de pedida no había llegado a celebrarse y en su cédula no ponía nada de eso. No tenía forma alguna de evitar aquello. El escribano ya preparaba el edicto y el pregón.

—No te preocupes, muchacho. —El alguacil le puso la mano sobre el hombro—. No todos mueren allí. Lo mismo tienes suerte y puedes volver.

Miguel reparó entonces en la marca, casi inapreciable, en la madera de la bola que había contenido la palabra «soldado». Así que allí acababan las conspiraciones de Justo y los suyos. En una playa distante y extraña, entre el fuego cruzado de fusiles. Lejos de Carmen. Aquel era el destino que habían preparado para él.

La plaza se vació rápidamente y todo el mundo se dirigió al prado de Santamaría, pues tenían que sacar los pasos de la capilla de la Vera Cruz. Era el 3 de abril, Viernes Santo. Viernes de Dolores. Pronto las calles se llenarían de música fúnebre, interpretada por la banda local, y se regarían de llamas por las velas encendidas, en la procesión de la Soledad y el Santo Entierro.

Pablo fue el último que quedó frente al ayuntamiento y le abrazó, le transmitió sus condolencias y se comprometió a decírselo a Carmen lo mejor que pudiera.

Miguel debía ir a su casa a comunicárselo a Candela, pero las piernas no le respondían. Se negaban a encaminarse hacia allí. Prefirió darse una vuelta, subiendo las cuestas por la calle de las Armas hasta la plaza de los Herradores, tal y como Carmen le había llevado la primera vez que le había mostrado el pueblo.

Ahora estaba desierto y, en su camino, solo le acompañaba el sonido de los caños, los del Jardín de la Alcarria, que ya no volvería a disfrutar.

Se despidió del olmo centenario, que estaba en mitad de la plaza y siempre le observaba desde la fragua. Se sentó junto a él y sacó la alianza, que desenvolvió con cuidado.

Observó por un momento aquel brillo que iba a ser para Carmen, pero que ella ya no disfrutaría. Ahora que iba a marcharse ya no tenía sentido. Debía venderla. A Carmen ya no le haría falta, no iba a dejarla viuda a sabiendas, y en cambio a Candela... A Miguel se le encogió el corazón pensando en su madre, en la familia de dos que habían formado a base de coraje, de necesidad y de fiero amor. Candela se quedaría sola, y en una casa de dos jornales ya solo entraría uno. A ella se lo debía todo en este mundo. Estaba sola en casa, podía recibir la nefasta noticia en cualquier momento, y él no lograba reunir el valor suficiente para decirle la verdad.

Deambuló todavía un rato, a solas, en el silencio acompañado tan solo del rumor del agua, despidiéndose de cada rincón de aquel lugar. Ya no volvería a caminar por sus calles de la mano de Carmen, escuchando su risa y atesorando sus besos.

Unos copos de nieve cayeron suavemente sobre sus hombros, mientras la noche cubría Brihuesca de oscuridad y la llenaba de marchas fúnebres y velas encendidas.

15

LOS ALMENDROS CAÍDOS

Carmen miró una última vez a los ojos del arcángel y repitió la súplica que llevaba acudiendo a sus labios durante toda la tarde.

—Santo Miguel, protege a tu tocayo. Tú que eres el ángel de la guarda de tantos, apiádate de él y no le quites ojo.

Desde que Pablo le había dado la noticia había acudido cada tarde a rezar ante el inmenso retablo plateresco, en cuyo centro, esculpida en madera oscura, destacaba la gran figura del santo. Ataviado con su armadura, la capa y la lanza, vencedor de la serpiente. Un ángel guerrero capaz de imponerse a la muerte y regresar victorioso de Cuba. Aquella era la esperanza de Carmen.

—Te ruego que intercedas por él. Te ruego que no le abandones en esa tierra extraña y que lo traigas sano y salvo a casa.

La campana repicó, anunciando la misa de la tarde, y Carmen se persignó antes de salir de la iglesia.

Allí estaba él, a la hora convenida. Carmen le estrechó la mano y Miguel le entregó un ramo de flores que había recogido para ella.

Era el punto de encuentro, el de la plaza de San Miguel y la calle Carmen, allí donde se encontraban sus nombres y a donde debían regresar siempre. «Volverás y nos reencontraremos aquí mismo. En esta, nuestra encrucijada. Y entonces saldremos de esa misma iglesia convertidos, al fin, en marido y mujer.» Hasta entonces solo podían hacerse promesas, esperarse, rozar con los dedos el sueño que tan cerca había estado de cumplirse... Pero ambos sabían que aquello no era suficiente para ninguno de los dos. Que necesitaban dar un paso adelante y adentrarse en ese sueño, pasar del umbral y caminar dentro de él, hundirse en su materia para hacerlo tangible y real.

Necesitaban saber cómo sería ese sueño antes de separarse. Conocerlo por dentro, probar a qué sabía, vivirlo y sentirlo hasta lo más profundo para poder justificar tanta espera y nostalgia y sacrificio.

Para que su amor sobreviviera a lo que se les venía encima.

Con la mano caliente de Miguel bien firme en la suya, pronto dejaron atrás el mágico punto de encuentro y tomaron la cuesta del mirador de los almendros, que en pleno marzo se desbordaban de flores, como llamas blancas que iluminaran el camino de un secreto cortejo nupcial.

Desde aquel mirador se sentían libres, dueños el uno del otro, aunque no lo fueran de su destino y de sus propias vidas. Eso era lo único que les importaba: que se pertenecían. Aunque nadie más fuera testigo de ello. Miguel tomó algunas flores de almendro y se las prendió a Carmen en los cabellos semirrecogidos.

Carmen continuó guiándole hasta que acabaron bajo los grandes arcos blancos del zaguán, arcos de novios retrepados de hiedra esmeralda. Su particular iglesia no necesitaba de más adorno floral.

De pronto estaban en la galería abierta de la Real Fábrica de Paños. La recorrieron juntos, de la mano, como si fuera su propio pasillo hacia el altar. Mientras les contemplaban las higueras abandonadas, repletas de higos pasados que nadie cogía, y los ventanales mudos y desiertos. En un silencio en el que solo se escuchaba la caída leve, en susurros, de los copos de nieve. Esos pocos copos, que parecían flotar, se depositaron sobre los cabellos de Carmen, formando así su único velo.

Llegaron frente al portón, el umbral del reino de Carmen, de su infancia. El escudo coronado de piedra les observaba como si fuera un sacerdote desde su púlpito, por encima de las dobles hojas gigantescas y los cipreses, que miraban mudos como dos testigos.

Al otro lado estaba el palacio de la fachada salmón y los medallones en blanco inmaculado. Y los jardines habitados por hadas y duendes, en los que tantas veces Carmen se había colado con Pablo e Isabel para pretender que no eran pobres. Allí eran reyes y su destino solo les pertenecía a ellos mismos.

Carmen mostró a Miguel la entrada secreta, cubierta de maleza, por donde tantas veces se habían colado para pasar al otro lado del espejo.

Cruzaron entonces la Rotonda, el edificio circular que albergaba en sus entrañas los ochenta y cuatro telares, tejedores de las maravillas que habían cubierto los cuerpos y estancias de sultanes y reyes. Pasado el estanque, al fondo, estaba la capilla.

Se tomaron de las manos y Miguel formuló al fin las palabras que había repasado una y otra vez en su mente desde hacía tanto tiempo:

—Yo te pertenezco, Carmen, y así será siempre.

—Y yo te pertenezco a ti, Miguel. Y así será siempre.

Se besaron y Miguel le entregó a ella la medalla de la Virgen que siempre llevaba al cuello. Había grabado de su propia mano las iniciales de ella, C. B. Carmen, en cambio, le entregó a él el escapulario de san Miguel que había pertenecido a Braulio, «el escapulario de los hombres buenos», para que le protegiera.

Atravesaron los jardines laberínticos, siempre sin soltar sus manos, pasando junto a los macizos de rosas y los setos que ya comenzaban a asilvestrarse desde su última poda. Carmen evitó la sombra del gran cedro, cuya presencia le recordaba a Justo, que no había desaparecido del todo de sus vidas. Otro Justo, don Justo Hernández, lo había mandado plantar al igual que el resto del jardín.

Entonces sacó Carmen su pequeño tesoro: una llave que había encontrado años atrás, abandonada en el suelo junto a una de las puertas, y la madera se abrió para ellos ofreciéndoles la calidez de su interior.

Allí había todo lo que podían necesitar: la leña, los fósforos, las mantas… Los trabajadores se habían dejado incluso una botella de anís, aunque ellos estaban demasiado nerviosos para probarla.

La habitación pronto estuvo caliente para sus besos y

su intimidad. Solos él, ella y el fuego, mientras fuera las nubes parecían deshacerse en pétalos de nieve blanca, en una lluvia de arroz nupcial que iba a durar la noche entera.

Se dieron todo el amor que habían guardado el uno para el otro dentro de sus cuerpos, como un tesoro palpitante con ganas de florecer. Ahora por fin podían liberarlo, como almendros que estiran sus ramas hacia el sol y permiten que el amor desborde y se abra, lleno de vida, en decenas de besos blancos.

Miguel, que había sido templado en el fuego de la fragua y favorito de Briga, floreció sobre el cuerpo de Carmen hasta que cada músculo y cada vena alcanzó su plenitud de hombre. El niño que había sido antes de cruzar el espejo quedó afuera, bajo la nieve, para no regresar.

Carmen, descendiente de la princesa Elima y protegida de san Miguel, con el cuerpo perfumado de manzanas camuesas, floreció bajo el cuerpo de Miguel hasta que todos sus órganos, sus cabellos y su piel se convirtieron en los de una mujer. Y la niña que había sido antes de cruzar el espejo se convirtió en un gorrión herido bajo la nieve de los jardines y allí quedó enterrada.

Ambos alcanzaron el mismo placer y el mismo dolor de los almendros, cuyas ramas deben romperse ligeramente para permitir el paso a los brotes y los pétalos. Una cicatriz por cada beso. Un adiós liberado por cada tallo abierto, hasta que la noche se llenó de lamentos y suspiros y de quejas de amor del aliento de ambos.

Y así, los brazos se buscaron para atarse, los labios se sellaron con el nombre amado. Y así, en el cruce hambriento de los muslos y el encuentro final de las cinturas, el año dio un paso al frente y el invierno tornó, en una noche, en primavera.

Al día siguiente, por la mañana, los vecinos esperaban encontrar las calles del pueblo cubiertas de nieve. Sin embargo, cuando la luz del alba cayó oblicua sobre las tejas de las casas e iluminó las plazas y los caños de las fuentes, lo que hallaron fue una alfombra de pétalos blancos que lo llenaba todo. Los almendros habían perdido sus flores en una sola noche.

Los niños, entusiasmados, las recogían a puñados del prado de Santamaría y las llevaban a la misa como ofrenda para la Virgen.

Y mientras, en el corazón de la villa, dos amantes se vestían el uno al otro y se hacían sus últimas promesas antes de despedirse.

16

A LA SOMBRA DEL CEDRO

Carmen, resuelta, se subió en el taburete para rebuscar, una vez más, en el altillo de la alacena. Tentó con los dedos las esquinas, al fondo, por si se hubiera dejado algún rincón pendiente, pero todo lo que encontró fue una gruesa capa de polvo, que al soplar sobre sus dedos se dispersó en el aire.

No había nada que hacer. El hambre era como una intemperie donde no era posible encontrar refugio alguno.

Pablo entró por la puerta y la encontró aún aupada.

—¿Aparece algo que nos haga el apaño?

—Quia. Que yo sepa el polvo no da de comer. ¿Has tenido tú más suerte?

—No. En la huerta todo está más seco que la mojama con la maldita sequía. Y ya hasta me da reparo encontrarme con Isabel…

Desde que don Antonio le había despedido, en la casa no solo no entraba el jornal de Braulio, sino tampoco el de Pablo. El muchacho se ofrecía limpiando suelos, haciendo mandados y como recadero entre los comerciantes del Coso, pero los pocos reales que conseguía los tenía que ahorrar para la renta de Justo. A él no le importaba si la cosecha había sido buena o mala, ese no era su problema. Él solo quería su dinero.

Isabel solía pasarse por la plaza en la tarde, volviendo del cortijo, a sabiendas de que él estaría allí. Pablo aprovechaba para preguntarle por Lucía, de la que Isabel decía que estaba siempre recluida en la casa y de la que no sabía nada. A veces, antes de irse, le ofrecía un cazo del hervido que traía para su familia.

—Toma, en tu casa hace más falta.

Pero a Pablo le avergonzaba seguir aceptando limosnas de quien tampoco andaba sobrado.

—Quizás podría trabajar también de noche... No sé, ayudando al sereno o haciendo guardia en alguna de las fincas...

—No, Pablo, el día no tiene más horas. Ya te levantas con el alba y te acuestas a las mil. Hacer malabares con el sueño no te servirá de nada.

—Pues con madre no podemos contar...

Habían pasado seis meses y Teresa seguía sin reaccionar. Mientras Braulio estuvo en vida ella había plantado en él los pilares de su mundo y ahora se sentía perdida. Habían desaparecido su sensación de seguridad, su confianza en la vida y su optimismo. Y había tenido que sacar de sus entrañas a la Teresa de su juventud. La misma amarga, temerosa y desconfiada Teresa que había mantenido tan bien atada durante el período de felicidad junto a su marido.

«Lo nublo nos amenaza, hijos» era la frase que más

repetía. La partida de Miguel había esfumado la última esperanza de que entrara un jornal «como Dios manda» en aquella casa. El resto estaba a merced del clima, de los encargos, de si aparecía algo. Todo incertidumbre y suerte. Para colmo, la pobreza y el hambre la habían aislado y separado de sus hijos, justo en el momento en que más unidos debían estar. Ellos habían asumido que su deber era cuidarla y traían a casa hasta el último real que conseguían, pero ella, por el contrario, en cuanto recibía alguna ayuda de vecinos o familiares hacía enseguida uso propio. Varias veces la habían descubierto con reales en el bolsillo, de los que nada había dicho, o habían llegado con hambre a cenar para descubrir que el pan había volado.

—Yo voy a volver esta tarde a casa de Candela para terminar unos zurcidos —dijo Carmen— y me dará unos reales más. —La costurera había dejado de pasarle encargos a Teresa porque los descuidaba y los clientes se quejaban de impaciencia, así que Carmen había asumido sus tareas, aunque ella no era tan hábil con la aguja—. Aunque buena está también ella como para pedirle ayuda...

Candela había estado silenciosa desde la partida de su hijo. Ambas mujeres se sentaban a coser la una junto a la otra, con la presencia de Miguel entre ambas, sin mencionarle. Pasaban la tarde cosiendo sin intercambiar palabra hasta que Carmen se marchaba, a la caída del sol.

—No podemos seguir así, con la soga de Justo siempre al cuello. —Pablo fijó la vista en la lata que contenía el dinero del cacique—. Tenemos que pagar por una tierra que no da nada y trabajar fuera para poder cubrir sus rentas. Mejor nos iría a todos en la ciudad, donde al menos podríamos quedarnos con lo que ganamos.

—Necesitamos una casa, Pablo. En la ciudad no te van a alojar de balde. Esta es la casa que levantó padre, donde vivimos con él, donde plantó los camuesos...

—Pero él ya no está. Es absurdo que nos quedemos aquí.

—Miguel volverá y las cosas no serán tan difíciles.

Pablo la miró con lástima.

—No detengas tu vida por eso, Carmen. Es algo que puede que pase... o no.

—Volverá. Te lo digo yo. Estoy segura de que lo hará.

—Deberíamos coger a madre y marcharnos lejos de aquí. Lo más lejos posible de ese Justo. No quiero tener que darle ni un real más.

—Hablaré con él y le pediré que nos rebaje la renta. O que la retrase. Le explicaré lo que ha pasado con los cultivos. Él mismo podrá venir y verlos con sus propios ojos.

—Ni se te ocurra ir a ver a ese endriago. Y menos sola. No espero ninguna piedad por su parte.

Carmen se quedó cabizbaja, pensando.

—Voy a echarme un rato. —Se despidió Pablo—. Que estoy hecho carbón.

En cuanto cerró la puerta Carmen salió, camino de la casa de los Núñez.

Pablo tuvo sueños extraños, como casi siempre que se echaba a dormir durante el día. Tenía una pesadilla recurrente en la que navegaba un mar de aguas negras, sin conseguir llegar a ninguna parte. Daba golpes de remo, uno tras otro, bajo un cielo plomizo que oscurecía el océano, pero era como si el mar le arrastrase constantemente hacia atrás y no le dejara avanzar. Sin embargo, aquella vez sería distinto: en vez de un remo tenía dos. Una y otra vez luchó por avanzar y consiguió lo que nunca antes: divisar tierra. En la costa le estaba esperando una mujer de cabellos oscuros y mirada azul turquesa. En una nueva tierra de palmeras y playas de arena blanca. Donde no se conocía la nieve y las estrellas se agrupaban en formas desconocidas.

Cuando se despertó encontró el guante de encaje negro junto a la almohada, bajo la cual solía esconderlo durante el día. Aún tenía los dedos de la mano entrelazados con los de la tela, como si pudiera estrechar la mano de ella.

El día en que don Antonio le había anunciado su marcha, él había pasado la mañana con los mozos y los caballos, despidiéndose. Hasta dos veces le había mandado recado Lucía, por medio de Isabel, para que encontrara un momento y se reuniera con ella. Pero él aún estaba escamado de lo que había sucedido en la alameda de San Felipe. Y además, ahora que don Antonio le había echado y ya no iba a poder verse más con ella, le parecía absurdo alimentar aquella fantasía.

Sin embargo, cuando salió del cortijo y metió la mano en la bolsa para buscar el odre de agua se encontró con el suave roce del encaje negro. Las ilusiones se inflamaron en su pecho como no lo habían hecho nunca antes.

Aquello no eran suposiciones suyas, miradas sujetas a interpretación, sonrisas enigmáticas cuyo significado podía estarse inventando. Aquello era una prenda. La prueba palpable de un interés amoroso. Aquel guante mudo quería decir muchas cosas.

No había derecho a negar un amor así, cuando era mutuo. No podía, simplemente, esconder aquel guante, enterrarlo con el recuerdo de Lucía. Como solía decirse, ella le había arrojado aquel guante y ahora le tocaba a él dar un paso al frente.

Llevaba ya tiempo barruntando la idea de marcharse a la ciudad. La sugerencia que le había hecho el propio don Antonio durante la corrida de toros, de marcharse a Madrid, había sembrado aquel deseo en su mente. Pero en aquel entonces le había dado pereza pensarlo en serio y no había querido separarse de Lucía. Sin embargo, aquel guante lo cambiaba todo: ¿y si no era necesario que se separaran? ¿Y si podían partir juntos?

Ya no tenía la opción de irse a la Escuela de Tauromaquia de Madrid. Don Antonio le había dejado claro que no quería saber nada más de él. Pero Paco, el tablajero, le había dicho que podía conseguirle algo en caso de que la situación empeorara y se tuviera que marchar a buscarse las habichuelas a otra parte.

Pablo no se imaginaba cómo podía empeorar aún más. Habían tocado fondo, verídicamente. Solo una cosa le frenaba ahora de llevar a cabo su plan, y no se trataba de una nimiedad: él era el único hombre de la casa. Tenía que cuidar de su madre, por respeto a Braulio, y a Carmen, tal y como se lo había prometido a Miguel. Era el cabeza de familia y aquellas dos mujeres dependían de él. Así que su sueño tendría que seguir esperando.

Al pasar la barca
me dijo el barquero
las niñas bonitas
no pagan dinero.
Yo no soy bonita
ni lo quiero ser
tome usted los cuartos
y a pasarlo bien.

Al volver la barca
me volvió a decir
las niñas bonitas
no pagan aquí.
Yo no soy bonita
ni lo quiero ser
las niñas bonitas
se echan a perder.

Un grupo de niñas juega a la comba, haciendo la barca, cuando paso por el último de los campos, camino del caserón. Pablo me ha advertido que no vaya, pero tengo que hacer algo. No podemos seguir así.

Dejo atrás la última loma y me encuentro con la enorme fachada de ladrillo y piedra, los ventanales con balcones de hierro forjado y la valla de mampostería. Alguna vez he visto el caserón desde fuera, pero nunca antes he entrado. De pequeños, algunos niños del pueblo decían que estaba hechizado. Que el espíritu de la señora Núñez seguía allí. Ahora ya no creo en fantasmas, pero me sigue dando miedo entrar.

Carmen cruzó la valla, tomó aire y llamó decidida a la puerta. Pensó en las muchas veces en que Braulio había cruzado esa puerta para hablar con don Rafael y ese pensamiento le dio fuerzas. Ella también era una Blasco. «No me iré hasta que me haya escuchado.»

—Quiero hablar con el señor Núñez.

El ama de llaves, de riguroso uniforme negro con puntillas, la miró recelosa desde el otro lado de la puerta. A Carmen le llamaron la atención sus pendientes hechos con reales, en forma de rombo, y su collar también de monedas.

—¿Quién le busca?

—Soy Carmen Blasco. Y tenemos que hablar de negocios.

—Espere fuera.

La mujer cerró la puerta y Carmen se arropó, resuelta, en su toquilla. Los minutos se le hicieron muy largos hasta que la puerta al fin se volvió a abrir. Ahora el que la recibía no era otro que Justo Núñez.

—Sabía que al final serías tú la que me buscarías. Entra, estás en tu casa. En tu futura casa…

—No vaya tan deprisa, que aún no ha escuchado lo que le tengo que decir.

—Pasa y hablemos, pues.

Carmen tragó saliva y entró al recibidor y al pasillo lleno de muebles oscuros, color caoba. Las sillas y los baúles recios contra las paredes, los bronces patinados de marrón oscuro, de caballos y señores. Apenas le llegaba luz desde las ventanas, cuyos pesados cortinajes permanecían cerrados.

—¿Prefieres que te atienda en el despacho o vamos directamente al dormitorio?

—¿No le ha dicho su criada que venía a hablar de negocios?

—En tu caso, negocios y amoríos van de la mano. Que solo el casorio conmigo te va a sacar del hoyo donde estáis metidos tú y tu familia. Bien sé a lo que has venido, que está ya en boca de todos que no tenéis dónde caeros muertos…

Carmen tragó saliva. «Es menester que mantenga el arrojo.»

—Mal nombre tienen las que mezclan el parné con los amores. Mi familia es honrada y pagará lo que le debe a usted como siempre lo ha hecho. Con trabajo duro.

—Para decir estolideces como esa no tenías que venir. Si tienes la renta ve y tráemela. Humo. Pero ¡ay de vosotros como no sea así!

—Le he dicho que le pagaremos. Pero debe usted comprender que el campo es como es. Que no siempre da lo que uno espera de él. La cosecha no ha sido buena y necesitamos más tiempo. O una rebaja.

Justo no disimuló su sonrisa de desprecio.

—¿La cosecha no ha sido buena? Eres igual que tu padre. Poniendo excusas para tu holgazanería…

—No le permito que falte usted a mi padre. Que se dejó el lomo en la era hasta el último día de su vida.

—¿No me permites? ¿Tú? —Justo se acercó y la tomó de la barbilla—. Verídicamente te crees alguien. Con una buena tunda se te iban a quitar esos aires…

Carmen se zafó de él e ignoró sus amenazas. Su padre siempre se lo había dicho: «La única manera de que un perro te respete es disimular el miedo. Si lo huele, estás perdido».

—¿Va usted a darme una mora, sí o no?

Justo alzó entonces la barbilla y se reclinó hacia atrás con parsimonia.

—No haré tal cosa.

—Entonces nos está abocando usted al desahucio. Tendremos que dejar la casa para no morir de hambre. —Carmen sabía que aquella era la mejor baza que podía jugar. La de irse lejos, donde él no pudiera continuar con su obsesión—. Marcharemos a otro lugar, en donde podamos ganarnos nuestro jornal honradamente, sin padecer tanta miseria. Donde mejor se nos quiera…

—Pobre niña tonta… ¡qué poco mundo conoces! En ningún lugar te van a querer mejor de lo que yo lo hago. En ningún sitio te van a ofrecer un trato como el que yo te he puesto delante. Yo te he brindado en bandeja el sueño de cualquier zarrapastrosa. Que puedes medrar de un día para otro con un «sí, quiero».

—Pues, si no cambia usted sus condiciones, esta zarrapastrosa se va a ir a donde no pueda usía encontrarla nunca.

Justo se quedó mudo unos instantes, pensando. Al

cabo asintió y volvió a clavar en la muchacha sus ojos oscuros.

—Hay algo que podemos hacer para que tengas ese jornal.

Carmen temió su proposición. Si no deseaba casarse con él, mucho menos convertirse en su querida.

—Esa necia de Amelia es buena ama de llaves —dijo él—, pero sus guisos no saben a nada. Me he quedado sin cocinera y dicen en el pueblo que tú tienes buena mano. Que haces tartas y dulces y cosas así.

La muchacha respiró hondo por primera vez desde que había entrado en el sofocante caserón.

—Así es. Mi madre me enseñó desde bien pequeña.

—Me haría falta alguien que cocinara y que echara una mano con la limpieza, cuando fuera menester. Si entras a trabajar para mí te perdonaré la renta completa.

«No confío en él. Tendré que estar ojo avizor. Cuando me acuerdo de Candela me dan todos los calambres, pero, de momento, esto es lo único que puede salvarnos.»

—Acepto. Pero tiene usted que jurarme que me respetará. Que no intentará sobrepasarse conmigo.

—Desde luego… Hasta que seas mi esposa. Entonces, está hecho. Desde mañana mismo te pondrás a mi servicio.

Cuando cruzó la valla para volver a su casa, Carmen le pidió su protección a san Miguel. «En esa casa son los vivos, y no las ánimas, los que encogen el alma.»

—Esta azulejería en azul y blanco la mandó hacer el señor Rafael. Trajo a maestros desde Portugal para que quedara fetén. —Amelia, el ama de llaves, se afanó en mostrar a Carmen cada rincón de la casa—. Ellos también cocieron los tacos del suelo, en el mismo estilo. Los puede ver aquí, en la terracota de las escaleras. Cada taco es único y tiene un dibujo diferente…

El ama tenía un acento distante, altivo, que Carmen no sabía cómo interpretar. Seguramente lo necesitaba para distinguirse del resto del servicio, al igual que aquellas ropas tan negras, como si siempre estuviera de luto, pero con las puntillas blancas propias de las criadas. Las joyas hechas con reales de vellón eran las que solían llevar las amas de cría y Carmen supuso que había sido ella la que había cuidado de Justo cuando aún era un niño. Aunque estaba claro que él no le guardaba cariño alguno a cambio. «Esa necia de Amelia», era como se había referido a ella.

—Fue usted la niñera de don Justo, ¿verdad?

—Ama de cría, más bien. La señora, la madre de don Justo, siempre fue muy celosa de su criatura. En cuanto cumplió los dos años lo puso bajo su ala y ya no lo sacó de allí hasta su muerte. Cuando eso ocurrió, él se vio expulsado del calor materno de repente. Lo enviaron fuera del pueblo, con su tía. —A Carmen le dio la impresión de que a Amelia le gustaba mucho pegar la hebra y que no siempre encontraba con quien desahogarse—. Así que no llegué a ejercer de niñera. Pero no se preocupe, que se me dan bien los niños. Ya estoy vieja para criar bebés, pero más adelante me puedo hacer cargo de los hijos que tengan don Justo y usted.

Aquella declaración pilló a Carmen por sorpresa. Estaba claro que Justo no había renunciado a sus pretensiones, ni mucho menos, y que su plan continuaba según lo previsto.

—Pa chasco que no... Que yo entro aquí como criada y no como señora.

—Extraño es que, pudiendo elegir, haya escogido usted lo primero y no lo segundo...

—Nadie conoce a su patrón mejor que usted misma. Ya sabe cómo se las gasta. Además, yo ya tengo un prometido: Miguel Molino, para más señas.

—¿Molino? ¿El hijo de Candela Molino?

—El mismo que viste y calza.

—Creía que lo habían mandado para Cuba. Que le había tocado la lotería de mozos. Aunque aquí, en esta casa, las noticias llegan irreconocibles... pero eso me pareció oírle al mozo de cuadra.

Carmen calló por un momento y Amelia se paró en mitad de la escalera.

—Ha oído usted bien. Miguel está de soldado allende los mares. Pero volverá y nos casaremos en cuanto lo haga.

Amelia asintió.

—Venga conmigo, le enseñaré el piso superior.

Carmen no sabía qué pensar de aquella mujer. Tenía sensaciones contrapuestas. Por un lado, su aspecto era siniestro, con aquel tintineo de las joyas al caminar y las ropas oscuras que dejaban un fuerte olor a naftaleno a su paso. Los largos años a la sombra del caserón la habían hecho palidecer y estaba agostada y seria como un ánima.

Pero nada en su trato la había hecho pensar que podía ser una enemiga, en lugar de una aliada.

—Solo hay una cosa que debe tener en cuenta —advirtió el ama mientras terminaban de subir las escaleras—. Nadie excepto yo puede entrar en el cuarto del señor. Solo a mí confía su limpieza. Tiene allí documentos y bienes importantes. Está prohibida para el resto del servicio.

«Una habitación prohibida —pensó Carmen—. Descuide que nada se me ha perdido a mí en el cubil de un lobo.»

17

CABALLO DE ACERO Y HUMO

Carmen se sentó por fin, frente a la mesa de la cocina. Llevaba todo el día sin parar.

No estaba dispuesta a darle a Justo ninguna excusa para quejarse de ella. Había llegado al caserón cuando todavía amanecía, acompañada de Pablo, que había mostrado durante todo el camino su enorme disgusto por el acuerdo.

—¿Quién te mandaba a meterte en tales componendas sin consultarme? ¿No ves que es con el mismo Pedro Botero con el que estás haciendo tratos? Ese hombre no parará hasta que estés a su merced. Y entonces no dudará en ponerte las manos encima.

—He estado en su misma casa, Pablo. ¿No crees que si quisiera forzarme ya lo habría hecho? Mil oportunidades ha tenido. Y no tenemos otra opción…

—Podríamos irnos de aquí. Salir de este pueblo miserable. Irnos a la ciudad y empezar una nueva vida…

—No voy a abandonar a madre. Y ella quiere quedarse aquí, en la casa donde padre plantó manzanos para ella. Junto al camposanto en el que está enterrado…

—¿Y nosotros tenemos que sacrificar toda nuestra vida por madre?

—Sí, Pablo, es menester. Si queremos ser unos hijos como Dios manda. Ella también se sacrificó por nosotros cuando éramos niños. Ahora nos toca devolver. Además, no te creas que la vida la van regalando por ahí. Que en todas partes hay que ganársela.

—Pero al menos no tendrías que estar aguantando a ese malparido de Justo...

Nada más llegar al caserón, Carmen había puesto a calentar el horno. Consiguió perfumar la casa con el olor a bollos recién hechos para que fuera lo primero que él notara al despertar. Se los sirvió junto al café solo, tal y como el patrón había insistido que lo quería. Había hecho soldaditos de Pavía para comer y puesto los garbanzos en remojo para el día siguiente. Preparó unos piononos de postre y un bizcocho para merendar. Y puso el caldito de la cena en el fuego a primera hora, para poder hacerlo lentamente, como le había enseñado Teresa, con amor. Aunque no estaba segura de que Justo lo mereciera.

En los ratos en que había descansado de la cocina, había sido infatigable, barriendo los escalones y el pasillo de la entrada y también las cuadras. Ella no era la única criada, pero en una casa tan grande como la de los Núñez había carros de faena, para dar y tomar.

—Niña, tómate un vaso de agua al menos, que no has parado en todo el día.

—Prefiero terminar pronto, doña Amelia. Y poder irme a casa antes de que se haga tarde. No me gusta comprometer a mi hermano para que, además de dejarme, me tenga que recoger.

—Nada de doña, muchacha. Que en la cocina somos todas de la misma clase. Llámame Amelia, nada más.

—Señora Amelia..., ¿podría pedirle un favor?

Era tan solo el primer día y suponía un atrevimiento. Pero había estado limpiando el polvo en el despacho de don Justo y había visto allí aquel papel de marquilla impecable, sobre la mesa. Y luego otros tantos hechos bola, que estaban prácticamente nuevos, en la basura. Aquellos los había sacado Carmen y los había estirado cuidadosamente. Uno de ellos no tenía más que el encabezado puesto, lleno de tachaduras que Justo había hecho antes de decidir que era irrecuperable. Estaba arrugado, pero serviría. Se sentó frente a la escribanía de plata, donde estaba el caballo alzado de manos, y había garabateado unas palabras para Miguel. No tenía experiencia con una pluma tan cara y se le cayó una pequeña gota de tinta sobre la mesa de caoba, además de que el propio papel estaba muy desigual: algunas letras apenas se podían leer, mientras que en otras la tinta era tan densa y dejaba el papel tan húmedo que prácticamente lo agujereaba. Pero era legible, que era lo importante, y estaba escrito con el corazón. Tomó, por último, uno de los sobres de la mesa y escribió la dirección del cuartel donde Miguel le había dicho que estaría.

—¿Es el primer día y ya me estás pidiendo favores? Muchacha, que parece que te haya hecho la boca un fraile...

—Contra el vicio de pedir está la virtud de no dar, señora.

—No te enojes, que no era más que una broma. Pide por esa boca, a ver que se puede hacer.

—¿Escribe usted cartas?

—Por supuesto. ¿Cómo si no iba a sobrevivir aquí metida, sin hablar con mis parientes?

—¿Podría usted dejarme un sello? Le juro que se lo devolveré en cuanto cobre mi primer jornal.

—No tengas cuidado. Ahora mismo no me faltan, pero esta misma tarde me los iba a traer el mozo. Yo me encargo de que tu misiva salga mañana mismo.

Carmen dudó un momento de si entregársela. Aún no conocía bien a Amelia. Quizás, en un intento por mostrar lealtad al patrón, se la enseñaría. Él la destruiría y nunca le llegaría a Miguel.

—No deje que don Justo la vea. Se pondría celoso y…

—Confía en mí —dijo ella, al ver su recelo—. Que llegará hasta Miguel sana y salva.

Justo se dejó caer frente a la mesa del despacho y estiró las piernas enfundadas en las botas de caña alta. Llevaba todo el día sobre el caballo y solo ansiaba descansar. Pero cuál no había sido su decepción al encontrar que, a su llegada, Carmen ya no estaba en la finca.

—¿Tan pronto ha marchado? ¿Por qué no me esperó? ¿Quién le ha dado permiso?

—Había terminado su jornada —contestó Amelia—. Llevaba aquí desde amanecida y no quería que se le hiciese tarde en los caminos. Le ha dejado a usted preparado un bizcocho y también un caldo para la cena…

—No quiero bizcochos ni caldos. Lo que quería era a ella. ¡Maldita sea!

Había estado recorriendo sus tierras y todo el tiempo pensaba en verla a su vuelta a la casa. Tenía que conseguir acelerar ese casamiento. Entonces ella le estaría esperando, todos los días. No podría estar yendo y viniendo a su antojo porque él sería su dueño.

Se golpeteaba las botas con la fusta de la frustración que sentía. Se le habían quitado las ganas de cenar.

Entonces se percató de que había una pequeña mancha de tinta sobre la mesa de caoba. No la había visto antes.

Dirigió la mirada hacia la escribanía y comprobó los tinteros. Estaban flojos, no apretados como él solía dejarlos. Su padre le había insistido muchas veces en la necesidad de que estuvieran bien prietos para que la tinta no se secara.

Alguien había estado utilizando el despacho en su ausencia. Amelia y sus fajos interminables de cartas. No sabía de dónde sacaba aquella mujer tanta parentela. «Me va a oír —pensaba furioso mientras bajaba las escaleras hacia las dependencias del servicio—. Nadie usa mi escribanía sin pedirme permiso. Si no puede permitirse su propia tinta, entonces que deje de escribir.»

Pero no halló allí ni rastro de la señora.

Iracundo por la transgresión, registró los cajones del escritorio del ama, donde encontró, para su sorpresa, tinteros llenos y plumas en buen estado. Junto a ellos estaba la prueba incriminatoria, solo que no llevaba la letra que tantas veces había visto en sus sobres. Esta letra era diferente. Y el destinatario de la epístola no era otro que Miguel Molino, en Cuba.

Una vez, en la escuela, te escribí una carta acerca del mar, que nunca te di a leer. En ella me preguntaba de qué color sería, cómo sería vañarse en él. Miraba el mapa de Cuba, colgado en la pared, y soñaba con escaparme allí contigo. ¿Cómo son sus playas, Miguel? ¿Podrían serbirnos sus arenas de lecho y sus palmeras de dosel? Aquí todo está bien y aguardo tu pronto regreso. Candela te envía besos.

Te quiero y te espero. Tuya,

CARMEN

Justo arrugó la carta en su puño y la devolvió a su forma de bola, como cuando había estado en su papelera. En la intimidad de su habitación echó la carta al fuego, pensando en cuál debía de ser su siguiente paso.

Estaba claro que Carmen seguía alunada con Miguel y que su recuerdo del muchacho aún se mantenía muy reciente como para conseguir nada directamente de ella.

Era menester que hablara con la madre, la tal Teresa. A ella debía dirigir sus generosas propuestas. Estaba seguro de poder ganarse a la vieja para su causa y de que el resto sería coser y cantar.

Se oyeron tres golpes firmes en la puerta y Teresa se asomó con discreción a la ventana.

—¿Quién es, madre? —preguntó Pablo, echado en su

habitación. Desde que había empezado con el turno de noche se sentía sin fuerzas.

—Virgen de Guadalupe... ¡si es don Justo Núñez!

—¿Qué querrá aquí ese mengue? ¿No tiene bastante con tener a la Carmen al acecho todo el día?

Pablo aún se sentía disgustado porque Carmen se hubiera saltado a la torera sus advertencias y, aún más, por el trato que había cerrado con el terrateniente, porque su madre lo hubiera aceptado, por su propia incapacidad para poder hacer nada. Carmen no debía estar cerca de aquel hombre. Eso era lo único que sabía.

—Calla, hijo... a ver si se va a molestar con esos improperios. Con lo bien que nos ha venido que la empleara en su casa...

—Le habrá venido bien a usted, madre. E incluso a mí. Pero dudo mucho de que mi hermana sea feliz en ese caserón.

—¡Y dale con la felicidad! ¿Qué tendrá que ver ese cuento de la felicidad en todo esto? ¡Sobrevivir! Eso es lo que nos corresponde a los pobres, a ver si te lo metes de una vez en esas mientes que Dios te ha dado. Y lo estamos consiguiendo gracias a ese hombre, a don Justo. Él es el único que nos ha echado una mano.

Los golpes volvieron a sonar con fuerza en la puerta.

—Ahora, Pablo, júrame que no te moverás de la piltra y que guardarás silencio. No quiero que le importunes con tus malos modos.

—Yo no tengo por qué esconderme en mi propia casa.

—¡Soy tu madre, Pablo! ¡Haz lo que te digo!

Dejó la puerta entornada y acudió a la principal.

—¡Ya era hora, mujer! —protestó el cacique.

—Disculpe, don Justo. Que cada vez anda una más dura de oído.

—Pues escúcheme bien porque vengo a hablarle de Carmen.

—¿Qué pasa con ella? ¿No está usted contento? Siempre ha sido una muchacha harto hacendosa...

—No. Ella cumple con su faena. Pero no dejo de pensar en que es un desperdicio que una mujer como Carmen malgaste su vida como una vulgar fregona... Cuando podría ser una señora.

Teresa guardó silencio.

—Mi proposición sigue en pie. Si casa conmigo, será la dueña de todo. Tenga en cuenta que esto es lo mejor para su hija y también para usted. Ahora mismo no tienen que pagar ninguna renta, pero siguen a expensas de la tierra. ¿Quién la va a cultivar? ¿Su hijo Pablo? ¿Va a seguir atado para siempre a este mísero terruño? Y los años en que la tierra no les dé nada, eso será lo que tengan para comer. Si su hija casa conmigo, las llevaré a las dos a vivir a mi casa, las vestiré con los mejores paños que dé la Real Fábrica... Podrán buscar a alguien que labre estas tierras para ustedes. No tendrán que volver a pasar penurias jamás.

—Es usted muy generoso, don Justo. Esa muchacha no sabe lo que tiene.

—Si hay alguien que pueda convencerla es usted.

—Descuide, que la haré entrar en razón. Solo una acémila se negaría a abrazar la fortuna que le está sirviendo usted en bandeja.

—Basta ya, madre. —Era Pablo, que se había levantado y había salido del cuarto—. Y usted cese ya en sus tejemanejes. Solo Carmen puede acceder a ese casamiento y de buena tinta sé que ese no es su deseo. Es a Miguel a quien quería y a quien todavía quiere.

Justo iba a decir algo, pero Teresa se le adelantó.

—Valiente estolidez es amar a un muerto de hambre, de quien ni siquiera sabe si es un muerto a secas. Tu hermana hará lo debido, que es casar con un hombre de bien. Como don Justo.

—¿Hombre de bien? —preguntó Pablo entre dientes. La sospecha de que Justo pudiera estar involucrado en la muerte de Braulio seguía siendo firme en su mente—. Madre, usted no sabe lo que dice… Que yo no he conocido en mi vida a un endriago como este.

—Pablo, ¡márchate de esta casa! —Le señaló la puerta de salida—. ¡Y vuelve cuando hayas recuperado el oremus!

Pablo bajó entonces la cabeza y se marchó, camino del Coso, porque no tenía ningún otro lugar al que ir.

—Venga usted al caserón, como invitada. —Se despidió Justo, calándose el sombrero de fieltro negro—. Me gustaría que pronto fuera también la suya.

—Muchas gracias por todo, don Justo. Le aseguro, como que me llamo Teresa, que haré todo cuanto esté en mi mano.

De camino al Coso, Pablo solo podía escuchar las palabras del terrateniente, retumbándole en las sienes: «¿Quién la va a cultivar? ¿Su hijo Pablo? ¿Va a seguir atado para siempre a este mísero terruño?». Justo tenía razón. La boda de Carmen era lo mejor para todos. Excepto quizás para ella misma.

Su propia madre le había echado con cajas destempladas. Era el empujón que le faltaba para tomar la decisión. Aquella tierra miserable no daba más de sí, todos lo sabían. Se marcharía a la ciudad, tal y como había barruntado. Eso no sería como abandonar a su madre y a su hermana, porque desde allí podía ayudarlas mejor. Conseguiría un empleo y les enviaría unos reales para que pudieran subsistir. Eso no le convertía en un mal hijo ni en un mal hermano ni tampoco traicionaba sus deberes para con Braulio y Miguel. Tan solo quería hacer lo mejor para todos y, por una vez, también para sí mismo.

—Paco, necesito ese favor que me ofreciste. Marcho a la ciudad. He discutido con mi madre y no puedo volver por casa.

El muchacho, que estaba atendiendo en la carnicería, se limpió las manos en el delantal y abrió un cajón del que sacó un papel y un sobre.

—Aquí tienes. En el sobre va una carta de recomendación. Se supone que la ha escrito mi padre, aunque en realidad todo lo he puesto yo. Te la tenía preparada... por si acaso. También está la dirección de una pensión. Y, toma, unos reales para los primeros días.

—Paco, por el amor de Dios. Yo no puedo aceptar este monís...

—¿Ah, no? ¿Y cómo te las vas a apañar allí? ¿Vas a yantar y a dormir en la pensión por tu cara bonita? Porque si confías en ella mal vamos, que tú eres jacarandoso, pero lo que es la facha…

Pablo le abrazó, emocionado. Todavía había gente buena, que conseguía sorprenderle. Que estaba muy por encima de lo que se esperaba de ella.

—Anda, ya me lo devolverás. —Paco se separó de él y le dio una palmadita en el hombro—. Mi tío te dará algo, seguro. Siempre anda necesitado de mozos.

No sería mucho, pero le serviría para empezar. Una vez que estuviera asentado, mandaría a por Carmen. Era su única esperanza, sacarla de allí, alejarla de aquel maldito pueblo. Mantendría su ánimo a base de cartas, y le insistiría en que no casara con el malnacido de Justo. Salvaría a su hermana, tal y como era su deber.

Ya solo le quedaba una parada por hacer, antes de saborear la libertad, a lomos del caballo más rápido, el definitivo. Del caballo de acero y carbón que era el ferrocarril.

De camino al cortijo, mientras apretaba el guante de Lucía contra su pecho, abrió el papel y leyó lo que ponía: Sastrería de la Viuda de Séler. Calle Acacias.

Marcharía, pero no lo haría solo. Lo de mozo solo sería hasta que pudiera encontrar una cuadra para empezar otra vez a trabajar con los caballos. Lucía ya no sería la esposa de un terrateniente, pero pasar la vida junto a un jinete de carreras tampoco estaría mal para una mujer de su clase. Le volvería la color al hacer de nuevo vida de ciudad. La sacaría de aquel agujero en el campo en el que se estaba marchitando.

Al principio no podía ofrecerle más que eso, pero el

amor no necesitaba de más: tan solo de dos personas que se amaban, y aquella prenda a la que se agarraba con fuerza demostraba que eso ya lo tenían. Que, durante todo aquel tiempo, no habían sido solo imaginaciones suyas. Ambos se amaban y era el momento de que hicieran algo al respecto.

No entró en la finca hasta asegurarse de que don Antonio no estaba en casa. Una vez ante la puerta, se armó de valor, tomó el oldabón y golpeó dos veces.

—Pablo, ¿qué estás haciendo aquí? —Era Isabel quien había atendido la puerta.

—Tengo que ver a tu señora. Déjame entrar.

—No debes… Ya no faenas aquí… Buen réspice me va a caer si el señor se entera.

—Isabel, por favor. —La súplica de sus ojos la conmovía—. Ya es el último favor que te voy a pedir. Marcho a la ciudad.

—Jesús, así de repente…

La noticia le encharcó el alma al instante. Una cosa era no poder verle ya a diario en el cortijo y otra muy distinta era saber que se iría lejos, que ya no podría cruzárselo en el Coso ni en las fiestas.

—La señora está en su aposento. —Se echó a un lado y le dejó pasar—. Le diré que estás aquí.

Pablo encontró el gran salón repleto de flores, que se abrían en jarrones de porcelana importada y hacían juego con las chinoiserías que adornaban los muebles. A sus pies estaban los baúles, a medio llenar de libros y de ropa. Era como si la propia Lucía hubiese adivinado sus intenciones y ya estuviera haciendo el equipaje.

Cuando Lucía entró en el salón estaba radiante. No quedaba ni rastro del moreno con el que la había conocido, pero su piel blanca resplandecía. Ya no se la veía mortecina y exhibía una sonrisa triunfal.

—Ay, Pablo, cómo me alegra haberte visto antes de irme.

Se dirigió a uno de los baúles, dobló un chal que llevaba en las manos y lo dejó caer en su interior.

—¿Adónde te vas? —preguntó él, turbado.

—Pues a Sevilla, claro. Antonio ha accedido a que pasemos allí una parte del año… Es maravilloso… Parece otro hombre.

Pablo miró a su alrededor los jarrones engalanados y la sala, por muy espaciosa que fuera, le resultó sofocante por el olor a planta y el exceso colorista. Tenía abrumados los sentidos. No solo la piel de Lucía se había transformado. Ya no había ni rastro en su habla de su dulce acento natural. Ahora todo le parecía artificial en ella.

—Está claro que ahora te trata mejor…

—Mucho mejor. Por fin ha reaccionado.

La decepción cayó a plomo sobre los hombros del muchacho. Así que ese era el papel que le había tocado en suerte: el de juguete cómico. Como los que escribían los Álvarez Quintero.

No había sido más que una pieza en el juego de aquel matrimonio, en su intercambio de mensajes. Lucía nunca se había manejado bien con las palabras y, lo que le había dicho a su marido, había sido a través de gestos y detalles: invitaciones indecorosas, un apretón de manos en público, un guante extraviado, rumores de la servidumbre. Y la baza de los celos había resultado ganadora.

Tragó saliva, sin conseguir que le salieran las palabras. Lucía, sin mirarle, seguía arreglando la ropa dentro de los baúles.

Pero había cosas que Pablo no lograba entender. Ella sabía que don Antonio le había despedido. Le había visto marchar. Para entonces, él, Pablo, ya había cumplido con su cometido. Ya había sido sacrificado por la causa y los celos habían dado su primer fruto tangible. Ya no le necesitaba. ¿Por qué, entonces, le había entregado aquel guante maldito que aún le quemaba en las manos? ¿Por qué le había permitido albergar esperanzas?

Sintió una opresión en el pecho como nunca antes: ni Justo, ni el alguacil, ni nadie había tenido jamás un poder así sobre él.

Lucía dejó entonces el equipaje, se incorporó y se puso frente a él.

—¿Y tú, qué querías decirme?

—Nada. Que también marcho. A la ciudad.

Ella le dio entonces un beso en la mejilla y le susurró al oído:

—Que tengas suerte, Pablo. Y gracias por tu amistad.

Aquellas palabras se le clavaron como espinas, como solo pueden hacerlo cuando es tachado de amigo alguien que aspira a ser amante.

Pablo se quedó paralizado, en silencio, mientras ella regresaba a su alcoba con aquel paso leve y flotante, silencioso, que solo se acompañaba del rumor de sus enaguas —el distintivo de las damas de clase alta—, de una capa tras otra como ocultaba bajo sus faldas.

El muchacho sintió cómo se estaba haciendo pedazos por dentro. Antes de resquebrajarse del todo, temeroso del desplome, salió a la carrera hacia la puerta.

—Pablo… ¡Pablo! —le llamó Isabel.

Pero él no quería escucharla, no podía. Tenía que salir de allí, de aquella trampa. De aquel extraño mundo de ricos donde todo eran mascaradas y nada era lo que parecía, ni siquiera la piel, que empezaba siendo suave y cálida y morena y acababa siendo de alabastro. Ni siquiera las palabras, que empezaban a pronunciarse en un seseo dulce y acababan pétreas en los labios. Donde se sentía impotente para distinguir la verdad de la mentira.

El mundo daba vueltas en el camino de los sembrados, mientras su corazón palpitaba salvaje contra el guante de encaje.

¿Qué significado tenía todo aquello? ¿Es que, iluso de él, había alimentado unos sueños absurdos? ¿Le había jugado su juventud una mala pasada? Pero el guante… el guante contra el pecho le abrasaba. ¿Cuál era la Lucía verdadera? ¿La de las palabras crueles? ¿O la de la prenda furtiva?

Quizás, solo quizás, la última conversación había sido la más falsa de todas. Quizás aquel beso de San Felipe, la cercanía de lo prohibido, la había asustado: ella le amaba, pero no había conseguido reunir el valor para fugarse. Sabía que el amor de ambos era imposible y había decidido huir a Sevilla, lejos de él. Romper puentes con una quimera que no podía ser. Quizás le había amado, le amaba y le amaría siempre…

O quizás él no era más que un tonto que no sabía mirar a la traición a la cara.

Que me dijo mi madre
que no me fiara
ni de tus ojos, que miran traidores,

ni de tus palabras.

La canción de Isabel, como una advertencia.

Quizás aquel encaje que apretaba con fuerza no era más que una limosna. Algo que le había concedido por pena, cuando le habían despedido, para que tuviera un recuerdo de ella. Porque la culpa la estuviera devorando.

Un juguete cómico había sido, en aquella intemperie llena de polvo de secano, donde las niñas ricas se aburren... porque no tienen nada más con que jugar.

Mientras corría no podía apartar de su mente el broche de cabello con forma de serpiente.

Lucía había resultado ser el mayor de los misterios.

Isabel llegó a la carrera a la estación envuelta en su chal, con las alpargatas llenas de polvo y teniendo que apartarse los cabellos del rostro pues su peinado estaba medio desecho. Ya no tenía arreglo. Tiró de la cuerda hasta que la melena quedó suelta del todo.

La estación de Brihuesca era apenas un andén con un techado y un par de bancos y Pablo era el único que estaba allí, sentado en el suelo, con la cabeza enterrada entre los brazos. El reloj indicaba que todavía faltaban unos minutos para que llegara el tren. La muchacha se acercó y se arrodilló junto a él.

—Pablo...

Él levantó la vista, aún borrosa por las lágrimas, y no pudo reconocer a aquella joven que estaba a su lado. ¿Quién era aquella chica de largos cabellos y ojos marrones que allí, una vez perdidas todas las esperanzas, aún seguía junto a él?

Se pasó por los ojos el dorso de la mano y pudo distinguir sus rasgos. Era solo Isabel. La que había estado siempre. En sus momentos álgidos, cuando había alcanzado la cima del mundo, sobre el caballo. En el valle desolador de la muerte de su padre. E incluso ahora, en el umbral del exilio. Cuando estaba a punto de salir de su mundo.

—Te fuiste sin despedirte. —Tenía una sonrisa en los labios. Estaba feliz de haberle alcanzado antes de que se marchara.

—Lo siento... —Pablo se encogió de hombros. No solo sentía no haberse despedido. En realidad, eran muchas las cosas de las que se arrepentía.

—No te preocupes... Toma, llévate esto. —Le entregó el pañuelo con el encaje de bolillos que había hecho para él hacía tantos años. Ahora que se iba, ya no le daba vergüenza dárselo. Era extraño cómo algunas declaraciones solo podían hacerse cuando ya era demasiado tarde. Cuando ya no podían cambiar nada—. Lo tejí hace algún tiempo. Así te acuerdas del pueblo y de cómo las encajeras se ponen en el Coso, bajo los soportales.

Pablo miró entristecido aquella preciosa labor que tenía entre las manos. El suave encaje, blanco como una paloma, hecho por las manos de Isabel. En contraste con aquel otro encaje del guante, negro de modista, que él había preferido siempre. Qué necio había sido.

—Agradecido. No me llevo nada del pueblo. Apenas lo puesto y una foto de mi hermana. Para así recordarme todos los días que debo sacarla de aquí y llevarla conmigo a la ciudad.

—La Carmen es fuerte y saldrá adelante.

—Debes decirle que no la he abandonado. Que sea fuerte y que le escribiré. En cuanto pueda...

—Se lo diré. Pero no es cierto que no te lleves nada del pueblo. Te llevas muchos recuerdos bonitos, como los de la fábrica, por ejemplo. ¿Te acuerdas de cuando saltábamos las vallas para entrar en los jardines?

Isabel consiguió arrancarle una sonrisa. ¿Cómo podría olvidar aquello? En aquellos parajes había sido caballero y rey. Habían jugado al pilla pilla por los laberintos de setos y al escondite entre las habitaciones vacías, al amparo de los telares. Habían hecho el paripé de casarse, cuando aún no levantaban dos palmos del suelo, porque Carmen había insistido en que rey y reina tenían que estar casados. Se habían coronado como dueños del mundo.

—Qué recuerdos...

El silbido del tren, que llegaba a la estación, desde lejos.

—Encontrarás a alguien que te quiera, Pablo. Ya lo verás...

Isabel aún se cubría los labios con la mano. Aquella extraña manía de ocultar los dientes de abajo cuando hablaba con él. Pablo se la apartó suavemente y le rozó los labios con los dedos. Los observaba como si intentara descifrar un misterio. Tenía una boca bonita, no era necesario que ocultase nada.

El silbato del tren, implacable, volvió a sonar e Isabel no pudo contenerse y le besó.

No podía cometer los mismos errores del pasado, de tragarse tantas veces sus deseos. Conocía bien el sabor de la decepción consigo misma, cuando eso sucedía. Ahora el tren se llevaría a Pablo lejos y aquella sensación perduraría, se quedaría con ella, ahogándola. Ya nada importaba, solo aquel momento.

Pablo cerró los ojos y se mantuvo junto a ella, respirando, disfrutando de la paz que le daba aquel beso, tan diferente de la tempestad que había experimentado en el mar negro y turbulento de Lucía. Isabel era una travesía luminosa y calma, amable. Mientras la besaba, los sonidos a su alrededor se hicieron más presentes: la maquinaria del tren sobre los raíles, aproximándose, con su ritmo regular y mecánico. Los bufidos del vapor al detenerse a su lado. La apertura de puertas.

—Tienes que irte —dijo ella, separándose.

Pablo recordó todas las promesas que se había hecho a sí mismo. La libertad aguardaba. La hora de cabalgar había llegado.

Asintió y subió a aquel monstruoso caballo de acero que era el tren. Le dijo adiós a Isabel con la mano desde el asiento.

Volvió a abrir el papel que le había dado Paco: «Calle Acacias».

«Encontrarás a alguien que te quiera», había dicho Isabel.

Dirigió la vista al andén para verla una última vez, pero la muchacha ya no estaba.

18

EL TESTAMENTO PERDIDO

La primavera ya está del todo entrada y, en pleno mayo, la finca huele a heno y a lavanda. Ojalá Pablo estuviera aquí para disfrutar de ella.

No me dio tiempo de despedirme. Isabel vino a casa y me dijo que ya había marchado y que me mandaba fuerzas, que no desesperara. Que tarde o temprano enviaría a por mí y me sacaría de este hoyo en el que se ha convertido el pueblo. Madre dice que discutieron, pero no me ha explicado por qué. No quiere hablar de ello.

Nunca he estado tanto tiempo separada de Pablo. Espero que pronto podamos reencontrarnos, aquí o en la calle Acacias, donde dice que faena ahora.

La primavera ha traído mucha luz y las mañanas son cálidas. Voy tendiendo una tras otra las sábanas blancas en el patio, que hacen aún más luminosa la vista. Muchas de ellas tienen bordados y encajes, son exquisitas como un ajuar de novia. Quizás pertenecían a la madre de Justo. Yo también voy vestida con la camisa blanca de faena y me parece navegar entre estas velas deslumbrantes, como en un día de regata. Solo conozco el mar por las pinturas, pero Miguel ya está allí, frente a la playa, viéndolo a diario y, gracias a él, me siento yo también como si estuviera un poco allí, frente al mar.

De pronto noto una mano que se posa en mi hombro. Me doy la vuelta, sobresaltada, y me encuentro con Justo, con su gabán ocre, su sombrero de fieltro y su pañuelo al cuello.

Viene de hablar con mi madre. Desde hace unas semanas, desde que marchó Pablo, es ella quien me acompaña de amanecida a la finca. Y luego se queda por aquí, disfrutándola, invitada por Justo. No deja de ser curioso que madre ande por el caserón comportándose como una señora mientras yo faeno. Pero eso al menos la distrae de sus penas. Hace casi cuatro meses ya de la muerte de padre y desde entonces no ha levantado cabeza.

Hoy los vi entrar en el despacho juntos. No sé qué es lo que tiene que hablar con ese hombre. Madre ha intentado regalarme muchas veces los oídos con las bondades de un casamiento con él, pero yo sé que detrás de esa propuesta no puede haber más que hiel. Miguel es mi marido verdadero.

—Me ha asustado. —Me libero de su contacto, al tiempo que me aferro a la punta de la sábana.

—No deberías. Deberías empezar a aprender a quererme…

—¿Qué?

—Que pronto serás mía, orgullosa.

Veo que sigue en sus trece y que no se da por vencido. Ahora que me tiene cerca, puede redoblar sus insistencias, pero yo no cederé. Juró que no volvería a sobrepasarse...

—Nunca.

—Has de aprender a respetar al que ha de ser tu marido.

Con toda esta luz atrapada en las sábanas los ojos se le ven más verdes que nunca. Era verdad que no los tenía negros. Son de un verde suave, los mismos ojos de Miguel. Ya no me cabe duda de que son hermanos. Pero los de Justo están encendidos de una ambición voraz, de una arrogancia violenta...

—¡Nunca!

Veo sus ojos chispear de rabia. No esperaba que me rebelara con tal contundencia. No esperaba que le gritase. Alarga su mano hacia mi rostro, buscando besarme, traicionando el acuerdo que teníamos, pero yo reacciono y le doy un manotazo. No dejaré que me toque. Ese gesto de desafío le descoloca aún más y sus manos comienzan a temblar. Es como si mi agresión hubiera despertado algo dentro de él, un reflejo animal. Algo que no puede controlar.

—¡Te quitaré los humos a golpes, campesina!

El dolor llega como una pedrada, sin avisar. Justo me cruza la cara y solo siento el ardor punzante y profundo, intenso. Espeso como una mancha de alquitrán. Casi no puedo mantener el equilibrio.

—¡Hija!

Justo se ha marchado y madre llega corriendo, asustada. ¿Qué le habría prometido en aquel despacho? ¿Qué le habría dicho? Justo no se esperaba que yo le rechazara así, venía confiado en su victoria. ¿Qué clase de componendas habrán pactado?

—No habrá sido capaz… —le reprocho—. Dígame que no tendré que casar con ese monstruo.

Madre permanece silenciosa. No se atreve a confesar. Pero me limpia la sangre que me corre por la barbilla y al final puede más su instinto.

—Ve y recoge tus cosas. Marchamos de aquí.

—¿Ya te marchas? Aún es muy temprano.

Amelia vio cómo Carmen metía su ropa atropelladamente en la bolsa. La muchacha estaba llorando.

—No puedo quedarme, Amelia. Tengo que salir de aquí… Don Justo me ha levantado la mano y eso no puedo permitirlo.

Amelia se dio cuenta de que Carmen tenía el labio manchado de sangre y suspiró.

—Sin duda la carta le habrá puesto celoso, como tú bien dijiste, y no se ha podido controlar. Tengo malas noticias, muchacha. Busqué tu misiva por todas partes y ha desaparecido. Él debió encontrarla en mi cuarto y se la llevó.

Carmen no sabía qué pensar. Aún no confiaba lo suficiente en el ama de llaves. Lo mismo era ella misma quien se la había entregado.

—Ya no importa… Me marcho y hallaré la manera de escribirle otra.

Amelia suspiró y negó con la cabeza.

—Te entiendo… Entiendo que no te quieras consumir en este caserón. Don Justo ha llegado a ser un hombre déspota y cruel, pero no todo es culpa suya. Yo le vi sufrir desde niño, igual que vi a su padre, don Rafael. En realidad, uno no sabe dónde empieza esta cadena de infortunios, cuál es la fuente primera de toda esta mala sangre, que pasa de una generación a otra...

—Pues mire, señora Amelia, yo no puedo cargar con el último eslabón. Este hombre es tan difícil que no se puede ni faenar bajo su mismo techo.

Terminó de meter en la bolsa el delantal y la muda que guardaba en el caserón.

—Lo que más me duele fue que al final no se hiciera justicia con la pobre Candela —dijo Amelia—. Yo la veía pasarse por aquí a dejar sus labores de costura, cuando no era más que una muchacha, así como tú. Era buena y no merecía lo que le pasó.

—Otra víctima más de esta familia de desgraciados...

—Don Justo, en algunos aspectos, ha llegado a ser peor que su padre. Don Rafael nunca me faltó al respeto en todos los años que estuve junto a él. Era un hombre de muchas oscuridades, pero a mí siempre me trató bien. Y su hijo no fue capaz de cumplir su último deseo.

—¿Qué último deseo? ¿A qué se refiere?

—Pues verás, esto no lo sabe nadie, niña. Pero tú que estás prometida con Miguel Molino lo tienes que saber. Porque don Rafael, cuando ya se sentía próximo a entregar la pelleja y temeroso del juicio del Altísimo, tuvo un acceso de arrepentimiento y mandó llamar al notario de la ciudad. El testamento cambiado estaba en la mesa de su cuarto cuando don Justo vino a verle por última vez.

Pero, después de aquel encuentro, Justo cerró la puerta con llave y nos prohibió entrar a todos, llevándose el legajo consigo. Nadie pudo socorrer al patrón en sus últimas horas de vida, cualesquiera que fueran. Solo sé que, cuando el señorito volvió, el documento había desaparecido. Y que don Rafael estaba muerto.

—Solo él sería capaz de semejante fechoría —se lamentó Carmen.

—Lo que don Justo no sabe es que yo estaba limpiando y sirviendo el anís a los señores mientras don Rafael le dictaba al notario cada palabra de su última voluntad. Y que sé de buena tinta que don Rafael deseaba dejar sus cuentas bien saldadas antes de presentarse ante san Pedro. Él quería darle al hijo de Candela lo que le correspondía.

—Pero… pero entonces Miguel…

—Miguel Molino es heredero legítimo de don Rafael y dueño de las tierras del sur. Él es, en realidad, Miguel Núñez, el medio hermano de don Justo. Puesto que el terrateniente dispuso también darle el apellido que durante tanto tiempo le había negado.

Carmen salió de la casa como una exhalación.

—¡Madre, tenemos que ir a ver al notario!

—¿A qué notario? ¿De qué hablas, niña?

Teresa apenas podía seguir el paso de su hija. Le extrañaba sobremanera aquella transformación. La había dejado bajando las escaleras con una herida en el labio y llorando a mares y ahora subía de las dependencias del servicio con una resolución y energía renovadas, concentrada y sin viso alguno de lamentos.

—Al que vino de la ciudad para hacer la herencia de don Rafael.

—Hija, ¿para qué íbamos a hacer tal cosa? ¿Y cómo vamos a dejar la casa sola? ¿Cómo vamos a costearnos el viaje? ¿Es que has perdido el oremus?

—Es menester, madre. ¡Miguel aparecía en el testamento de don Rafael! Le había dado su apellido e incluso tierras. *Nuestras* tierras, madre.

—Jesús, ¿qué dices? ¿Miguel terrateniente?

—Como lo oye. Las tierras del sur son suyas. Con la ley en la mano.

—Virgen de Guadalupe, ¿cómo es eso posible?

—Porque el cacique lo quiso. Y en su lecho de muerte pudo más la culpa que la mezquindad. Por eso debemos ir a la ciudad y hablar con ese hombre.

—Envía aviso a tu hermano y deja que él se ocupe —dijo Teresa, resentida—. Que al menos su partida haya tenido un propósito.

—Hoy mismo le enviaré esa misiva. Y prepararé otra para Miguel.

19

MANUELA

Aquella misma tarde en que Carmen llevaba las cartas al correo —la una dirigida a la calle Acacias y la otra al cuartel de Cuba—, la joven se encontró con noticias de Miguel. Se le había adelantado, y no solo con una simple carta. A su nombre había un paquete rectangular envuelto en papel de estraza y atado con un cordel. Era un libro y en la portada un título: *Manuela*. Se acompañaba de una breve carta escrita a lápiz, en un papel gastado y deteriorado por la humedad del mar. Apenas permitía seguir el rastro de la mina gris.

Carmen de mi corazón: te envío aquí el libro que me regaló el señor Marquina antes de marchar a Cuba y que ha sido mi compañero en las largas noches en el cuartel. Por el día mi única compañera es la bayoneta, durante el tiempo que esperamos atrincherados, rezando para que no nos sorprenda ningún mambí. Más allá del fuego y la metralla tendrías que ver este lugar: las aguas son de un turquesa tan luminoso que hace daño mirarlo directamente. El cielo es siempre azul y las playas son infinitas. No existe el frío y, si me apuras, tampoco el hambre porque todos los árboles regalan unos frutos enormes, de carne salmón, anaranjada o azafrán. Las selvas del interior son frondosas y llenas de vida, aunque tememos adentrarnos en ellas por culpa de la guerrilla. Ojalá hubiera conocido estas tierras en otras circunstancias, contigo a mi lado.

Esta novela me recordó a ti. Lleva el nombre de tu abuela, una mujer fuerte como tú. La protagonista tiene diecisiete años y es bella e inteligente, prometida de Dámaso. Ambos jóvenes se aman, pero Tadeo, un hombre poderoso y ruin, acosa a Manuela y se interpone en la felicidad de ambos.

No nos pasará como a ellos. Lucharé cada día por volver a tu lado, Carmen. Volveremos a estar juntos, ya lo verás.

Tuyo,

MIGUEL

Carmen besó una y otra vez la carta y el libro. Miguel le había dicho que lucharía cada día por volver. ¿Y si ella luchaba también desde su propio lado? ¿Y si su lucha era la inversa, la de cruzar el océano para reunirse allende los mares? ¿Por qué no, si lo que importaba era que estuvieran juntos? ¿Qué más daba en un lado que en el otro?

Por lo pronto tenía que avisar a Miguel de lo que estaba pasando, pero una vez en Correos, se lo pensó mejor. Enviaría misiva primero a Pablo. Tenía que conseguir hablar con el notario. No ganaba nada preocupando a Miguel con aquel asunto, hasta que estuviera más avanzado. Eso haría: hablaría con el notario y después se lo contaría todo.

De camino a casa pasó por la escuela para ver al señor

Marquina y le tendió el volumen de *Manuela*. El profesor abrió la primera página: por Eugenio Díaz Castro. Casa editorial Garnier Hermanos. Año de autoría, 1856. Primera edición, 1889.

—Me alegro de que el muchacho siga bien. Hago lo posible por cuidar de Candela, pero Dios sabe que lo mejor para su ánimo y su salud sería que su hijo volviera de una vez…

—Todos deseamos que regrese pronto.

—Y tú la primera, ya lo sé. Arrojo, muchacha. Es difícil esperar cuando se es tan joven como tú…

—Señor Marquina, ¿cómo acaba la novela? ¿Terminan juntos Dámaso y Manuela?

—Por desgracia, no. El mismo día en que van a casarse, Tadeo llega con sus secuaces, enfermo de celos. Entonces le prende fuego al templo para evitar la boda. El fuego es lo que acaba con todo.

—¿Dónde está la promesa que me hizo? ¿Por qué su hija no es aún mi mujer?

Justo había esperado a Teresa en la iglesia de San Felipe, adonde sabía que acudía a diario, alrededor de las siete, para rezar el rosario. Se había sentado en el banco de la iglesia, a su lado.

—Don Justo, este no es el lugar…

—¡Yo decidiré cuál es el lugar!

Muchas de las mujeres vestidas de negro que allí había le miraron de reojo, pero ninguna se atrevió a chistarle. Al fin y al cabo, aquel era don Justo Núñez, un hombre que recordaba bien los rostros y los nombres de quienes le importunaban. Siguieron encendiendo sus velas, persignándose y bisbiseando sus oraciones.

—Salgamos afuera —pidió ella.

Una vez en el parque de la Alameda, junto al quiosco de orquesta, Justo volvió a alzarle la voz.

—Pensaba que teníamos un trato. Que el casamiento no pasaría de esta semana. Ha estado tomándome el pelo, ¡y nadie le toma el pelo a ningún Núñez!

—No diga usted eso, don Justo. No era mi intención...

—¡Su intención no le importa a nadie! Teníamos un pacto. Usted iba a hablar seriamente con su hija y le iba a dar una última advertencia. Para que se hiciera responsable de su situación familiar, a mi lado, como mi esposa. Y en lugar de eso se la ha llevado de mi casa...

—Usted se precipitó, dando por sentado que ella lo aceptaría. Mi hija no es una carreta a la que yo pueda arrastrar de un lugar a otro. Toma sus propias decisiones. Y usted no le estaba dando buen trato en su casa...

—¿Que no le estaba dando buen trato? Os he perdonado la deuda completa, a toda vuestra familia de menesterosos. Estáis viviendo y comiendo de mis tierras, sin coste. ¿Es que eso no te parece generoso, zarrapastrosa? Así que no estabais a gusto en mi casa, ¿eh? Bien, pues volved a esa casa ruinosa vuestra si es que todavía está en pie, y pensad en dónde estabais mejor. Y si decidís volver, con el rabo entre las piernas, ya sabéis dónde está el caserón.

El olor del humo fue lo primero que advirtió Teresa en el camino. Alguien tenía que estar quemando rastrojos cerca, seguramente el vecino. El verano se aproximaba y era mejor adelantarse y hacer la quema de forma controlada que arriesgarse a un incendio. Aquellas tierras podían volverse muy secas en pleno verano y sorprender a cualquiera.

La columna de humo negro no tardó en aparecer y Teresa solo esperaba que el vecino no se hubiera adentrado demasiado en sus tierras. Era lo único que le faltaba en esos días: tener un conflicto de terrenos ahora que no estaba Pablo. Siguió adelante, apretando el paso y preparándose para la discusión, en caso de que fuera necesaria.

Cuando subió la última loma y dejó atrás los quejigos del camino se le ofreció una visión que le heló la sangre en las venas: no era el campo, sino su propia casa la que ardía en llamas.

El vacío se adueñó de su estómago y se sintió mareada ante aquel vuelco de la existencia. En aquella casa guardaba todo lo que tenía en el mundo. Echó a correr sin aliento, desesperada ante las invencibles llamas que todo lo devoraban. El olvido la engullía sin remedio, la estaba enterrando en vida.

Cayó de rodillas ante el fuego todopoderoso, sintiendo cómo las lágrimas le anegaban el rostro. Ver arder la casa era como ver arder su alma. Con ella se quemaban, no solo sus pocas posesiones materiales, sino también los recuerdos: aquellos muros guardaban la memoria de Braulio, aquellas estancias habían sido el marco para sus palabras y sus ternezas, los momentos de su amor. ¿Cómo iba a recordarle ahora?

Siguió arrodillada, llorando durante horas, hasta que cayó la noche y las llamas se extinguieron.

Todo había vuelto a morir, todo había sido enterrado de nuevo bajo aquella capa de cenizas. Mientras la casa había estado en pie —la casa que él mismo había levantado y donde había plantado los manzanos—, Braulio siempre había permanecido de alguna manera, pero Teresa sentía que ahora se había marchado del todo. Lo último que quedaba de él se había ido, quemado, esparcido por el viento como el polvo.

Se acercó con paso torpe y deambuló entre las ruinas, por ver si había algo que salvar, tambaleándose ante una existencia sin asideros, sin referencias, sin los puntos cardinales que su esposo le había marcado en vida. Ya no sabía qué debía hacer, cómo debía comportarse ni moverse ni hablar. El puente se había terminado de hundir bajo sus pies y el vértigo del barranco la arrastraba.

Había sido derrotada. La Teresa de los tiempos felices había muerto y a partir de ahora solo podría sobrevivir dentro de aquella pelleja sin alma. Sin sentir, sin ilusión, sin pensar demasiado. El presente era un lobo y tenía que enfrentarlo. El futuro había desaparecido.

Se agachó para recoger el pucherito ennegrecido, que ponía todo el día en el fuego para que estuviera hecho con amor. Representaba aquel calor familiar que ya no regresaría. Había perdido su cálido perfume a hogar y ahora solo olía a quemado.

Cigüeña, cigüeña,
la casa te se quema,
los hijos te se van;
Escribe una carta
que ellos volverán.

Cuando Carmen llegó a la casa, después de haber pasado la tarde con el señor Marquina, se encontró con la desolada estampa del terreno quemado y ennegrecido. Teresa temblaba, en el suelo, con el rostro embotado de llorar.

Aquella desgracia la sentía descomunal, excesiva para sus hombros jóvenes. Abrazó a Teresa, consciente de que aquel era su momento más vulnerable. Debía cuidar de ella. Habían tocado fondo y era la hora de marcharse. Con Pablo a la ciudad o incluso a Cuba, con Miguel. Tenía que huir de aquellas tierras, que solo les habían traído el infortunio.

Miró entre sus manos el ejemplar de *Manuela* que Miguel le había enviado. Ya era prácticamente la única posesión que le quedaba.

Y en la vida, como en la novela, el fuego es lo que había acabado con todo.

—Sé que han perdido la casa y que ya no pueden trabajar las tierras, pero eso no les exime de sus deberes para con el patrón. —El alguacil había ido a buscarlas a la misma casa de Candela, que las había acogido. El señor Marquina también estaba allí, para consolar a las mujeres, sobre todo a Teresa, que iba de tisana en tisana. Carmen ya le había hecho partícipe de sus planes de marcharse—. No es culpa suya que la casa se haya quemado. Ni de su falta de seso al dejarse la estufa encendida o la chimenea o el caldo en el fuego o Dios sabe qué.

Carmen le miró resentida. Ni una jornada de tregua les había dado Justo antes de enviarle a su perro para acosarlas. Ni siquiera se había atrevido a venir él mismo, para no mancharse las manos. Cuando pensaba en él y en sus secuaces, se le venía a la mente la figura de Tadeo y sus cómplices, quemando la iglesia el día de la boda, con Manuela y Dámaso atrapados dentro. A veces no había diferencia entre un endriago de novela y uno de la vida real.

—Dígale a su patrón… quiero decir, a *nuestro* patrón, que esa casa la levantó mi padre. Que él mismo plantó sus árboles frutales. Y que hasta el último pedazo de latón que había dentro lo ganó en vida honradamente. Ninguno de los preciados sembrados del señor se han quemado. Sus propiedades están intactas y así se las devolveremos.

—Aun así. Tienen ustedes firmado un contrato de arrendamiento y no pueden incumplirlo. Deben seguir pagando la renta hasta que expire, haya o no haya labores de labranza.

Carmen suspiró. Estaba claro que Justo no les iba a dar tregua. Tenía atados todos los cabos.

—Si no lo hacen, tendrán que responder ante la justicia —advirtió el alguacil antes de calarse la gorra. Tenía la lección bien aprendida. Antes de salir por la puerta se volvió y vertió una última amenaza, como si pudiera adivinar los pensamientos de Carmen—. Y no sueñen con dejar el pueblo para refugiarse con otros parientes. Ustedes tienen obligaciones aquí y los guardias se encargarán de que respondan de ellas. No podrán darle esquinazo a sus deudas, por mucho que corran. Las cárceles están llenas de jornaleros que se cansaron de faenar.

—¡Hemos perdido, Carmen, tienes que aceptarlo!

La muchacha daba vueltas por la habitación de Candela, a puerta cerrada. Aunque estaba segura de que la discusión se escuchaba por toda la barriada.

—Madre, ¿cómo puede usted decir eso? ¿Cómo va a permitir que Justo se salga con la suya? ¿No se da cuenta de que esto era lo que pretendía? Desde el principio ha buscado acorralarnos…

—Y lo ha conseguido, hija, y con galones. Hemos luchado, pero nos han derrotado. Y ahora toca apechugar. Como lo hizo tu abuela, Manuela, cuando faltó tu abuelo. Como lo hice yo. Como lo venimos haciendo desde la muerte de tu padre. Ahora te toca a ti ser fuerte.

—Madre, no puedo casar con ese hombre… con el mismo monstruo que ha causado toda nuestra desgracia.

—Es nuestra única opción. No tenemos casa. No tenemos con qué pagar las deudas. No hay forma de trabajar las tierras y él ya no aceptará tu servicio como criada. ¡Es la única opción que tenemos!

—No, madre, no es la única opción. Marcharemos a la ciudad, con Pablo. Encontraremos al notario y demostraremos que Justo falseó el testamento de su padre. Miguel será entonces el propietario de nuestras tierras y quedaremos libres del contrato, ¿es que no lo ve? Todavía podemos conseguirlo. ¡Aún podemos ser dueños de nuestras vidas!

—Hija, esas no son más que fantasías. ¿Cómo vamos a llegar hasta la ciudad? ¿Quién te dice que el notario querrá ayudarte?

—Tengo que intentarlo, madre. Quédese usted aquí con Candela. Yo tomaré el tren mañana a primera hora.

—¿Y si te detienen? Jesús, ¿y si te meten en el calabozo?

—No lo harán. Es usted el cabeza de familia y quien tiene la responsabilidad con el contrato. Yo soy libre, de momento. Quédese aquí y déjelo en mis manos.

20

EL TREN CON DESTINO
A ACACIAS

Aún no ha amanecido, pero ya estoy en la estación de tren, camino de la ciudad y de la calle Acacias, en donde Pablo me aguarda. Me he despedido del pueblo. No volveré.

He dejado atrás los cantos de los muchachos: «*A saltar el trébede, el trébede, el trébede. A saltar el trébede la noche de San Juan*». Han estado toda la noche celebrando la fiesta del fuego, que es destructor, pero también ayuda a hacer borrón y cuenta nueva.

He tenido que perderlo todo para darme cuenta de lo mucho que necesitaba cambiar de vida. Hace ya tiempo que debí marcharme de Brihuesca, desde el momento en que me faltaron Braulio y Miguel y me quedé desprotegida de ambos. Solo la nostalgia de la casa, del recuerdo de mi padre, me mantenía atada a esta tierra.

Pero ahora espero en el andén, ilusionada ante mi nueva vida. Buscaré al notario y conseguiré que la justicia devuelva a Miguel lo que es suyo. Ese testamento comprará nuestra libertad. Después, él podrá pedir la licencia o un permiso aunque sea para venir a reclamar sus posesiones y para casar conmigo. Y después, Dios dirá. Lo mismo las arrendamos para no tener que regresar aquí nunca. Lo mismo nos quedamos en Acacias, como dos señores. O nos vamos a Cuba, a vivir nuestro sueño de playas y selvas, sin ataduras.

Desde el andén observo las pequeñas hogueras que algunos de los campesinos han encendido por todo el valle. Poco a poco se apagan, a medida que el amanecer se acerca. No quiero que la llegada del tren me pille desprevenida y en la cama, por eso he preferido venir pronto.

Dicen que la de San Juan es una noche mágica. Que uno puede anotar en un papel su deseo y echarlo al fuego para que se cumpla. De camino hacia aquí, yo también he lanzado el mío: el mismo que cuando lancé al agua mi moneda, tantos años atrás. «Que Miguel nunca se separe de mí.» Fuego y agua son ahora testigos de mi deseo.

Me recuesto contra la pared y sujeto con fuerza la medallita de la Virgen que me regaló Miguel, grabada con mis iniciales. Le ruego a la patrona que me guíe en mi viaje y me mantenga despierta.

Y que pronto nos reúna.

—Carmen…

La luz del día le pareció cegadora al despertar. ¿Tan avanzada estaba ya la mañana? Pero no podía haber dejado pasar el tren. De seguro la habría despertado con sus silbidos y su resoplar.

Confusa, la muchacha entornó los ojos, intentando reconocer a la persona que la había despertado.

—Carmen... —Volvió a escuchar el susurro de su nombre y esta vez sí reconoció a la chica. Era alta y llevaba el pelo recogido en una trenza. Estaba a contraluz, pero no podía ser otra que Isabel. Había venido a despedirla su amiga del alma.

—He debido de dormirme. ¡Cuánta luz! ¡Cómo se nota que ya llegó el verano!

Se frotó los ojos y sonrió a Isabel, pero cuando pudo enfocar su expresión se percató enseguida de su lamentable estado. La muchacha tenía el rostro arrasado en lágrimas. Los cabellos sueltos se le habían adherido a las mejillas, que estaban húmedas. Se la veía desolada.

—Lo siento, Isabel. —Carmen se dio cuenta de que había sido una ingrata al no despedirse. Su vida en la última semana había sido una locura: el golpe de Justo, haber perdido el jornal, las noticias del testamento, el paquete de Miguel... y, para colmo, la quema de la casa. Había sido un calvario de cuestas y lomas, pero, a pesar de todo, no tenía perdón de Dios. Isabel era su mejor amiga, se conocían desde niñas. Ella había perdido primero a Pablo y ahora...—. Tendría que haberte dicho algo.

La muchacha se le echó al cuello y estalló en un llanto incontrolable. Abrazó a Carmen con todas sus fuerzas. Ella cerró los ojos al hacerse cargo de la inmensa soledad que la consumía.

Pero de repente Isabel se separó y la miró. Los labios le temblaban.

—Carmen, yo... Tengo que decirte algo muy triste.

—¿Qué te ha pasado, Isabel? Puedes contarme cualquier cosa. Lo que sea.

De pronto sintió pena por marcharse. Isabel la necesitaba. Pensaba que ya nada le ataba a Brihuesca, pero no
era cierto. Se quedaban Candela, el señor Marquina, el
carnicero Paco… Nunca podría hacer tabla rasa del todo.
Una parte de ella siempre permanecería allí.

—Ay, Carmen. Que yo no sé si voy a poder…

—¿Qué ha pasado?

—Se trata de Miguel…

Carmen sintió cómo se le acalambraba el espinazo al
escuchar su nombre. Palideció y sus ojos oscuros se hicieron más profundos en su rostro. De repente, era como
si pudiera ver la hoguera en la que había echado su deseo. En el fuego traicionero, capaz de quemar un templo
con dos amantes dentro.

—¿Qué pasa con Miguel? —El nudo en la garganta
apenas la dejaba mencionarle. Ojalá su nombre nunca
se hubiera pronunciado. Ojalá nadie lo hubiera sabido
nunca. Tendría que haber sido un nombre secreto, que
solo ella conociera, que solo ella pudiera nombrar, para
así poder protegerle de la vida. Que nunca hubiera estado en boca de Isabel, ni de Justo, ni de Teresa, ni del azar
infortunado. Que nadie más que ella hubiera sabido
cómo llamarle—. ¿Qué pasa con él?

Isabel notaba la tensión en la voz de Carmen, como
si alguien estuviera tirando de las cuerdas de su garganta,
con fuerza hacia la tierra. La veía ahogarse dentro de su
propia piel y no tenía ni idea de cómo iba a salvarla.

—Ha llegado un telegrama esta mañana del cuartel.
Dicen que hubo una emboscada, con muchos caídos.
Y que Miguel… Que Miguel…

Carmen se tapó los oídos con las manos. Por dos veces seguidas le había nombrado, hundiéndole por duplicado, cada vez más, hacia un destino que no quería escuchar. «¡No lo digas más!» Cada vez que su nombre escapaba al aire, era un pisotón de su cuerpo hacia la tierra. Cada vez que su nombre se pronunciaba, era como si una nube de su aliento se esfumara. Su nombre gastado, deshaciéndose en el aire de la mañana, llevándose con él su propia alma.

Carmen se levantó y se alejó a grandes pasos del andén, buscando aire. Estaba desorientada como un animal atrapado a pleno sol. No conseguía saber hacia dónde tenía que ir y las lágrimas, que habían escapado a su control, no ayudaban. Se giró una y otra vez, intentando dejar la estación atrás. Al salir del recodo, se encontró de bruces con una calesa. Los caballos la golpearon sin piedad. Antes de quedarse inconsciente, fijó la mirada en la medalla, cuyos eslabones se habían roto. C. B., decía el grabado. La superficie estaba mellada.

21

UNA VIDA

Carmen no conseguía reconocer la habitación en que se encontraba. Había entreabierto los ojos varias veces, desde que se había quedado inconsciente en el suelo, pero la visión era siempre la misma. Nunca antes había estado allí.

Le confundían especialmente las grandes puertas de madera oscura, decorada con casetones enmarcados. El resto de los muebles de caoba —el aparador, las mesillas, el cabecero doble de la cama— hacían juego con ella. Había un par de espejos ovalados, con marco sobredorado de estilo barroco, ilustraciones de plumín con escenas campestres de la nobleza, también enmarcadas con pan de oro, una repisa exhibiendo dos bandejas de porcelana cartuja. Y sobre la cama, algunas fotografías pequeñas de gente desconocida, que la miraba desde sus rostros pálidos y austeros, de otra época. Hombres vestidos de blanco y mujeres vestidas de negro.

Llamaba mucho la atención el adorno de las paredes: de la mitad inferior, a una altura de un metro, colgaba una labor trenzada de esparto, con listas horizontales, que se sujetaba a todo lo largo del cuarto con inmensos clavos negros. Caía hasta el suelo de terracota, que estaba cubierto en su totalidad con una alfombra muy extensa en azafrán, para darle algo de calidez. Y por último, más allá de los pies de la cama, la gran chimenea que calentaba aquel inmenso cuarto.

Aquella no era la humilde casa de Candela y tampoco la de Isabel. Ni siquiera se trataba de la del maestro Marquina, que con su jornal no podría permitirse tales lujos. Aquella era una casa señorial. Quizás la de don Antonio y doña Lucía. Quizás Isabel, sin saber a quién acudir para socorrerla, había recurrido a sus patrones. Suspiró y se hundió ligeramente entre las mantas. Le dolían todos los huesos del cuerpo.

Cuando volvió a abrir los ojos no estaba sola. Su madre, Teresa, miraba por la ventana. La luz declinaba de nuevo y volvía a ser por la tarde. No sabía por cuánto tiempo habría permanecido inconsciente.

—Madre...

La mujer se giró. Estaba vestida de negro y su rostro era impasible. Parecía exhausta, a punto de desfallecer. Se acercó hasta la cabecera. Su voz era apenas un susurro.

—Carmen, gracias a Dios...

—Madre, ¿cuánto tiempo he pasado dormida?

—Apenas unas horas, hija. El médico dice que pronto te recuperarás...

—¿Dónde estoy?

Teresa retrocedió ligeramente. Guardó silencio y en su expresión se adivinaban sus dudas.

—¿No lo sabes?

Carmen movió ligeramente la cabeza.

—¿No sabes quién te atropelló?

Carmen intentó recordar lo que había pasado, pero apenas conseguía poner sus pensamientos en orden. Estaba corriendo, desorientada, buscando donde refugiarse. Giró el recodo de piedra de la estación y entonces el brutal golpe, el relincho del caballo, el terror, el dolor del suelo contra su cuerpo. La medalla abollada que se desvanecía ante sus ojos. El recuerdo del anuncio de Isabel le encogió el alma. Miguel había muerto. No había sido un mal sueño. Era la vida, su vida, y ahora se veía obligada a retomarla. No quería, pero la realidad la obligaba a seguir viviendo. Los ojos se le llenaron de lágrimas.

—Madre… Miguel…

—Ya me lo ha dicho Isabel.

—¿Por qué? —No le daba la voz para decir nada más.

Teresa guardó silencio unos instantes y, cuando volvió a hablar, su voz sonó descalentada, sin emoción alguna.

—Carmen, tienes que dejar atrás todo eso. Ha llegado el momento de ser fuerte. De empezar una nueva vida. Aquí, con Justo.

Un escalofrío recorrió el cuerpo de la muchacha. Así que aquella era la habitación prohibida, a donde Justo no dejaba entrar más que a su vieja ama de llaves. Aquella era la cama de él, la trampa final donde había querido que cayera. Había estado todo el tiempo en su casa.

—Era Justo quien iba dentro de la calesa. Había salido a buscarte, enterado de tu marcha, para pedirte una última vez que te casaras con él. Isabel me dijo que no te vio salir, que todo fue un desafortunado accidente. Te ha traído a su casa y te ha procurado los mejores médicos…

—Calle ya, madre. No quiero oír ni una palabra más.

No necesitaba seguir oyendo cómo su madre insistía, intentando venderle un casorio que para ella, de eso estaba segura, no sería más que una maldición. Se sentía exhausta, física y emocionalmente hundida. No podía más. Con la muerte de Miguel había desaparecido su última esperanza. Ya de nada servían el testamento o el notario: una vez muerto Miguel en Cuba, soltero y sin compromiso, los bienes pasaban de nuevo a las manos de su hermano, Justo Núñez. Todo volvía a ser suyo. Para siempre.

—Calle y déjeme sola, madre —rogó—. Y váyase tranquila, que yo sabré cumplir.

Teresa asintió, satisfecha al fin, pero sin un ápice de felicidad en el rostro. No era tiempo de alegrías, como tampoco lo era de tristezas. Era el tiempo de la piedra y el aguante. El tiempo de la abuela Manuela, de la carestía y la supervivencia. El tiempo de las mujeres de roca que había dado su familia de generación en generación. Y el tiempo de los hombres fantasiosos, el tiempo de los Blasco, debía desvanecerse hasta no ser más que un recuerdo en la memoria.

Candela Molino fue la única en todo el pueblo que no arrojó aquel día una rama de espliego a los pies de la Virgen.

Contaban que había sido otra Candela de principios

de siglo la que, viuda y sola, le había prometido a la patrona un ramo de flores si traía a su único hijo sano y salvo de la guerra. La Virgen de la Peña cumplió la petición, pero la mujer era tan pobre que lo único que pudo hacer fue marchar al monte y recoger con sus manos el espliego silvestre. Desde entonces y cada año, durante la procesión de la Recogida de la Vera, se sacaban las ramas de espliego cuyos esquejes habían preservado con mimo las cuevas árabes. Y el pueblo entero las arrojaba a los pies del estandarte, al paso de la cofradía, mientras el aire se perfumaba con la hierba aromática y parecía que uno estaba en el corazón del monte.

Candela Molino, empero, representaba la cruz de aquella moneda de dos caras: su plegaria había sido ignorada. Su hijo no había regresado con vida. No tenía nada que agradecer.

Carmen la observó, triste, mientras pasaba a su lado con la procesión. Candela estaba sola y apartada, en un segundo plano, y así era como la propia Carmen se sentía por dentro. Vacía. Viviendo, como ella, por la propia inercia. A través de la mirada conectaron la novia y la viuda: la una sin pasado, la otra sin futuro. Para ambas, la felicidad había quedado fuera del alcance.

Carmen se cubrió de nuevo con el velo de novia. Así podía ocultarse de alguna manera, hasta que todo aquello acabara. El calor no invitaba a cubrirse, pero así se sentía más cómoda. No necesitaba fingir una sonrisa.

Justo había escogido precisamente el 14 de agosto, el día de fiesta más importante en el pueblo, sabiendo que todo el mundo estaría allí reunido. Era su forma de alardear y de convertir su victoria en un acontecimiento. Carmen se veía obligada a pasear su derrota por todo el pueblo, a aceptarla ante sus convecinos.

Llevaba puesto el traje de novia que había sido de la madre de él. Un vestido armado, como un dos piezas de chaqueta y falda, voluminoso y rígido. Le daba tanto calor que, por momentos, creía que iba a desmayarse. Aunque no era la gruesa tela de calidad lo único que sofocaba a Carmen: le parecía que con aquel vestido estaba heredando el mismo sino de aquella mujer, que estaba perpetuando la desgracia en su persona. Se trataba de un traje de novia con aires de mortaja.

Lo único bueno de la coincidencia de fecha era que la iglesia de San Miguel estaba ocupada por los gigantes y cabezudos que allí se preparaban. Lo último que Carmen hubiera deseado era casarse allí. Aunque, según lo previsto, Justo había escogido la iglesia de Santa María, la más grande.

Ninguna de las supuestas amistades de Justo había acudido a la ceremonia. Don Antonio y doña Lucía se habían marchado a Sevilla y los otros señoritos invitados a la boda habían puesto excusas para no acudir. Sí que estaban el alcalde, el alguacil, el usurero y el juez. Todos aquellos que pudieran tener algún interés en las buenas relaciones con él. Aparte de Teresa y los criados del caserón, a excepción de Amelia. Justo la había expulsado de su casa por haber ocultado la carta de Carmen. No le interesaba tener bajo su techo a sirvientes desleales.

Carmen levantó la cabeza y observó el rostro del gigante de cartón con el rostro de la princesa Elima, mientras bailaba con su padre, Al-Mamún. Podrían haber sido ella y Braulio, felices. Pero, al final, se sentía más cerca de Elisa, la princesa desgraciada.

Aquella misma semana el periódico había publicado que, en el plazo de un año, trasladarían el penal de Zaragoza a la Real Fábrica de Paños. Sería la destrucción del mundo de su infancia y de los preciados recuerdos que había compartido con Miguel. Una sombra caería sobre los hermosos jardines y pondrían barrotes entre los muros y allí no habría más que violencia, pena y grisura.

«Por San Blas, la cigüeña verás. Y si no la vieres, mal año tuvieres. No un mal año me espera, sino una mala vida.»

Ya no quedaban cigüeñas junto a las cenizas de la casa labriega. ¿Quién querría permanecer en esa tierra ennegrecida y abandonada? Allí ya no habitaba nadie. Las cigüeñas ya no vendrían ningún año a desearle felicidades porque sabían que no podía ser feliz.

22

LAS CIGÜEÑAS

Ha pasado un año y al final no han convertido la fábrica en un penal. Hoy estuve allí y volví a ver las cigüeñas. Han anidado en el cedro, el árbol más alto que hay en los jardines, el de las sombras que me daban pavor de pequeña. Me maravilla que puedan anidar sobre esa montaña de agujas. Hasta en el lugar más tenebroso puede nacer la esperanza.

Estos meses fueron oscuros y solo demostraron mis temores más profundos. Una vez en sus manos, Justo me hizo pasar el infierno que me había prometido. Me ha levantado la mano en muchas ocasiones y siempre impone su voluntad, en la casa, en el día a día y en el lecho. Parece que, solo pisándome una y otra vez, logra la calma. Que necesita controlarme constantemente, demostrar quién manda… para sentirse bien. Cada peldaño que yo bajo es un peldaño que él sube.

Sin embargo, ha pasado un año entero y yo siento que recobro las fuerzas. Que de lo más oscuro puede nacer también la luz, al igual que una cigüeña blanca puede criar entre las agujas de un cedro sombrío. Que, a pesar de los golpes y el maltrato de Justo, aún quedan cosas buenas, por las que merece la pena luchar.

Las cigüeñas me han felicitado por mi cumpleaños y no han venido solas. Alguien más ha venido con ellas: mi hijo, que ahora crece confiado en mi vientre.

Dos corazones siento latir ahora en mi interior. Y estoy dispuesta a defender ese amor preciado por encima de todo.

23

INOCENCIA

He conocido a hombres buenos. Buenos de los de verdad. Y también a hombres con el corazón lleno de hollín y de grisura.

Oigo los pasos de Justo en la escalera, como un repique siniestro de campanas. Heraldo que anuncia, no ya una santa hora, sino una de desdicha. La hora del diablo.

Oigo su fusta, con su cruel golpeteo sobre la barandilla. A falta de mi carne, buenas le parecen las varas de roble que adornan la escalera.

Oigo, aunque más bien me barrunto, el resuello salvaje que brota de sus fosas nasales mientras me busca, ansioso, para descargar sus golpes. Porque así ha sido siempre Justo desde que casamos: como un toro que no descansa hasta enterrar el asta, como una barca sin timón que acaba varando siempre contra mi cuerpo. Demontres, ¡maldita mi fortuna! Rezar en su cuarto es lo único que mi madre puede hacer ya por mí. ¿Cuándo acudieron ella o los criados en mi ayuda? Pero su atropellado rezo no puede detener los pasos de Justo Núñez y el borbotón de palabras no puede poner trampas a sus botas. Ni un escudo entre sus golpes y mi hijo, que ya está próximo a nacer.

El terror me invade al imaginar la puerta abriéndose de un golpe y conjurar su perfil entre las jambas. Grandes dolores, anticipados, me sobrevienen solo de sentirle en la casa. Pero el mayor de ellos es el de mi corazón porque nada puedo hacer para proteger a este hijo mío. Y sé que soy la única que puede hacerlo, que él solo me tiene a mí.

De un lado a otro del cuarto me agito, jaula de mi tormento, sin encontrar salida. El golpeteo de la fusta más cercano, los pasos se aproximan. En el umbral, su sombra.

Me acaricio el abultado vientre y me aferro a la medalla de la Virgen con el Niño, la que me regaló Miguel. Amor, ¿dónde estás? Ojalá pudieras venir a ayudarnos. Ojalá… Ojalá no fuera demasiado tarde… Un error, un equívoco en el nombre de un soldado, uno de los muchos ardides de Justo para obligarme a casar con él… Oh, Dios mío, cualquier cosa que pudiera mantener mi esperanza de que Miguel aún sigue vivo, en alguna parte…

Pero sé que no son más que esperanzas vanas. Estamos solos, mi hijo y yo. Y él no puede defenderse, así que todo depende de mí.

—¡Carmen, abre la puerta!

Escucho sus golpes en la puerta inmensa de doble hoja. Es como si quisiera derrumbarla.

—Es tarde, Justo. Estoy fatigada.

—Y yo, encendido. ¡Abre!

—Esposo, es tarde. Y en mi estado…

Justo, fuera de sí, embiste la caoba hasta que cede. Su aspecto es agitado, despeinado. Me parece más alto que nunca. Va con los puños por delante y su mirada es la de un loco.

—¿Crees que una mísera puerta me detendrá, infeliz?

Sé que ya nada puede impedir que se abalance sobre mí.

Intento poner excusas, hablo de los consejos del médico, retrocedo, pero él está furioso, como siempre. Se quita la levita y la arroja al suelo, tira los muebles en su camino hacia mí. Me agarra del cuello para acorralarme.

—¿Quién es tu amo?

—Tú… —susurro, atenazada por el miedo.

Me lanza sobre la cama y empiezan los golpes de fusta. Forcejeamos.

—¡No! —Me resisto—. Es nuestro hijo, ¡no permitiré que le hagas daño!

Me revuelvo contra él. Muchas veces ha hecho lo que ha querido de mí. Pero no esta vez. Saco fuerzas de donde sea y lanzo mi mano a la desesperada. El rostro se le queda marcado de un arañazo. Me lo quito de encima a patadas y alcanzo la puerta, buscando huir. Buscando salvar mi vida y la de mi hijo.

—¡Ven aquí, zorra!

Siento un fuerte tirón del pelo, que me tira hacia atrás, al suelo, junto a la chimenea. Estoy desamparada, nada puedo hacer ante su fuerza.

—¡Deberías suplicar por tu vida! —amenaza.

Continúan los golpes de fusta y las patadas. Yo solo puedo seguir repitiendo «no, no, no…». Tengo que hacer algo antes de que sea demasiado tarde. Mi mano derecha busca algo con que defenderse. Algo a lo que aferrarme.

—¡Pide perdón, zorra! ¡Pide perdón!

La mano al final se cierra en torno a algo. Es firme, de hierro, un asidero a la vida. El pomo del atizador.

—¡Perdón! —grito, mientras le golpeo con todas mis fuerzas.

Justo cae inconsciente de inmediato, con un golpe seco. Un reguero de sangre se extiende desde la sien. Me levanto temblorosa, cubriéndome la boca con la mano. Está muerto...

—¿Qué has hecho, insensata? —susurra mi madre al verme—. Por Dios bendito, ¡has labrado nuestra ruina!

Mover a un hombre adulto no es fácil, más cuando es tan alto como Justo. Y cuando quienes le arrastran son una mujer entrada en años y una embarazada que va a llegar a término.

Dejamos la habitación hecha una zarabanda para simular un robo y marchamos bajo la tormenta, en plena noche, llevando el cuerpo del que era mi esposo en un carro que arrastramos las dos, bajo el único testimonio de las estrellas.

Ya de día encontramos el lugar, entre la nieve. Un pequeño desnivel junto al río al que lo empujamos trabajosamente. Lo tapamos con palos y hojas, tal y como madre sugiere. Es el garrote, y no otra cosa, lo que nos jugamos si lo encuentran.

—Pudiendo vivir como señoronas... —me reprocha ella—. Mira a lo que nos has condenado.

—No sabía que a las señoronas las apalizaban y las tomaban sus esposos por la fuerza...

—Eso es el matrimonio.

—¡Eso es el infierno! —protesto, amarga.

El esfuerzo mayúsculo de enterrar a Justo acaba con mi resistencia. Algo se rompe dentro de mí. Siento un fuerte pinchazo en el vientre.

—Menos cháchara y apura —insiste madre—, que ya nos alcanzaron las luces del alba.

No puedo contestarle. El dolor me priva del habla. Es como una lenta ola que me recorre las entrañas y me paraliza.

—Niña..., espabila... —Continúa echando hojas y palos a la improvisada fosa.

Este debe de ser el proverbial dolor de parto, el que se pone como ejemplo cuando se quiere hablar de uno muy grande. Las piernas, acalambradas, comienzan a temblarme. Es tan fuerte que tengo náuseas y todo me da vueltas. Ha llegado la hora, estoy segura. Este lugar de muerte lo será también de nacimiento.

—¡Haz algo, demonio! —me increpa madre, ajena aún a mi suplicio.

—Ya lo hago... ¡Parir!

Allí, sobre la nieve más blanca, nació Inocencia, mi criatura. La razón que necesitaba para seguir viva, para devolver la luz al mundo. Su pureza, tan parecida a la de la

nieve, no pudo inspirarme otro nombre para ella. Inocencia. Como en aquella única noche que pasé con Miguel, de la que también guardo un recuerdo de sangre
sobre la nieve. Ahora mis dos corazones ya no laten dentro de mi cuerpo: uno lo hace dentro y el otro fuera. Y a
protegerlo dedicaré mi vida, en un propósito que me llena más que nunca de fuerza y de coraje. Gracias a su vida,
a la vida de mi hija, me siento yo más viva que nunca.
Aunque físicamente esté muy débil, aunque siga desha-
ciéndome en un hilo de sangre mientras camino con ella
en brazos, por dentro he renacido.

Por eso se me encoge el alma más que nunca al escuchar las palabras de madre.

—Ahí está el convento.

No quiero caminar ni un paso más hacia ese muro
gris. Ahora que he encontrado una nueva razón para vivir, ¿cómo voy a separarme de ella?

—Está muy lejos...

—Como si está en París de la Francia. Hemos de llegar.

—No quiero, madre.

Los truenos amenazan y el viento nos azota las capas
de lana y los cabellos, mientras me apoyo en uno de los
olivos. No tengo fuerzas, lo sé. Más de una vez he caído
en el camino. Pero me sigo aferrando a la niña. Aunque yo
la lleve en mis brazos, es ella quien tira de mí a cada paso.

—No, por favor... —suplico—. No me haga separarme de mi niña...

—¿Quieres que los civiles nos atrapen a ambas? Tu
hija quedaría huérfana y maldita por ser su madre una
asesina.

—La llevaré conmigo. —Me resisto. Es mi última oportunidad.

—¿Adónde? ¿Cómo la cuidarás?

—Con amor…

—De amor no se vive.

—Pero no se puede vivir si te falta. No la abandonaré.

—¿En qué mundo vives, desatinada? Cuando esta te rompa el alma con sus barraqueras porque le duela el buche de hambre, háblale con las consejas con las que vuestro padre os llenaba la sesera.

Ella sigue siendo Teresa. La misma que no cree en aquello que no pueda ver o tocar con las manos. La que ha aprendido de la vida la lección de sobrevivir. La necesito, si quiero salir de esta. Nunca mis angustias han sido tan grandes.

—¡Camina! —me ordena—. Hemos de marchar muy lejos de aquí si queremos conservar la vida. La niña no sería más que un estorbo.

Ella tiene razón. La criatura no aguantará el frío ni los vaivenes del camino. Si quiero protegerla, debo renunciar a ella, de momento. Sacrificarme para salvarla. Solo la dejaré al cuidado de las monjas hasta que logre empezar de nuevo, sin peligros que la acechen. Entonces volveré a por ella. Lo juro por Dios.

Al dejarla en la puerta tomo el papel y el lápiz que cuelgan de uno de los muros. Escribo una nota diciendo que volveré a por ella y la deposito en el cesto. Me quito la medalla de la Virgen que me regaló Miguel y se la pongo al cuello. Que todos los santos te protejan.

—Te quiero, mi niña. Te quiero tanto… Adiós.

—Pablo... Pablo...

Cuando abro los ojos, lo primero que veo es el rostro amable y conocido de mi hermano, con sus ojos ligeramente rasgados y su faz morena. Siempre, hasta en la hora más triste, ha tenido una sonrisa para mí.

Apenas puedo recordar las vicisitudes que hemos pasado desde que dejamos a Inocencia. Hice un poder para subirme en el tren, en un vagón lleno de corderos donde trepamos de matute, sin que los guardias nos vieran. Allí perdí el conocimiento. Ese tren iba a la ciudad, en donde Pablo es nuestra única esperanza de salir adelante. Él nunca me ha fallado.

—¡Hermana!

Miro a mi alrededor. Aún debo estar en la estación de tren. Hay un par de vagones aparcados y varios sacos y maletas. Debe de ser un almacén. La cabeza me da vueltas y me siento muy débil. Llevo las faldas ennegrecidas de sangre.

—He hecho algo horrible —confieso, atormentada—. Horrible...

—Bien hecho está. Me lo ha contado madre. Ese desgraciado se merece estar bajo tierra.

—¿Y mi niña? Inocencia... Dios mío, la abandoné.

—El recuerdo de separarme de ella es lacerante. Solo he sentido frío desde que aparté su pequeño cuerpo de mi pecho—. Tan pequeñita...

—Shhh. Todo se arreglará. Que yo estoy aquí.

Me toma de la mano y me la besa, cariñoso.

—Hemos de marchar —dice madre—. Pronto llegará gente y si nos descubren nos delatarían.

—Nada cambia, ¿verdad? —protesta Pablo, airado—. Su hija yéndose en sangres y usted pensando en salvarse.

—Pienso en ella. Yo no he matado a nadie.

—Casi. A Carmen.

Se incorpora y le pone en la mano una moneda.

—Vaya hasta plaza Mayor. Es fácil de llegar. Cuando llegue a la esquina donde está el barquillero, doble a la derecha. Vaya a la pensión que allí se encuentra. Nadie le preguntará nada. Es lugar de citas con prostitutas.

—¿Mandas a tu madre a semejante sitio?

—Usted vendió a su hija, ¿de qué se escandaliza?

—¡No me hables así!

—¡Lo que me gustaría es ni hablarle!

Veo que en los ojos de Pablo se agolpan todos sus reproches. Todo lo que hubiera querido decirle antes de marcharse, de haberse atrevido. Ahora ya no se muerde la lengua. La ciudad y la independencia le han convertido en un hombre.

—Vaya. Y si le preguntan, mienta. Se le dará bien.

—¿Y Carmen?

—Yo me ocupo. Usted ya ha hecho bastante.

Se vuelve a arrodillar y me pasa la mano por la frente. Sé que él cuidará bien de mí.

—Enseguida vuelvo, te lo prometo.

Siento el roce de una mano entre los muslos y eso me hace recuperar el conocimiento una vez más. De nuevo, no sé por cuánto tiempo me he desvanecido. De nuevo, despierto en un lugar extraño, que no puedo reconocer. Ya no estamos en el almacén de la estación. Aquí huele a heno y a sudor de caballo y la escasa luz que se cuela por entre los listones de la puerta revela muros de enormes piedras. También veo que no es Pablo el que está conmigo. Es otro hombre, un desconocido, quien rebusca entre mis faldas.

—No... no... —Saco fuerzas para un hilo de voz. Estoy sola de nuevo y tengo que defenderme, pero este hombre parece fuerte, ¿cómo voy a hacerlo? ¿Es que hasta en mi hora más baja voy a carecer de paz?—. ¡Suélteme! ¡No me ponga la mano encima!

—Templa, muchacha... —dice, mientras se suelta las manos que trato de agarrarle. Las sube arriba, como si quisiera mostrármelas, pidiendo tregua—. ¡Templa! Soy médico.

Desde luego no es un campesino. Va vestido de pantalón, chaleco y corbatín negros y camisa blanca impecable, que se ha arremangado, como hacen los de su oficio. Bien podría ser verdad. Aunque también podría ser un señorito, como Justo. Asiduo a las mentiras.

—Médico... Hombre... La misma cosa.

—Pues otro me ha traído hasta ti —se explica—. Pablo...

Vuelve a levantarme la falda por encima de la rodilla e intenta separarme las piernas. Me dan todos los calambres de sentir su contacto. Todo esto puede ser una simple estratagema. Una trampa.

—¡Lo mismo me da! —le dejo claro—. No quiero médicos.

—¿Quieres morir, entonces?

Me mira fijamente, con esa expresión seria y desapasionada de los matasanos. No es una amenaza, sino una certeza, lo que quiere transmitir. Su tono es impersonal, pero con la autoridad del que conoce el futuro y sabe lo que va a pasar.

—Pues si no te coso —explica, con actitud paternalista—, no verás la luz del día.

Pienso en Inocencia y en el juramento que le hice. Ella está en alguna parte, sin su madre, esperando a que yo vuelva. Después de que pusiera esa nota en su cesto, no la darán a ninguna otra familia. No podrá tener ninguna madre si no soy yo.

—Así que, tú decides… —Insiste, esperando una respuesta.

Le creo, médico. Algo en su mirada noble me lleva a creerle. Tiene unos ojos verdes que me recuerdan un poco a los de Miguel, aunque estos son más luminosos. La mirada que tienen los hombres buenos. Solo quiere ayudarme.

—Cosa pues.

Me rindo y permito que haga su trabajo. Necesito ayuda y debo confiar. Sola no puedo.

Le observo mientras coloca a su lado una cajita de latón donde lleva la aguja y el hilo.

—No te asustes…

—Ya nada me asusta.

—Corajuda eres, moza. Bien te vendrá. Habrás de

intentar estar quieta. —Pone en mi mano un pañuelo—. Toma, aprieta. O muerde, cuando duela mucho. —Me toma con fuerza la mano entre las suyas. Tiene unas manos fuertes, masculinas, que me dan seguridad—. ¿Estamos?

Asiento repetidas veces con la cabeza, conteniendo el aliento. No creo que pueda doler más que cuando se me desgarraron las entrañas, al dar a luz a mi niña. O cuando se me desgarró el alma al dejarla en el convento.

—Buena chica...

Sin embargo, el primer pinchazo me resulta atroz y enseguida me llevo el pañuelo a la boca. Lo presiono contra mis dientes con todas mis fuerzas. Me duele otra vez, como clavos en lo más profundo de mi ser. El médico, fiel a su deber, no se apiada de mis dolores y sigue, impasible, con su terrible faena. De vez en cuando se pasa la mano por la frente para aliviarse de los sudores que le provoca.

No gritaré, tengo que aguantar. Pero no puedo evitar que las lágrimas acaben arrasándome el rostro.

Por Inocencia es que hago todo esto. Madre, Pablo, este médico... todos me han ayudado. Pero es ella quien ha salvado verídicamente mi vida.

—Espero algún día poder pagarle todo lo que ha hecho por ella...

Es la voz de Pablo. La escucho con los ojos cerrados, aún en duermevela. No te vayas, hermano. Aguarda... Pero el golpe de la puerta me anuncia que ya se ha ido.

Al contacto de una mano caliente sobre mi rostro abro finalmente los ojos. Es la del médico, que busca con afán la fiebre, por si es menester batirse de nuevo. ¿Qué otra cosa es un médico, sino una especie de guerrero? Un san Miguel con las armas siempre alzadas para combatir a los dragones de la enfermedad.

Se sienta junto a mí, vigilante, y en su mirada me transmite toda su fuerza. Me toma la mano con firmeza, me da calor y consuelo entre sus manos hábiles y salvadoras. Maravillosas manos que siembran la esperanza donde ya no hay ninguna. Me mira serio, preocupado, incapaz de hacer nada más. Llegando con el alma adonde las manos ya no alcanzan: a la fe y al puro anhelo. Solo le queda esperar y desear fervientemente que su trabajo no haya sido en vano.

Una tímida sonrisa y un asentir me bastan. «Aguanta, muchacha —me dice, sin palabras—. Arrojo.» Yo albergo ahora el resultado de su lucha: su triunfo o su fracaso. Solo deseo que sus esfuerzos den fruto y que pronto me pueda reunir con Inocencia.

Cuando al alba me despierta el relinchar de los caballos, él todavía sigue ahí, a mi lado. Sentado en el suelo y recostado en el borde de la cabecera, sin soltarme la mano ni un instante. Rendido de tanto ahuyentar a los demonios de la fiebre.

No soy más que una desconocida para él, pero me ha velado toda la noche como si fuera un ángel de la guarda. Le aparto un mechón del cabello castaño para contemplar el rostro de quien me ha ayudado. A él le deberé la felicidad de poder reencontrarme con mi niña. No hay riquezas en el mundo que puedan pagar eso.

No sé su nombre, tan solo es un médico. Un anónimo soldado del bien, como solo los hay algunos en su profesión. De los que atienden a su juramento sin mirar las ropas que visten sus pacientes. Bendito sea Pablo por traerle hasta mí.

Un hombre joven que, estando en la treintena, se le ve experimentado y seguro de su oficio. Con barba completa, muy cuidada, alrededor del mentón fuerte. Con una mirada que ha demostrado ser sincera.

Yo no seré la más leída ni la más avispada, ni tan siquiera la más valiente... pero me he encontrado en mi vida a hombres buenos, buenos de los de verdad —como Braulio, como Miguel—, y sé reconocerlos. Puedo adivinar dónde hay un corazón generoso, que es capaz de ser fiel. Y sé bien que este médico es uno de esos hombres.

Ha dejado para mí ropa doblada y me enjuago en la jofaina. Sentirme limpia de nuevo y ponerme la camisa blanca es como volver a la vida después de haber estado bajo tierra. Abro las puertas y salgo trastabillando, descalza. Necesito sentir el viento, el sol en mi rostro, el pasto verde bajo las plantas de los pies. Necesito mirar la era y ver a los animales pastando en plena naturaleza. Ya solo con mirarlos todo vuelve a estar bien.

Aspiro el aire puro de ese campo al que pronto tendré que decir adiós. Lo meto a bocanadas en mis pulmones una y otra vez, como si quisiera llevármelo todo conmigo, para que me dé fuerzas y vida ante lo que me espera. Pablo es mi única esperanza de salir adelante ahora. No me queda más remedio que ir a la ciudad con él.

Mientras me lleno la vista con la visión vibrante, de un verde intenso, del campo y de los árboles, veo cómo el médico se aproxima por el camino, a grandes trancos.

—No sé cómo se puede vivir en las ciudades, médico. Todo es gris. Y sin brillo.

—Y yo no sé cómo tienes el cuajo de levantarte del camastro, condenada muchacha. —Me reprende, pero ya lo esperaba. ¿Qué clase de médico sería si no? Sin embargo, sus palabras no resultan amargas. Me arropa con una manta gris que traía para mí, en lugar de obligarme a volver adentro. Es generoso hasta para eso.

—Necesitaba ver el verde. Y oler este aire limpio después de tanta fatiga.

—Sin duda este paisaje es digno de contemplar.

Su sonrisa es ahora abierta, franca. Me hace sentir mejor. Noto que no puede dejar de mirarme y eso me azora un poco. Aún en este estado, aunque esté hecha una compasión…

—Miras en la dirección equivocada, médico. —No pierdo la oportunidad de chancearme a su costa—. El sol está por allí.

—Y la luz, en ti.

Sonrío. Me resulta tierna la inocencia que muestra este hombre en sus acercamientos. Su dulzura… Como si yo fuera la primera mujer a la que se dirigiera en su vida. Su transparencia, su torpeza… la sinceridad tan grande que lleva en su mirada… tiene algo que me enternece.

341

—Médico y requebrador... —Sigo de chanza y tiro un poco de chulería—. Ya... Cómo sois los hombres de ciudad...

—Como los de cualquier otro sitio.

—Pues entonces, lejos os quiero.

Su semblante cambia y se endurece de nuevo. Ya no lleva en sus ojos las inocencia de un niño que intenta hacerse el mayor. Esta es la expresión de quien ha visto a la muerte muy de cerca. Soy consciente de que he estado en grave peligro.

—No todos somos como el que te hizo eso.

—Por ventura. Pero igual me da. No te ofendas, pero no quiero cerca ni al más pinturero. —Se lo aclaro sin dejar a un lado la sonrisa, pero con el tono bien firme. No quiero que este hombre se haga ilusiones verdaderas. No podría jugar con ellas. No se lo merece.

—Lástima. Pocas ventajas me das.

—Ninguna.

—Descreída te veo. Tanto como el mayor de los herejes...

—No sé qué es eso que dices...

—Uno que ya no cree en las bondades de Dios.

Las bondades de Dios... Poco amable se nos ha mostrado a los Blasco en los últimos tiempos.

—Pues eso debo ser. Porque yo ya no creo en las bondades de nadie.

—Gracias... por la parte que me toca. —Se finge el ofendido, enarcando las cejas.

—Ea... pa ti la perra gorda. —Río, sin poder evitarlo. Este hombre tiene respuesta para todo.

Después de un rato evitándonos la mirada, me hace la pregunta más temida:

—No sé ni tu nombre…

Nada puedo decirle y menos la verdad. Soy una fugitiva. Carmen es un nombre que ha desaparecido para mí y ahora soy tan solo eso… una muchacha sin nombre.

También yo siento que nuestra conversación fluye sola, que estar con él es como un bálsamo para mi corazón maltratado. Pero es menester cortarle ya las alas a esas palabras suyas. Y lo siento, porque su delicadeza no me invita a ser brusca, porque solo ha sido amable conmigo desde el principio, porque seguramente se merece que lo amen, porque en otras circunstancias… «No sé ni tu nombre…»

—Mejor.

—Mira que eres raspa, ¿eh? —se queja y me observa, como queriendo adivinarme—. Muy bien, me presentaré yo, al menos. Señorita, mi nombre es…

—Médico. Con eso me basta. —Le cubro la boca con mi mano. No quiero que deje de ser un hombre anónimo, un mero soldado de su oficio que cumplió con su deber. No podría ser de otra manera, con todo lo que he vivido. Con Miguel, Justo, Inocencia… tan reciente. Pero él se descubre la boca y me acaricia los dedos con los suyos.

Una caricia… hacía tanto tiempo que no me acariciaba nadie… que nadie me cuidaba con afecto y me transmitía su cariño… Han pasado ya dos años desde que murió Miguel y desde entonces todo lo que ha recibido mi cuerpo han sido golpes y desprecios. Por un momento siento tentaciones de rendirme a su contacto, de aceptarlo, como un cachorro vulnerable en busca de amparo y de calor. Siento cómo mis manos quieren estrechar las suyas, cómo quieren irse detrás de ellas. Sus manos suaves, que no han conocido los rigores del campo. Sus manos valerosas, capaces de desafiar a la muerte.

Sin embargo, sé que no puedo permitirme imposibles. Me zafo y me arropo en la manta gris.

—Cuanto menos conoces a la gente, menos daño pueden hacerte.

—Menuda filosofía... —Él no se da por vencido—. ¿Qué te pasa, muchacha? Eres casi una niña... Y tienes toda la tristeza del mundo en tus ojos.

—No quieras saberlo —atajo.

Sigue siendo tan solo un desconocido y yo no quiero... no podría... volver a recordar todo el dolor y la miseria de lo que he pasado. Pero él me toma suavemente de la barbilla, para que le mire a los ojos.

—Quiero.

Esa petición me deja sin palabras. ¿Qué es él de mí y qué soy yo de él para que le preocupen tanto mis cuitas? Nada soy y, sin embargo, su preocupación es sincera. Quiere ayudarme y, sin duda, descargar mi alma de este tormento es el único alivio que, de momento, puedo procurarme. Tomo aire y arrojo las palabras, solo por desahogarme. Siento que se me atropellan en la garganta, compitiendo con las lágrimas, que a duras penas consigo retener.

—Tuve que cumplir con un deber que me acarreó mucho dolor... Y ahora... he de cargar con las consecuencias. —Hablemos de él y así yo no tendré que seguir con mi confesión. ¿Cuál será su historia? ¿Qué habrá detrás de esa mirada triste, de esa necesidad de amor?—. Tú tampoco pareces muy dichoso —le espeto—. Veo la misma pena en tus ojos y en los míos.

Él sonríe, algo azorado. Como a quien se le ha pillado en una falta leve. Al final, se decide también a abrirme su corazón. Es lo justo.

—Yo también hube de tomar un camino que no era el mío. Y ahora vivo una vida amarga, que no era la predestinada para mí.

—Vaya dos... —Sonrío, para quitarle hierro al asunto. Lamento haberle entristecido y no quiero ver tan serio su semblante—. Menuda alegría, como para irnos de verbena...

—Como para irnos y no volver —insinúa, audaz.

—Estaría bien, ¿verdad? Huir... —Me lamento, a sabiendas de que es imposible. Que una guerra entera me queda aún por librar. Ojalá pudiera ser. Ojalá—. Olvidar quiénes somos...

Me fallan las fuerzas y pierdo pie, pero él acude presto a darme apoyo.

—Niña... —Se alarma—. Niña, venga, tienes que volver al catre. Si no, todo lo que hemos porfiado quedará en agua de borrajas.

—Tontunas —protesto—. Estoy bien.

—Confía en mí. —Me mira fijamente a los ojos, pidiendo que le dé una oportunidad, rogando que me ponga en sus manos—. Un poco al menos. Descreída...

Me abandono sobre su pecho porque no tengo fuerzas para más. Me rindo a su contacto y a su ayuda por completo. Su abrazo me inunda de calidez y de paz.

Bajo ese pecho siento el latir acelerado de un corazón generoso. Uno, quizás, capaz de amar.

Nunca había imaginado que podía existir un lugar así. La ciudad no es gris y sin brillo, como yo había creído. La calle Acacias está llena de vida en cada esquina.

Todo es tan monumental que me siento pequeña como una niña mientras aguardo al fondo, de la mano de Pablo.

Las fachadas de las casas, las inmensas farolas, los elegantes carruajes que pasan junto a mí, alertándome con el golpeteo de los cascos sobre los adoquines. Todo me abruma y a la vez me sorprende como si descubriera un mundo nuevo, salido de un libro, de una historia. El ajetreo de los mozos, llevando sus carros y sus carretillas, saludando desde el pescante de las bicicletas. Las criadas con su palique animado mientras llenan el cubo en el caño de la fuente. Las señoras con sus elegantes trajes de paseo, de seda y de buen paño, sus capas cortas, sus limosneras colgando de la muñeca y los vistosos sombreros, hechos con flores y con alas abiertas de pájaros. Saliendo de la gran iglesia al fondo de la calle que, con su doble puerta verde oscuro, invita a entrar tanto al pobre como al rico, bajo la atenta mirada de la Virgen en su hornacina llena de velas.

—¿Seguro que estás bien? —me pregunta Pablo al ver que no puedo avanzar ni un paso.

Me encuentro aún en el umbral de la calle, recién pasada la esquina, intentando asimilar la riqueza de este lugar, sus sonidos de risas, voces y carruajes, que hacen eco en el empedrado del suelo. Su luz tan especial. Su olor a chocolate.

—Que sí, pesado... —Sonrío animada. La ilusión y los nervios ponen un temblor en mi voz.

—Hace unos días hecha una compasión y ahora... más fresca que una lechuga.

—Gallarda que es una. —Presumo, sonriente, los brazos en jarras.

No puedo ocultar mi alegría ante la nueva vida que se abre ante mí. Un hormigueo de anticipación me recorre todo el cuerpo. Presiento que esta calle es mi esperanza y la de mi hija, Inocencia. Aquí realizaré ese sueño.

El quiosco me da la bienvenida, desplegado como si abriera sus brazos, exhibiendo periódicos, revistas y papeles, tendidos con pinzas de las cuerdas, y alfombrando los adoquines con su oferta de rosas, claveles, violetas, pensamientos y nomeolvides. Prestos para servir como mensajeros entre los amantes señoritos.

La pérgola, un amable banco a la sombra donde descansar de la fatiga. Una preciosa niña rubia a la que reprende su ama por intentar subirse a un árbol: «¡Carlota! ¡Ni se te ocurra! Ya verás como se entere tu madre...». «Fabiana, seguro que padre me defenderá», dice ella, mientras se recoge las faldas blancas de su vestido y, de puntillas, le da un beso.

A mi izquierda, unos señores toman su merienda en unas mesitas, mientras la charla animada brota del interior cada vez que se abre la puerta del establecimiento en negro y oro que reza CHOCOLATERÍA LA DELICIOSA. Desde una mesa, un hombre con bigote, muy bien trajeado, simula leer el periódico mientras observa a una elegante señora, de camisa con encajes y amplia falda, que entra y sale, supervisándolo todo: «Doña Juliana, ¿podría usted traerme otro chocolate?». «Por supuesto, don Leandro.»

A mi derecha, el maravilloso escaparate de la sastrería donde trabaja Pablo. El maniquí con un vestido blanco de mangas globo y encajes y todo un muestrario de sombreros, guantes y sombrillas de paseo. VIUDA DE SÉLER, dice el cartel. Esa señora de pelo cano recogido en un gran moño y vestida de negro debe de ser su patrona, doña Susana.

Y al fondo, la imponente fachada del edificio que será mi hogar, Acacias 38, en cuya portería faenaré y en cuyo altillo dormiré. Ese es también el hogar de mi médico, don Germán de la Serna, con el que viviré un apasionado cuento de amor. Aunque esto será ya para otra historia.

—Ea —suspiro, soltando la tensión acumulada—, lleguémonos donde esa señora Paciencia. Ya que me da jornal, no la hagamos aguardar.

—Te espera como agua de mayo —me asegura Pablo, aunque en su tono y su mirada noto su preocupación—, pero haz mente de tu nombre.

Hemos decidido que lo más seguro será cambiárnoslo, ahora que somos fugitivas. Mi madre, Teresa, ahora se llama Guadalupe, como la Virgen. Y yo…

—Manuela —recalca—. No la jeringues con eso.

¿Cómo iba a hacerlo? Manuela es el nombre de una nueva vida. De un sueño que se vuelve de carne y hueso. De una mujer valiente y rediviva, que lleva la esperanza por bandera. El nombre de una madre, que lucha cada día para recuperar a su hija. El de una muchacha descreída que podrá, quizás, creer de nuevo en el amor.

Yo soy todo eso: la criada, la fugitiva, la madre, la hija, la hermana... La ilusión de un hombre bueno. Soy todo eso, pero por encima de todo, soy yo misma, como lo he sido siempre.

Yo soy Manuela.

El papel utilizado para la impresión de este libro
ha sido fabricado a partir de madera
procedente de bosques y plantaciones
gestionados con los más altos estándares ambientales,
garantizando una explotación de los recursos
sostenible con el medio ambiente
y beneficiosa para las personas.
Por este motivo, Greenpeace acredita que
este libro cumple los requisitos ambientales y sociales
necesarios para ser considerado
un libro «amigo de los bosques».
El proyecto «Libros amigos de los bosques» promueve
la conservación y el uso sostenible de los bosques,
en especial de los Bosques Primarios,
los últimos bosques vírgenes del planeta.

Papel certificado por el Forest Stewardship Council®